T0021678

La VISITANTE

Alberto Chimal

La
VISITANTE

Planeta

© 2022, Alberto Chimal

Diseño de portada: Planeta Arte & Diseño / Daniel Bolívar
Fotografía de portada: © iStock
Fotografía del autor: © Dushka Barranco

Derechos reservados

© 2022, Editorial Planeta Mexicana, S.A. de C.V.
Bajo el sello editorial PLANETA m.r.
Avenida Presidente Masarik núm. 111,
Piso 2, Polanco V Sección, Miguel Hidalgo
C.P. 11560, Ciudad de México
www.planetadelibros.com.mx

Primera edición impresa en México: noviembre de 2022
ISBN: 978-607-07-9476-6

Impreso en los talleres de Impregráfica Digital, S.A. de C.V.
Av. Coyoacán 100-D, Valle Norte, Benito Juárez
Ciudad De Mexico, C.P. 03103
Impreso en México – *Printed in Mexico*

*A Raquel, por quien vale la pena
ver el Teatro del Mundo*

Life is not good. One day it will be good
To die, then live again;
To sleep meanwhile:
CHRISTINA ROSSETTI[*]

* «La vida no es buena. Un día será bueno / morir, luego volver a vivir; / dormir entretanto:»

La frontera
(alrededor de 1960)

1

Cuando era pequeña, entre los siete y los ocho años, Gabriela hablaba cada noche con su abuela muerta, la paterna, que se había caído, fracturado la cadera y expirado en cosa de dos semanas. Por las mañanas, Gabriela pensaba que era un sueño o una pesadilla. Siempre empezaba igual:

—Mamá Azucena, ¿este es el Cielo? —preguntaba Gabriela, mirando a su alrededor. Le parecía estar en un lugar cerrado, lleno de columnas de piedra, con suelo de adoquín y techos altísimos. Algo parecido a una iglesia: a la de El Ranchito, a la que toda la familia iba cada domingo y que era alta, oscura, seria por fuera y por dentro.

Pero aquel lugar no tenía asientos ni reclinatorios, ni altar, ni las dos figuras de los Niños Mártires, acostadas en sus cajas de cristal dentro de un nicho de piedra, con los ojos entreabiertos. Además, era mucho más grande y más amplio que El Ranchito. Tanto que sus límites no se veían: sus muros, sus ventanas, sus entradas o salidas, sus puntos más altos se perdían en la oscuridad. Tal vez era un lugar infinitamente alto e infinitamente ancho. En ocasiones, le parecía a Gabriela que había estrellas arriba, muy lejos, aunque lo natural (pensaba ella) era que hubiese techo en algún punto, más allá de donde alcanzaba su vista.

Gabriela le hacía su pregunta a mamá Azucena (siempre le había dicho mamá, aunque fuera su abuela) porque le inquietaba que aquel lugar pudiera ser el Cielo. Siempre había creído que el Cielo era un lugar lleno de luz, como la sala de su casa en Nochebuena, pero más, mucho más.

Y su abuela ignoraba la pregunta. En vida había sido muy enojona y muy seca, y apenas le había dirigido la palabra. Pero aquí la miraba con cariño, como si la muerte le hubiera mejorado el carácter. Llevaba su cabello blanco peinado como cuando estaba viva, en un chongo complicado y elegante, pero en vez de su ropa llevaba un camisón, como los de los ángeles, aunque de otro color. Gabriela no estaba segura de cuál, porque a veces parecía gris, a veces azul, a veces rojo o morado.

—Llegar aquí nos puede hacer un poco mejores —decía la abuela—, porque nos da la oportunidad de pensar con calma. Y si pensamos con calma, entendemos mejor algunas cosas, y otras ya no las tomamos en cuenta, porque ya para qué. Por ejemplo, ahora entiendo que tú no eras un agobio. Yo así lo pensaba. Yo no te tenía en buen concepto. Pero eso nunca fue tu culpa. Más bien era yo, que ya estaba vieja. Se me había acabado la cuerda de ser mamá con Nachito, es decir, con tu papá, y jamás hubiera podido aguantarte a ti ni a nadie más. Ya estaba toda gastada. Ahora ya es muy tarde, ya todo el daño está hecho. Pero vale la pena darse cuenta de estas cosas, incluso cuando ya no tienen remedio.

—¿Qué es agobio? —preguntaba Gabriela, olvidando por un momento las otras palabras de su abuela, el misterio del color de su ropa y la enormidad del lugar en el que estaban.

Para este punto en el sueño, ella empezaba a tener la misma inquietud: ¿y si aquello no era el Cielo, sino el Purgatorio? El Infierno no podía ser, porque su mamá decía que la abuela siempre había querido ser buena. Quien quiere ser bueno y no lo logra se va al Purgatorio. Dios entiende la diferencia entre no poder ser bueno y no querer.

Por otra parte, el lugar no se parecía al Purgatorio. A ningún otro lugar tampoco —fuera de una iglesia gigantesca y vacía—, pero especialmente no al Purgatorio. Sor Paula, su maestra de catecismo, había dicho alguna vez que el Purgatorio tenía terrazas. Gabriela se lo imaginaba como un hotel al que habían ido en

Acapulco. Y aquí, en cambio, no se veía ni el sol ni el mar. Además, hacía un poco de frío.

—¿Esta es la Dimensión Desconocida? —preguntaba Gabriela entonces. Tampoco sabía exactamente dónde estaba ese sitio, o qué era exactamente, pero sus primos grandes asustaban a los más chicos contándoles historias de miedo que venían de allí. Así lo decían. Y ella sospechaba que la Dimensión Desconocida podía ser un lugar totalmente distinto, ajeno al Cielo, el Purgatorio y el Infierno, porque el día en que preguntó por ella en el catecismo recibió un regaño.

—La televisión es mala, ¿qué no sabes eso? —le había dicho sor Paula, su maestra.

Pero lo que ocurría en el sueño no se parecía a nada de lo que había aprendido con sor Paula. Había algo en la oscuridad, detrás de la altura imponente de mamá Azucena. No se podía ver, pero se podía escuchar. Gabriela quería prestar atención, entender qué era, pero su abuela le llamaba la atención con un carraspeo. Una costumbre de cuando estaba viva.

—¿Niña?

Y entonces no explicaba nada de lo que Gabriela deseaba saber, ni siquiera la palabra «agobio», sino que cambiaba de tema:

—Me tienes que prometer —decía— que te vas a acordar.

—Sí, mamá Azucena —contestaba Gabriela, aunque no sabía de qué tendría que acordarse.

—No debí venir ahora. Llegué temprano. Hice mal el cálculo. Y después no voy a poder regresar a advertirte de nueva cuenta. Pero es muy importante. ¿Me entiendes?

—Sí, mamá Azucena.

—Para eso estoy viniendo. Nada más para eso. Para decirte. Lo demás se va a tener que quedar como está. No va a haber remedio. Pero esto sí te lo voy a poder decir, para que tomes tus providencias. Eres muy niña, pero ni modo. Tienes que estar atenta. ¿Me entiendes?

Gabriela empezaba a asustarse. Y no nada más por las palabras de su abuela, sino también porque tras ella seguía ocurriendo... algo. Algo se movía. No. No una sola cosa. Muchas.

—Sí, mamá Azucena —decía Gabriela por tercera vez.

Entonces se daba cuenta de que tras la abuela había más gente. Eso era todo. Más gente que caminaba de un lado para otro, hablando unas veces, otras haciendo ruidos con la boca, que no eran palabras.

¿Quiénes serían? Lo más que Gabriela alcanzaba a notar era que muchas de las voces, si no es que todas, eran de mujer.

—Acá —le exigía su abuela, y Gabriela volteaba a mirarla—. Acá, niña. Va a llegar el momento y cuando llegue tienes que decir que no. No y punto. Te van a pedir que hagas algo y les tienes que decir que no. Tú vas a saber cuándo. Falta mucho, pero si te acuerdas, sabrás.

Gabriela entendía entonces que las otras mujeres, las que se movían detrás de la abuela, también estaban muertas. De aquel lado, del lado que ocupaban todas ellas, estaba la muerte.

—Tu defecto es que sientes mucho —decía la abuela—. Eres muy sensible —seguía la abuela, mientras algo se agitaba dentro de su nieta—. *Acá*, Gabriela —le ordenaba y no la dejaba ir—. Según esto, todas las mujeres somos así, pero tú sí eres así. Sensible. Sientes mucho y sientes fuerte. Y a la gente que siente así le puede ir muy mal en la vida. ¿Me entiendes? Va a parecer que te la debes llevar. Di que no. *Di que no.*

Y entonces dejaba de haber luz. La iglesia, el universo, lo que hubiera sido aquello se apagaba entero, todo el espacio al mismo tiempo. Era como si hubiese dejado de existir, como si no quedaran nada más que la oscuridad y el frío y el miedo, y entonces Gabriela se despertaba.

Siempre lo hacía con un espasmo, pateando sus cobijas, respirando con fuerza. Gritando con el cuerpo, y a veces con la boca, aunque nadie la escuchó nunca.

Después de un momento, se daba cuenta de que estaba despierta. Su corazón latía deprisa. Hacía un gran esfuerzo y lograba quedarse quieta. Se quedaba mirando el techo de su cuarto, muy oscuro pero visible a pesar de todo, con su único foco apagado, y se concentraba en respirar despacio, en calmarse. Entreveía las cuatro paredes, la cortina corrida, su tocador. Cerraba los ojos. Sentía las lágrimas detrás de los párpados, pero no quería llorar. Aquí también estaba casi totalmente oscuro, pero ella estaba despierta, estaba bien. Tanteando, lograba hallar el borde de las cobijas y taparse nuevamente. La sábana olía apenas a blanqueador. Sus piernas se tocaban dentro de su propio camisón. El silencio de la casa en la madrugada era tan absoluto que se oía, un rumor que estaba en todas partes y no venía de ninguna. A veces, muy lejos, se escuchaba el silbato de un tren. Las vías y la estación no estaban cerca, pero el silencio de la ciudad entera se parecía al de la casa.

Gabriela se mantenía despierta durante un rato, respirando, escuchando, sintiendo su parte pequeñita del mundo. A veces, pese a todo, las lágrimas conseguían salir. Al final era incapaz de resistir y volvía a quedarse dormida. Lo mismo le pasaba cada vez que la enviaban a acostarse, nunca lograba mantener los ojos abiertos más de unos pocos minutos.

Durante ese tiempo, Gabriela se volvió callada, hosca. Sus padres lo atribuyeron a sus problemas en la escuela; sus calificaciones bajaron considerablemente y a nadie se le ocurrió que aquello era un efecto y no una causa. Ella misma solo trató un par de veces de contar lo que le sucedía. No encontraba las palabras para hacerlo. Tenía miedo de haber hecho algo malo porque no comprendía bien lo que su abuela le decía cada noche. También llegó a pensar que las otras mujeres, las que adivinaba tras su abuela, estaban ahí para asustarla, para obligarla a obedecer, a hacer lo que fuera que tuviese que hacer.

Su papá le dijo que los sueños son mentiras y su mamá le ordenó que dejara de ver televisión.

—Ya sé que la ven cuando vas de visita con tu prima Marisol. Y yo no le digo nada a tu papá. Pero ya estuvo. No es nomás que no vayas a estudiar. ¿No ves que te hace daño?

Esto siguió hasta una mañana en que Gabriela se despertó sin recuerdo alguno de la noche previa. Nunca volvió a soñar a su abuela. Y poco a poco fue olvidando la visión que había tenido tantas veces.

Teatro Laboratorio
(1972)

2

La campana del camión de la basura seguía sonando.

—¡Marisol! —llamó Gabriela otra vez— ¡Ya ven, Marisol!

Y otra vez le respondió su prima:

—¡Voy, voy, voy! —pero Gabriela ya la conocía y no se detuvo a esperarla. Terminó de vaciar el bote de su cuarto en el bote grande de la cocina. Luego le puso la tapa y lo levantó. Con cuidado, y con bastante esfuerzo, cruzó la puerta de la cocina, abrió la que daba al corredor, salió del departamento y empezó a bajar el primero de los dos tramos de escalera que había entre ella y la puerta del edificio. Tuvo que pegarse el bote contra el pecho para mantener el equilibrio y deseó haberlo limpiado mejor.

Dos vecinas, la señora del 104 y la del 303, bajando delante de ella, cada una con su bote. Iban despacio, las dos estaban ya grandes. Eso quería decir que Gabriela tendría que bajar igual de despacio que ellas. Más tiempo de tener que cargar su propio bote.

—Buenos días —le dijo la del 303 al escucharla llegar.

—Buenos días —contestó Gabriela y no quiso decir más, porque no sabía su nombre. Como otras veces, pensó en preguntárselo, pero no lo hizo.

Un minuto más tarde, o dos, Marisol la alcanzó en la calle. El camión se había estacionado unos quince metros adelante y estaba recibiendo la basura de toda la cuadra. La campana había dejado de sonar, solo la tocarían un par de veces más, brevemente, para recordarles a los vecinos que seguían allí.

—¿Qué tanto estabas haciendo? —se quejó Gabriela.

—Estaba hablando por teléfono.

—¿A esta hora?

—Pues sí. Con Armando.

—Te cela mucho el Armando ese.

—Todavía no le digo que sí, pero me anda pretendiendo, ¿qué hago?

Gabriela suspiró.

—No, está bien —dijo.

—Un día te van a estar buscando así y yo voy a ser la que baje sola.

—Qué esperanza. Le hubieras dicho que al ratito le hablabas…

—Te ayudo —le contestó su prima y ambas cargaron el bote los pocos metros que quedaban hasta el camión. Luego, eso sí, también la ayudó a subir el bote hasta el señor de la basura, que estaba de pie en la caja del camión, asomándose a través de una abertura. El señor era el mismo de cada semana. Tenía el cabello revuelto, un par de guantes de tela gruesa en las manos, la cara sucia y un overol todavía más sucio. Gabriela pudo oler la basura, el aroma dulzón de la putrefacción que llegaba del interior del carro y del cuerpo del hombre, y consiguió no hacer una mueca, pese a ello sintió vergüenza. No solamente por la descortesía, ¿qué clase de mujer adulta era ella? Llevaba más de un año viviendo en el Distrito Federal, «por su cuenta», «para hacer su vida», y todavía no se acostumbraba a casi nada.

—Buenos días, güerita —dijo el de la basura, aunque más bien se lo dijo a Marisol. Gabriela apartó la mirada.

—Buenos —dijo Marisol, mientras el hombre se volvía para vaciar el bote. Cuando les devolvió el bote vacío, Marisol le dio veinte centavos—. Gracias.

—Gracias a usted —dijo el hombre, se guardó el dinero y se inclinó para recoger el bote de alguna otra persona.

Caminando de regreso a la entrada del edificio, Gabriela notó una mancha pequeñita en su blusa, a la altura del ombligo. Aquí sí hizo una mueca. Acababa de lavar esa blusa. Tendría que cambiarse antes de salir a la universidad. En cambio, por supuesto, Marisol estaba impecable, perfectamente peinada, incluso. ¿Se habría estado arreglando mientras hablaba por teléfono?

Marisol notó su malhumor, porque le dijo:

—Yo preparo el desayuno. —Y Marisol odiaba cocinar.

—No, no, está bien —dijo Gabriela—. Hoy me toca. Además, se nos va a hacer tarde. Ya han de ser más de las ocho y media, ¿no?

Entraron al edificio, empezaron a subir las escaleras y Marisol insistió:

—Oye, pero en serio, Gabita, yo lo hago. No hay prisa. Hoy no tengo la primera clase, el maestro no va a ir.

Ahí Gabriela se enojó de verdad y, en vez de replicar, aceleró el paso para llegar al departamento.

—¿Y ora? —le dijo Marisol al alcanzarla en la puerta.

—Ay, Mary, ya ni la amuelas, yo sí tengo mi primera clase a la hora de siempre.

Al final, Gabriela decidió no cocinar y sirvió cereal con leche. Desde hacía mucho se había dado cuenta de esa costumbre, o ese vicio, que tenía: en vez de seguir discutiendo, se inventaba pequeños desquites. A veces eran tan pequeños que nadie los veía.

Después, como también lo hacía con frecuencia, se sintió mal consigo misma por pelear, incluso de ese modo tan miserable.

—Oye, Mary, perdón —dijo, porque ella, a fin de cuentas, la estaba dejando vivir en su departamento. Aunque Gabriela pagaba la mitad de la renta, esta era muy baja; un tío de Marisol era el dueño. Y la misma Gabriela nunca hubiera podido hacerlo todo sola: encontrar un lugar, hacer los trámites, pagar un enganche, decidirse por fin a hacer la maleta y tomar el autobús…

—No pasa nada —dijo Marisol.

Gabriela no insistió.

Siguieron comiendo en silencio por un rato.

Luego, por decir algo, Gabriela empezó:

—Hoy, saliendo de clase, voy a pagar el teléfono. —Parte del arreglo de las dos era que ella pagaba completa la cuenta del teléfono—. A más tardar voy mañana. —Otra pausa—. Oye, ¿y por qué no va a ir tu maestro a tu clase de al rato?

—Regresa hasta mañana de un taller en Europa.

—¿Taller?

—¿Te acuerdas de mi taller de actuación? ¿El de los sábados? Es ese maestro, Teodoro.

—El famoso.

—Ese mero.

Durante su primer semestre, Gabriela había tomado el autobús a Toluca cada fin de semana. Ahora iba con menos frecuencia; no lo decía —no se lo decía ni a ella misma—, pero cada vez se sentía más cómoda, menos asustada en la ciudad nueva. En cualquier caso, su mamá no le hubiera perdonado que no la llamara al menos y Gabriela lo hacía al menos una vez por semana, cada domingo. Por eso era quien pagaba el teléfono. No se atrevía a no llamar, aunque la conversación fuera siempre la misma: un rato de que mamá la pusiera al día con cómo estaba la casa, otro acerca de las telenovelas (ya se acercaba el final de *Las gemelas*) y finalmente el interrogatorio: cómo le estaba yendo en la escuela, qué cosas nuevas había aprendido, si había habido exámenes o trabajos que pudiera mostrar. Paciente, Gabriela repetía que la universidad no era como la primaria, que no daban boletas de calificaciones y que aún no estaban cerca del final del semestre.

Por último, venía la parte en que mamá le hablaba por nostalgia. Le decía que la extrañaban (también su papá, por supuesto que la extrañaba, aunque rara vez quisiera hablar con Gabriela por el teléfono; la extrañaba igual que sus tías y sus otras primas y toda la familia). También le hablaba de su cuarto vacío y de las amistades y conocidas que preguntaban por ella. Y finalmente:

—Pero ya que estás allá...

—Échale ganas —agregaba Gabriela.

—Pues sí, échale ganas. Aunque no te guste que te lo diga. Ya que quién sabe quién te metió la idea de irte, y no quisiste estudiar lo que estás estudiando, pero cerca de tu casa, pues mínimo que valga la pena —decía su mamá. Sobre todo, no debía darle gusto a quienes esperaban verla fracasar. Su mamá no revelaba quiénes eran esas personas malignas, pero siempre salían a relucir. Seguían pensando lo peor de la decisión de Gabriela, decía. No entendían por qué había huido de su casa, por qué estaba escondida en otra parte.

Gabriela no respondía. Sabía que no se estaba escondiendo, pero no estaba segura de no haber huido. No podía decirle eso a su mamá. Nadie la había maltratado. No era como los niños desamparados de las películas, que escapaban de sus padres borrachos o de los malvivientes que los obligaban a trabajar. Tal vez «huir» no era siquiera la palabra correcta. No se había ido por rechazo o repulsión o miedo, sino por atracción, porque algo tiraba de ella desde lejos.

Algo seguía tirando de ella. A veces se sentía insegura, a veces acobardada y a veces no sabía cómo hacer ciertas labores necesarias: cómo quitar la grasa pegada en una olla o elegir piezas de pollo en el mercado (sí, también por cosas así llamaba a su mamá). Pero lo nuevo a su alrededor era mucho, era numeroso y clarísimo. Por dar solamente un ejemplo, ya sabía que los actores no son todos iguales y que los de teatro se ofenden si los confunden con los de cine o con los de telenovelas.

Y también sabía ya lo que era un «taller de teatro». No una clase formal, sino un grupo de estudiantes que practicaba lo que sabía y buscaba, al mismo tiempo, nuevas formas de hacerlo.

—¿Tu maestro de taller también toma taller? —preguntó Gabriela.

—Pues claro —dijo Marisol—. Es como tu papá cuando se va a hacer cursos a la escuela de maestros. ¿Cómo se llama eso?

—Ah, entiendo —dijo Gabriela—. Técnicas pedagógicas.

—No, no. Quiero decir que es para ponerse al día. Va a aprender cosas nuevas que luego nos enseña a nosotros. De lo que está más avanzado en el teatro. En la facultad no hay nadie que haga eso. Y otros grupos independientes, no sé, pero no creo.

—Qué bueno que es compartido —dijo Gabriela—. Este semestre, un maestro nos decía que no quería que compitiéramos con él y por lo tanto no nos iba a enseñar absolutamente todo lo que…

—No sé cómo será este taller al que fue ahora —la interrumpió Marisol—, pero el anterior estuvo bien vaciado. Acabó en un bosque.

Gabriela no siguió con su anécdota, pero tampoco se sintió tan enojada como antes.

—¿Un bosque?

—Ese fue en Polonia. Lo invitaron especialmente, ¿tú crees? Un grupo de teatro que conoció aquí, una vez que vinieron, y al que volvió a ver cuando fue a estudiar por allá. Me dijo cómo se llamaba el lugar, pero no me acuerdo. Fue algo que se llama «teatro ritual». Está bien loco. Según esto, en la Antigüedad todo el teatro era así: tenía una parte de ceremonia religiosa. De invocación de los dioses, de la naturaleza…

Gabriela sintió un escalofrío diminuto. *No tomarás el nombre de Dios en vano.* Era una de las cosas en las que más insistía su mamá cuando ella era niña. Dios era uno. Él. El que ella sabía. Decir cualquier palabra o serie de palabras que insinuara otra cosa era peor que decir todas las groserías del mundo.

Pero ella, un día, cuando estaba por cumplir doce, subiendo deprisa los escalones de la escuela a su salón de sexto de primaria, entre niñas y niños que se apuraban hacia sus propios salones, se había atrevido a decir, por primera vez en la vida, la palabra *idiota*. Solo para experimentar. Para sentirla sobre la lengua y entre los dientes. Ya no tenía idea de qué la había llevado a hacer el intento, pero ¡cómo se acordaba de aquel momento!

Y no mucho más tarde, ya en la secundaria, había hecho una exposición completa en una clase acerca de Zeus, Hermes y el resto de los dioses de la mitología griega…, usando el tiempo presente: «Afrodita es la diosa del amor». «Hefesto es el dios del fuego». «Poseidón es el dios del mar».

Falsos dioses. Dioses en los que ya no creía nadie. Y decir la palabra *idiota* era, en realidad, algo levísimo, comparado con las palabrotas que llegaban a usar algunos de sus primos y hasta su papá, si estaba borracho y encerrado en su estudio, creyendo que nadie lo escuchaba. O con lo que oía decir a los hombres («los viciosos», «los mariguanos») de la calle de Aguascalientes, ante quienes siempre caminaba deprisa, con la vista fija en el suelo, haciendo un gran esfuerzo para no echarse a correr.

Pero algo pasaba cuando Gabriela sentía la tentación secreta, escondida como sus disgustos y sus desquites. Siempre que llegaba el mismo miedo, helado, constante, pequeñito, y a la vez nadie la amenazaba con un castigo, Gabriela no se detenía. Al contrario, se reconcentraba en el miedo, como si apretara los párpados y los puños y los labios, y se arrojaba de cabeza.

—Eso es paganismo —le dijo hoy a Marisol. El sol entraba por la ventana grande del comedor e iluminaba los platos de segunda mano puestos sobre la mesa. Al poco rato tendría que marcharse. Pero no se movía y la expresión de su cara era lo más luminoso en todo el cuarto: por supuesto que deseaba conocer el resto de la historia.

Marisol se la contó:

—¡Y tú qué, mosca muerta Gabita! —dijo primero y se rio—. El maestro, es decir, el maestro de Teo y de los demás, los dividió en dos equipos: las mujeres por un lado y los hombres por el otro. Y les dijo que se metieran al bosque a hacer una escena entre ellos, a improvisar, sin libreto ni nada pensado de antemano.

—¿Se puede hacer eso?

—Es lo más avanzado. Ya se hacen obras así y toda la cosa. Lo que ellos tenían para trabajar era la idea de que debían imaginarse como parte de una tribu antigua. Como de hombres de las cavernas. Las mujeres hicieron algo de lo que él no se enteró, pero los hombres se imaginaron que eran cazadores, yendo a buscar la comida para ellos y sus mujeres, y además hombres primitivos, o a lo mejor hasta…, ay, ¿cómo se dice?

—¿Qué cosa?

—Primates. Eso. Mitad monos y mitad hombres. Todavía en el camino de la evolución.

Gabriela asintió. ¡Si sus maestras de catecismo la hubieran visto, tan tranquila, oyendo hablar de evolución…!

—De ahí se les ocurrió ir como encorvados, haciendo ruidos en vez de palabras, y haciendo como que buscaban algo —siguió Marisol—. Según esto, aquel bosque era una zona como parque nacional, con senderos para caminar y todo, así que no se iban a encontrar muchos animales salvajes… Pero a ver, espera, me estoy haciendo bolas. Lo importante es esto: como era teatro, tenían que usar la imaginación. Hacían como que veían un conejo y se iban tras él, o un pájaro, y si se les escapaba, hacían gestos a sus dioses, según esto para que les ayudaran a cazar la presa, y si no se les escapaba, para agradecerles. Pero seguían buscando porque la tribu necesitaba un animal grande. Un bisonte.

—¿Qué es un bisonte?

—¡Espérate, eso no importa! Te digo que es un animal grande. Se pusieron a buscarlo, a tratar de rastrearlo, a seguir su olor y sus huellas. Y no había nada ahí, te digo, pero ellos estaban tan metidos, según dice Teo, tan compenetrados en esos papeles que se habían inventado…, que era como si se hubieran convertido en esos seres. Como si todo fuera verdad y ellos hubieran dejado de ser gente del siglo xx. Dice que ya nada más pensaban en que el dios de los bisontes tenía que darles permiso de ver uno, que la diosa del viento les tenía que traer el olor, que el dios de la caza los tenía que ayudar a echar bien las flechas, cosas así. Y hasta que lo encontraron, o sea, en lo que estaban haciendo, que era teatro nada más para ellos, sin nadie que los viera, sin nada más que ellos moviéndose, actuando. Encontraron al animal y lo cazaron, y les costó mucho trabajo porque era un animal enorme, muy salvaje, muy fiero. A dos de ellos los mató el bisonte —Gabriela se contuvo para no decir nada—, pero los que quedaron lo pudieron matar y lo empezaron a descuartizar ahí mismo…, así lo contaba Teodoro, te lo juro… Salaron los pedazos para que se conservaran. Todo me lo estuvo contando así. Y a unos se les ocurrió que el bisonte era demasiado poco para todos y que no querían compartir lo que habían cazado, y entonces hubo una guerra entre ellos. Porque el hombre es así, ¿no? Tiene que hacer la guerra. Y entonces se empezaron a pelear, y Teo fue el jefe de los que ganaron, y entonces todos se regresaron al lugar de la carretera donde los había dejado el maestro, pero como una procesión de guerra, con los dos muertos y los otros prisioneros. Según Teodoro, a uno casi lo descalabran de a de veras. Y regresaron rugiendo, además, así como…

—Locos —dijo Gabriela sin pensar.

—Más bien como bestias. Como que por momentos sí se les olvidaba quiénes eran. Bueno, de por sí los hombres son siempre medio bestias. —Y le guiñó el ojo—. Pero lo importante es que fue una cosa bien intensa, bien extraña.

—¿A ti te ha pasado algo así? —preguntó Gabriela.

—¿Así, así? No. Se supone que es de lo más increíble que tiene el teatro. Y eso que nuestro taller luego sí llega a ser muy intenso… Oye, pero ¿no estabas preocupada por llegar tarde? ¿Ya viste qué hora es? ¡Ándale, vete! Yo lavo los trastes. ¡Ay, y ponte otra blusa! ¿Con qué te manchaste?

Cuando salió por fin hacia la parada del camión, Gabriela llevaba un suéter holgado sobre otra blusa, floreada, que no era su favorita; una falda aún más larga que la que se había puesto primero, por un reflejo de vergüenza, y el cabello recogido en una trenza, bien apretada. Nautralmente, ya iba muy tarde. Dio vuelta a la esquina en la calle de Orizaba. Llegó hasta Antonio M. Anza, donde comenzaban los multifamiliares, y dio vuelta a la izquierda hacia la avenida Cuauhtémoc. De alguna ventana abierta salía una voz, un locutor de Radio Mil. Se dio cuenta de que, como en otras ocasiones, en realidad no quería llegar a clase, pues el maestro Menjívar era un hombre muy duro y estricto, en especial con las alumnas. Gabriela hubiera preferido cualquier otra cosa: ir a un café, quedarse sentada en el parque al lado de la avenida, ir a la pista de patinaje en el centro multifamiliar, regresar al despartamento y seguir platicando de las locuras de Marisol y su maestro…

Apretó el paso tanto como le era posible, sin echarse a correr.

Su prima había venido al Distrito Federal a estudiar tres años antes. En realidad, aparte de todo lo demás, ella le había dado la idea de venir. Aunque Gabriela nunca hubiera pensado en una carrera como Arte Dramático. Y aun si se le hubiera ocurrido, la condición para que sus padres le dieran el permiso había sido que estudiara algo de provecho.

—Cualquier cosa, menos lo que está haciendo tu prima —había dicho su papá—. A lo mejor ella no necesita ganarse la vida, pero a ti sí te va a hacer falta. Ni modo. Además, aquí no somos tan complacientes como la hermana de tu mamá…

—¡Ignacio! —se quejó su mamá.

—…aquí no somos ricos. La herencia que vas a tener va a ser la educación que te podamos dar. Así que te me pones a estudiar algo que te dé trabajo cuando regreses. Si me entero de que nos mientes y te metes a *cualquiera* de esas dizque carreras de los desviados… o de los revoltosos…

—Ay, Ignacio —volvió a quejarse su mamá—. No seas injusto. ¿Y qué no conoces a tu hija? Además, no seas malo. Es como un viaje de estudios. Como los cursos que vas a hacer tú.

—Oye, no, mis cursos duran una semana y son aquí mismo. Tu hija se va cinco años al Distrito Federal. Por cierto —siguió, mirando a Gabriela—, ni creas que te vas a poder regresar en cuanto te aburras. ¿Eh? Si te embarcas, te embarcas bien. No me vas a poner en vergüenza.

—¿No te digo? Si no es Marisol. Marisol es la indecisa. ¿Te acuerdas que se metió a estudiar para educadora y no duró ni el año? Eso fue aquí, sin salir de su casa.

—Más a mi favor. ¡Así es la juventud de ahora! Primero todos arrebatados y al final nada de nada.

—Nacho —replicó su mamá—, tu hija no es así. Ahorita va siguiendo a la prima y haciéndose la rebelde. Pero no es como ella.

A lo mejor, pensó Gabriela, era su propio padre el que decía y pensaba aquellas cosas terribles de las que su mamá le hablaba siempre. No, no podía regresar así como así. Aunque los principios básicos de la contabilidad le interesaran mucho menos que esa historia que acababa de escuchar. Aunque el ritual o la guerra en medio del bosque le causara la misma curiosidad, la misma atracción avergonzada que la diosa del amor o la palabra mala.

El camión llegó cuando ella estaba a pocos metros de la parada. Gabriela tuvo que correr para alcanzarlo. Subió, le pagó el viaje al conductor y se agarró del tubo de metal en el primer sitio libre que encontró. Venía lleno, como casi siempre. Iba a estar de pie la mayor parte del viaje. Ya era casi cuarto para las nueve y su clase con Menjívar empezaba a las diez. Se descubrió en uno de los cristales de las ventanas. Su reflejo estaba superpuesto al exterior, pero alcanzó a ver sus ojos café claro, grandes, un poco juntos; su nariz chata y, en cambio, demasiado ancha; sus labios delgados y su barbilla redonda, suavizada aún más por el pliegue que compartía con todas las hermanas de su papá.

En una parada, Gabriela se soltó brevemente del tubo y alcanzó a revisar los números del boleto que el conductor le había dado. Desde la secundaria, desde antes tal vez, se había enterado de la superstición del 21: si los números del boleto daban esa suma, pasaba... algo. A veces se decía que un beso, a veces que buena suerte. Sor Paula hubiera dicho que esas sumas eran *numerología*, es decir, otra más de las cosas del Diablo, pero Gabriela jugaba a hacerlas de tanto en tanto. Ni siquiera le parecían una transgresión tan seria como las otras.

Su boleto era el 8327. La suma era 20. Algo estaba a punto de pasarle... a alguien. En alguna parte. Gabriela arrugó el boleto y miró la calle, repleta de gente y de coches en movimiento, afuera del camión y bajo el cielo iluminado.

3

De vez en cuando, Marisol organizaba fiestas en el departamento. Siempre eran los viernes por la noche, así podían continuar durante más tiempo. Los invitados traían comida para picar o refrescos u otras cosas para beber. No era un problema porque Marisol siempre avisaba con anticipación y así Gabriela salía de la universidad y no se iba a comer, sino directamente a la terminal de autobuses de Chapultepec, donde compraba un boleto para Toluca. Allá la recibían con gusto, podía dormir en su cuarto y su cama de siempre, y ni siquiera tenía que llevar ropa.

Pero hoy había salido de su última clase, había ido al departamento y se había quedado viendo la televisión sin pensar en ninguna otra cosa. Y cuando llegó el primer invitado ya era tarde. ¡Marisol le había dicho y Gabriela lo había olvidado por completo!

—¿Por qué no me recordaste que ibas a tener fiesta? —le reclamó, en voz baja, a Marisol.

—Pensé que te ibas a escapar como las otras veces.

—¡No es que me escape!

—Pues aliviánate, entonces. Es tu oportunidad de conocer gente. ¡No somos malos! Y no tienes que tomar si no quieres, ni fumar ni nada. Al menos platica un poco.

Y ahora estaba parada en el umbral, mirando hacia el pasillo del primer piso, y ante ella, con la luz del foco cayendo desde arriba en su cara de disgusto, con una bata puesta sobre el camisón y pantuflas, la señora del 101 le decía:

—Está muy fuerte, niña. Aquí hay gente que trabaja desde temprano todos los días. ¿Y qué música es esa?

—Sí, señora. Le vamos a…

—Bájenle, por favor. Si no, le voy a tener que decir al dueño, al señor Enrique.

—Sí, señora.

—Porque es muy molesto. Está muy fuerte. Cada vez que invitas gente es lo mismo. Llevo como tres años diciéndotelo.

—Ah, no, perdón, señora… No era yo. Yo llegué aquí hace…

—¿No eres Maribel?

—Marisol —dijo Gabriela—. Y no. Mi nombre es Gabriela. Soy su prima.

—¡Ay! Ay, perdón. Ya no sé ni dónde tengo la cabeza. Pues, mucho gusto —dijo la del 101—. Ana María Sánchez, para servirte.

—Gabriela Méndez Camargo. —Las dos se dieron la mano—. Ya nos hemos saludado.

—¡Ay, sí es cierto! Y tú siempre tan arreglada, y yo con estas fachas… Pero sí bájenle, ¿no? Por favor. Sobre todo, te lo digo por mí, porque me toca levantarme a las cuatro y media todos los días, y me cuesta mucho conciliar el sueño. Mis hijos no, ellos se duermen como piedras y hasta estando parados. Salieron a su papá. Pero yo… Híjole, no quisiera que te pasara. Cualquier cosa me despierta. Y luego acabo haciendo mi turno en el hospital toda como sonámbula. El otro día así me dijo Gude, una amiguita del trabajo, parece que sigues dormida, me dijo. ¡Y ese día ustedes ni fiesta habían tenido!

—Sí le vamos a bajar, señora Sánchez —le aseguró Gabriela.

Durante varios minutos más, la vecina habló de su trabajo en el Hospital General, del vecino del 202 (que vivía solo, nunca hablaba con nadie ni hacía ruido, y que según su marido debía ser un agitador comunista o algo así, pero a la señora Sánchez le parecía únicamente tímido, a lo mejor Gabriela y Maribel deberían invitarlo un día de estos) y de *El amor tiene cara de mujer* (¿no era lindísima Silvia Derbez?).

Se despidió, por fin, y Gabriela cerró la puerta. Suspiró, aparte de Marisol, nunca había hablado tanto con nadie en el Distrito Federal.

—¿Quién era? —preguntó Marisol. Estaba sentada en un extremo del sillón grande de la sala e inclinaba el cuerpo hacia un lado para mirarla en el pasillo—. ¿Qué tanto te estaba diciendo? —Gabriela abrió la boca para responderle, pero los dos muchachos que estaban al lado de Marisol en el sillón empezaron a reírse a carcajadas—. Oh, cállense.

Gabriela caminó hasta la consola y bajó un poco el volumen del tocadiscos.

—Mary, dice la señora Sánchez, la del 101…

—¿Qué haces? —se quejó otro muchacho, que estaba de pie junto a la mesa, bailando—. ¿Qué, no te gustan los Beatles? —Y se acercó hasta Gabriela para volver a subir el volumen.

—Oye, no —dijo ella en voz baja—. Disculpa… ¡Mary! —Marisol estaba riéndose a carcajadas con los dos muchachos del sillón y no la escuchó. Gabriela hizo un esfuerzo para tragarse el enojo. No era que le molestase la música. De hecho, a Gabriela le gustaban *algunas* canciones de los Beatles, sobre todo las más calmadas, y le parecía que «ese tipo de música» no era toda perversa o decente, dijera lo que dijera su papá al respecto. Más bien estaba pensando en que ella sería quien recibiría el regaño de la señora Sánchez al día siguiente. Ya pasaban de las nueve, pero la fiesta apenas estaba comenzando.

Y no conocía a ninguno de los compañeros de Marisol. Todos eran alumnos de Arte Dramático, como ella, o miembros de su grupo de teatro.

—No seas aguada —le dijo el que había subido el volumen—. ¿Cómo te llamas?, ¿eres la prima de Marisol?

—Gabriela —respondió ella.

—Samuel —dijo el muchacho; era moreno, tenía el pelo largo y llevaba una chamarra encima de su camiseta—. Pero ¿entonces sí eres la prima de Marisol?

—Ya les había dicho —intervino Marisol—. Ustedes no me hacen caso. ¡A ver, groseros! —Se levantó del sillón y aplaudió dos veces—. ¡Ey! ¡Todos! ¡Grupo! Apaguen eso. Volteen para acá.

—No, no —pidió Gabriela, pero Marisol no le hizo caso. Un momento después estaban todos sentados en círculo (algunos trajeron sillas de la mesa del comedor) para que Marisol los presentara—. Mary —se quejó Gabriela de nuevo, pero nadie la oyó.

—¿Ya nos vas a decir por qué mandaste a volar al tal Armando? —dijo una de las muchachas.

—¡El *dramatis personae*! —se rio otro, de más edad que el resto, vestido de traje, y agregó—: A ver, mijita, bájele para que podamos oír.

—Sí, papá —respondió otra muchacha, menuda y un poco pasada de peso, con un suéter todavía más grande que los que usaba Gabriela; de hecho detuvo el disco y hasta apagó la consola.

—Ahora sí —dijo el hombre—. A ver, señorita Marisol…

—Vaya, una persona educada —dijo esta e hizo que Gabriela se sentara a su lado, en el brazo del sillón—. Muchachos y muchachas, esta es Gaby, mi prima, mi mejor amiga…, nadie se vaya a sentir menos, pero así es. La conozco desde que éramos así de pequeñitas. Gabita, todos estos son mis compañeros de la carrera…

—En la benemérita Facultad de Filosofía y Letras —intervino uno de ellos, que tenía en la mano un vaso con cuba.

—Exceptuando a dos —siguió Marisol—, que son del taller de los sábados. Uno es ese señor todo elegante, José Carlos. Ana Luisa, la de allá, no es su hija. Nomás se dicen así.

—A todos les digo hijos porque están muy chiquitos —dijo José Carlos.

—Este otro jovencito, que ya conoces, es Samuel. Ese de ahí es Fernando. Ella es Lina, ese es Rodrigo —el de la cuba—, y el de hasta allá es Germán, el otro que es compañero del taller y que, como verás, también está un poco dado a la desgracia.

—Oh, sin insultar —dijo Germán, que también era un poco mayor que el resto, pero vestía una camisa de manga corta y pantalones de mezclilla.

—Mucho gusto —dijo Gabriela, inclinando la cabeza y sin mirar directamente a ninguno. No iba a poder aprenderse tantos nombres tan rápidamente.

—Y ahora el ejercicio de integración, ¿no? —dijo ¿Lina?, la que había preguntado por el nonovio de Marisol, una muchacha igual de alta que ella, aunque rubia (muy bonito cabello, la verdad) y que llevaba unos pantalones acampanados y una blusa suelta estilo jipi—. ¿No? Ponte aquí en medio del círculo y dinos todo. Todos tus secretos, desde la infancia para acá.

Varios se rieron, pero Gabriela no estaba segura de si aquello era una broma o no. Ya sabía que la gente de teatro tenía que practicar para poder subir a un escenario: *desinhibirse*, decía Marisol. En ese momento sonó el timbre de la entrada de abajo, la que daba a la calle, y Gabriela se levantó.

—¡Yo voy, yo voy, no se apuren! —dijo y salió tan deprisa como pudo.

Bajó las escaleras pensando en alguna despedida cortés, alguna excusa para meterse en su cuarto lo más pronto posible. Llegó a la planta baja, abrió la puerta y vio a un hombre de unos treinta y tantos, alto y ancho, vestido con pantalones de mezclilla y una chamarra de piel. Tenía la barba y la melena muy rizadas y negras.

—Buenas noches —dijo—, vengo al 103.

—Ah…, pase, sí —dijo Gabriela y el hombre pasó a su lado, pero en vez de seguir adelante se volvió hacia ella.

—Tú debes ser la prima de Mary. Gabriela, ¿verdad? Yo soy su maestro, Teodoro Campa. —Le tendió la mano y Gabriela la estrechó.

Ella sintió alivio cuando, de vuelta en el departamento, nadie le hizo más preguntas y todos se concentraron en Teodoro. La fiesta era en su honor; era la primera vez que se reunía con todos sus alumnos desde su regreso de Europa. Lo recibieron con aplausos y luego hubo abrazos, risas, una porra y un brindis.

Y Gabriela quiso retroceder hacia su cuarto, pero Marisol la detuvo.

—Espérate tantito —le dijo. Ahora Teodoro estaba sentado, él solo, en el sillón de dos plazas y todos los demás se acomodaban en los asientos restantes—. Siéntate, convive.

Como ya no había sillas, y no se iba a sentar otra vez en el brazo de un sillón, Gabriela no tuvo más remedio que ir por un banquito que tenían en la cocina. Cuando volvió a la sala alguien había vuelto a encender el tocadiscos, pero le habían bajado mucho el volumen y cambiaron a los Beatles por un disco de música clásica: Vivaldi, era uno de los dos que Gabriela tenía y se había traído de Toluca.

—No, no, espérense —explicaba Teodoro—. Repito: a donde fui fue a *Polonia*. ¿No les había dicho? —Algunos dijeron que sí y otros que no; Gabriela notó que todos estaban impresionados de cualquier manera—. ¡Sí les dije!

—¿Cómo le haces para enterarte de todas las becas, jijo? —dijo uno de los hombres, con admiración.

—Se me quedaron cosas pendientes en el viaje anterior. ¿No se acuerdan? Por ejemplo…

—¿Qué? —preguntó el de la cuba, que seguía en su mano izquierda, aunque en la derecha ya había otro vaso. Pasó un segundo, otro. A Gabriela se le ocurrió que Teodoro estaba alargando una pausa a propósito—. ¿Qué?

—¿Cómo que qué, Rodrigo? ¿De veras no se acuerdan? *El Teatro Laboratorio*. La sede. ¿Se acuerdan que el año pasado no me tocó conocerla?

Varios se quedaron con la boca abierta. Otros decían «oh», «uh», con caras de estar muy impresionados.

—¿Ahora sí fuiste?

—¡Maestro!

—Este jipi *es* un maestro.

—¿Qué es el Teatro Laboratorio? —preguntó Gabriela, de pronto.

Más tarde, nunca pudo explicar cómo se había atrevido a hacer esa pregunta, y además en voz alta, al contrario de casi todo lo que había conseguido decir aquella noche.

—¿Cómo no sabes? —dijo Lina.

—Ay, bueno, ¿cómo va a saber? —le respondió Ana Luisa.

—¡Compañera! —dijo José Carlos en tono de queja hacia ¿alguna de las dos? ¿Hacia Gabriela?

—Oigan, no sean malos. —Los hizo callar Teodoro, gesticulando desde el sillón con los brazos muy abiertos—. Oigan, oigan —siguió y los demás callaron—. Qué va a decir Gabriela, que somos unos esnobs…

—¡Fufurufos! —dijo alguien. ¿Francisco, tal vez? Federico.

—¡Shh! Mejor presten atención en lo que le explico y a lo mejor aprenden algo —dijo Teodoro.

—¡Lección, lección! —dijo Samuel y todos los alumnos, incluso Marisol, se inclinaron un poco hacia adelante. Gabriela se sorprendió. A Marisol nunca le había gustado ninguna escuela.

«Sabe muchísimo, muchísimo —le diría ella, al final de la fiesta, cuando las dos se quedaran solas por fin entre los vasos vacíos y los ceniceros llenos—. Ya lo viste. Hay días que se suelta hable y hable las dos horas de clase y ni ensayamos ni nada, pero qué bárbaro».

Teodoro sonreía.

—Ustedes que son privilegiados —empezó, y hubo un par de risitas burlonas, pero se extinguieron enseguida—… Claro que son privilegiados. *Somos* privilegiados. Estamos viviendo una edad de oro de la historia del teatro. ¿Se dan cuenta? ¿Lo entienden? Este es un momento en el que un montón de grandes directores de todo el mundo está vivo y trabajando. Lo que se empezó a derribar a principios de siglo ya está derribado. El teatro tradicional, los «clásicos», los decorados de cartoncito, las escenas con «dos puertas a izquierda y derecha, una escalera practicable, una pintura al óleo de la señora sobre la chimenea»…, todo eso ya está out. ¡Hasta en el Tercer Mundo hay avance! Germán, dinos, ¿qué tal está el montaje de Giménez?

Germán se quedó desconcertado por un segundo.

—¿*Venezuela tuya?* Buenísimo.

—Es una obra de protesta —explicó Marisol a Gabriela— que trajo un grupo venezolano.

—Una maravilla —continuó Teodoro–. Teatro de búsqueda y de compromiso. Total. Y que la mayoría de ustedes no ha ido a ver, por cierto, bola de flojos. Germán y yo fuimos el mes pasado y los demás se hicieron tontos.

—Nosotros sí fuimos —se quejó Ana Luisa.

—Entonces no me refería a ti y Rodrigo, ¿no? —replicó Teodoro, pero sonreía con amabilidad—. Todavía está en temporada en el Teatro de la Universidad. Les debería hacer examen al respecto. En fin. A lo que me refiero es que hay gran teatro por todas partes. Ustedes podrían decirme que hasta aquí, en México, hay gran teatro. ¿No? Obras retadoras. Escuelas. Una carrera de Arte Dramático. ¿No? Teatro en las prepas. El CUT. ¡La Escuela de Arte Teatral del Instituto Nacional de Bellas Artes! Todo lo que hemos aprendido de Seki Sano, de Jodorowsky… Hasta el programa cultural de las Olimpiadas del 68 trajo gran teatro, y eso que ya sabemos.

Teodoro hizo una breve pausa y nadie dijo nada. Todos sabían lo que había ocurrido en México en 1968, poco antes de los Juegos Olímpicos.

—Este anuncio fue pagado por el teatro mexicano —dijo, al fin, José Carlos, como para romper la tensión.

—No —reviró Teodoro—, porque esa última parte es la que es engañosa. Gaby —siguió, y la miró de frente—, lo que estos camaradas, obreros y campesinos no acaban de ver es que somos privilegiados, sí, ¡pero al mismo tiempo *estamos en la miseria*! ¿Buenas obras, escuelas, triunfo de México en el Primer Festival Mundial de Teatro, Nancy, Francia, 1962? —qué gestos hacía, parecía que estaba declamando, porque marcaba cada palabra importante con un gesto de la mano o un movimiento del brazo entero—Todo eso no es *nada*. Comparado con la *cantidad* de cosas, la *calidad* de las cosas que se hacen en otros lugares, incluyendo América Latina, México está en la calle de la amargura. ¿Vieron eso de que la embajada gringa patrocina clases de teatro aquí? *Nosotros* deberíamos estar dándoles clases a ellos. ¿Cuándo escribieron sus obras Juan Ruiz de Alarcón, Sor Juana? ¿Sí se dan cuenta de la desventaja? Estamos mejor que cuando todo lo que había era Alfonso Reyes, sí, Lo que tenemos es muy bonito, útil, notable, pero cuando se ve desde afuera del país, se nota que no hemos dejado de ser colonia. ¡Vamos, basta con verlo desde afuera del teatro universitario! En esta ciudad, la mayor parte de la gente no está interesada en el teatro de búsqueda. Si por ella fuera, se quedaría con *Don Juan Tenorio* o *Los siete pecados*.

—¿Cuál es esa? —preguntó Lina.

—Lina, no importa. ¿Me entienden lo que quiero decir? Estamos muy adelantados... dentro del atraso general. La Universidad no tiene una compañía estable. ¿Han oído eso de que tenemos una explosión demográfica?

—En mi facultad lo dicen —comentó Gabriela—. Que hemos llegado muchos de provincia.

—¿Sí? Pues a la carrera de Arte Dramático nada más llegó tu prima. No alcanzamos a tener los cien alumnos. Y ni juntando el resto de las escuelas y grupos llegamos a un número realmente grande de actores y actrices comprometidos con el teatro. ¿Cuándo vamos a poder llegar a todas partes del país? Nunca. Y menos si todo lo que se hace tiene que gustarle al maestro Héctor Azar, que como ustedes saben dirige al mismo tiempo el teatro de la universidad y el de Bellas Artes...

—El zar del teatro —dijo Samuel.

—Ojalá fuera el «zar» —dijo Teodoro—. ¡Es el señor presidente del teatro, el PRI del teatro! El *huey tlatoani*, dueño de vidas y haciendas... Por cierto, Gaby, ¿has oído algo al respecto de todo esto? —preguntó, otra vez mirando directamente a Gabriela, y ella no tuvo tiempo de desviar la mirada. Los ojos de él eran cafés, como los de la mayoría de la gente, pero grandes, de brillos y sombras nítidos—. ¿No? No, espera, a ti todo esto te ha de sonar en chino. Vamos a abordar el asunto de otro modo. Has ido al teatro, ¿no?

Gabriela se quedó boquiabierta. Logró asentir.

—Ya la he llevado a algunas obras —explicó Marisol—. Y el otro día le estaba contando del otro taller al que fuiste…

—Muy bien —la interrumpió Teodoro—, pero igual hay que darle estructura, se me hace. A ver. Vamos con un ejemplo. Supongo que conoces las pastorelas, ¿no, Gaby?

Ahora ella pudo decir:

—Sí.

—En este país no pensamos realmente en lo que son esas obras. Mucha gente las va a ver porque es la costumbre de fin de año, antes de la Navidad. Ir a ver la historia del nacimiento de Jesús y de los pastores, como ir a misa o comer romeritos. Pero, a su modo, las pastorelas son ritos. Ceremonias. Parte de la religión de la gente. Religión, fíjate, proviene de *religare*, que significa crear lealtades, crear lazos. ¿Lazos con qué? Con aquello que se cree. O sea, con aquello que se *es*. Pero lo que somos es también lo humano, lo de este mundo, no solamente lo del otro. Y el resto del teatro, todas las otras obras que no son religiosas, se ocupan de eso. Son rituales de otra cosa, de nuestros cuerpos, de nuestros espíritus. Nos vamos a entretener al teatro, sí, jijijí, jajajá; *Ensalada de locos,* nada más que en vivo. Pero a veces, al menos una que otra vez, también está lo otro: el misterio, lo profundo.

»En el teatro está la gente que quiere nada más jijijí, jajajá, y estamos los que queremos otra cosa. Los que pensamos que al hombre le urge esa otra cosa de la que estaba hablando. Ve la situación en el mundo. Ve la situación en el país. Yo no sé qué pensarás tú, Gaby —y otra vez volvió a mirarla, y otra vez hizo

42

una pausa—…, pero yo sí digo, y lo sostengo, que nos hace muchísima falta ser más humanos. Para empezar. Y el teatro es un modo de lograrlo. Lo que decía del atraso es cierto. Nos falta mucho, y no nada más en el teatro, obviamente. . Lo del famoso «Milagro Mexicano» es pura demagogia. Pero precisamente porque nos falta tanto, porque estamos tan en el hoyo, cualquier ayuda sirve, por pequeña que sea. Incluyendo la que yo puedo ofrecer. ¿En qué consiste? En lo que me ha tocado descubrir, y que elijo contar, enseñar, en vez de guardármelo. Para eso trabajo y para eso viajo cuando puedo. Así aprendo. Por ejemplo, ahora, en este viaje, tuve la oportunidad que no había tenido en el otro, porque pude estar con gente del Teatro Laboratorio de Wroclaw, en Polonia, que es, bueno, el más importante del mundo. Esa es la gente que está adelante, que está descubriendo…

—¿Conociste a Grotowski? —preguntó alguien, Gabriela no vio quién.

—¡Cállate! —murmuró alguien más.

—*Trabajé* con Grotowski —respondió Teodoro; hubo sonidos de asombro—. Jerzy Grotowski es el fundador y director del Teatro Laboratorio. El gran director de nuestro tiempo. De hecho, también trabajé con Ryszard Cieslak…

—¡Ah, cabrón! —dijo Germán y de inmediato Gabriela sintió cómo se sonrojaba. Él se dio cuenta también—. Perdón.

—¡Esa boquita! —dijo Lina.

(Más tarde, mientras levantaban los restos de comida de la mesa, Marisol le diría a Gabriela:

—Sí te diste cuenta de que Germán no estaba enojado con Teo, ¿verdad?

—¿Eh?

—Tenía envidia. Igual que todos los demás, porque ya quisiéramos cualquiera de nosotros la oportunidad que tuvo él, pero Germán es así, se le va la lengua. Él ya es actor de tiempo. Tenía su propio grupo en Veracruz, pero les cayó la censura y se tuvo que venir para acá. Y como de hecho es mayor que el mismo Teodoro, pues siente que ya se le está yendo el tren…).

—Ryszard Cieslak es el actor principal de Grotowski —explicó Teodoro, una vez que el resto del grupo se calmó— y el protagonista de *El príncipe constante*, que es su montaje más importante del Laboratorio. Es una obra de Calderón de la Barca, aquel de *La vida es sueño* —y a Gabriela—: A lo mejor has oído hablar de esa.

—¿Es la de que «toda la vida es sueño»…? —¡Por fin estaban llegando a algo que ella sí conocía!

—Y los sueños, sueños son —completó Teodoro, asintiendo—. Pero *El príncipe* se trata de otra cosa. Es de un hombre que es aprisionado y torturado, pero no se rinde nunca, hasta que se muere. No renuncia nunca a pesar del dolor y del maltrato. Un hombre que muere, pero no deja de ser quien es. Y Cieslak…

Teodoro se estremeció.

Esta vez nadie dijo nada. El disco de Vivaldi seguía sonando y además estaba en una de las partes que más le gustaban a Gabriela, por suave y alegre. Pero ahora a ella le parecía algo remoto, como el ruido del viento o de la lluvia del otro lado de la ventana.

—Se me *enchina* la piel —siguió Teodoro—. No tienen idea de lo que es ver eso en vivo, tenerlo delante. Porque la puesta en escena, Gaby, lo que sería la representación de la obra, es un poco secreta. No hacen largas temporadas ni giras. Grotowski y sus actores la presentan a muy pocas personas, y no se puede tomar fotos, ni película ni nada. La idea es que la experiencia sea intensa para los espectadores, que no se distraigan. Tampoco usan escenografía, ni luces de colores… Todo esto que estoy diciendo, Gaby, es cosa que se cuenta desde hace años entre la gente de teatro, que es legendaria, pero ahora yo tuve oportunidad de *verlo*. Cieslak hace ese papel… Ay, perro. Ay…, cabrón, no hay otra palabra para decirlo. Es como un místico, un iluminado. Cuando platica contigo fuera del teatro, es un tipo normal, tranquilo… Pero cuando está como el príncipe, cuando actúa, se transforma.

Ya no está actuando, es decir, fingiendo. Se convierte. *Se vuelve otra persona*. La cara es otra. La voz. Los movimientos del cuerpo.

»El método de actuación de Grotowski sirve para que los actores se pongan en contacto con lo más profundo de ellos mismos, de su memoria, de su cuerpo, de lo que está más allá de la rutina y de la vida de todos los días. Es casi un estado de trance. Y de eso salen las experiencias más tremendas, incluso las que ellos no han vivido directamente. A Cieslak nadie lo ha matado, obviamente…, pero, cuando estás ahí, le crees, le crees totalmente que sufre, que lo matan. Es como si por él pasara la muerte de alguien más. O de mucha gente. Como si él se convirtiera en una puerta, en un conducto, a través del cual…

Gabriela se estremeció. O algo se estremeció en ella. Algo muy adentro. Nadie se dio cuenta. Teodoro siguió hablando. Parecía muy emocionado por lo que decía, pues se estaba meciendo en el sillón, como bailando al ritmo de los Rolling Stones (ese era el disco que sonaba ahora: otro de los que se suponía que no podían comprarse en ningún sitio, y de cualquier modo había llegado hasta el departamento) y golpeaba su cigarro con un dedo para hacer que cayera la ceniza.

Más tarde, poco después de las dos de la mañana, Marisol bajó con José Carlos para abrirle la puerta y despedirlo. De los invitados solo quedaba Teodoro, que seguía solo en el mismo sillón. Después de su descripción de *El príncipe constante* había contado otras anécdotas de su viaje, algunos chismes de los que Gabriela había entendido poco y de vez en cuando le había permitido hablar a algunos de sus alumnos. Luego, algunos se habían puesto a bailar, Germán se había emborrachado hasta caer, la señora Sánchez había vuelto para quejarse —aunque ahora le había tocado a Marisol atenderla—, y Rodrigo y Ana Luisa habían desaparecido por un rato largo.

Eso último debería haber sido lo más impresionante de la fiesta para Gabriela. Nunca había visto nada parecido, pero entendía. No le habían hecho falta las burlas de Lina ni la queja de Marisol:

—Se metieron al baño, ¿verdad? No se metieron a un cuarto. ¿Verdad?

Desde siempre, las peores historias de su mamá, de las monjas en el catecismo, de los padres, comenzaban así. Lo que hacía la gente libertina, sin respeto ni temor de nada, antes de caer todavía más hondo y acabar en la ruina en este mundo y en el otro. Quizá unos meses antes, o incluso unas horas antes, Gabriela se habría sentido lo bastante asustada al ver las caras alegres de los dos como para salir del departamento, llegar a Chapultepec y tomar el primer autobús disponible para salir de la ciudad.

Pero ahora la inquietaba más, mucho más, aquella otra cosa.

Mientras soltaba una nube de humo, Teodoro apagó el cigarro en el cenicero y se recargó en el respaldo, extendiendo los brazos. Como algunas horas antes, miró a Gabriela de frente.

Ella, que se había pasado a una silla, se dio cuenta de que estaba bostezando cuando ya tenía la boca bien abierta.

—¿Así de aburrido soy? —sonrió Teodoro.

—¡Ay, no! —contestó Gabriela—. Perdón. Es que ya es…

—Sí, ya es muy tarde. Yo creo que también ya me voy. —Se levantó, pero volvió a sentarse de inmediato—. Digo, me espero para despedirme de Mary.

—Sí, sí —dijo Gabriela—. ¿Quiere más refresco o… vino?

—No, gracias —dijo Teodoro. Ahora estaba sonando el otro disco de Gabriela, que era de canciones de Cri-Crí y que Fernando (no Francisco, ni Federico) había puesto para bromear. Los dos se quedaron en silencio por un momento. Teodoro seguía sonriendo.

—Ese disco lo oía de niña —empezó a decir Gabriela—. Es un recuerdo…

—Es simpático —le respondió él—. Oye, dos cosas. No me hables de usted. Primero eso. Y la otra, yo sé que estás estudiando algo distinto, pero me da la impresión de que te interesaron las puntadas de don Jerzy, el compañero Ryszard y toda esa gente. ¿No te gustaría ir un día a alguno de nuestros ensayos?

Cuando ella y Marisol por fin se quedaron solas, limpiaron un poco, decidieron terminar más tarde y se fueron a dormir. Gabriela se acostó en su cama, que por suerte estaba fría al tacto, bien tendida y sin el olor de ninguna otra persona.

Soñó que estaba sola en un espacio enorme. No había luz suficiente para apreciarlo, pero sí el eco de muchas voces: gente que hablaba despacio, quedo con muchas palabras que no se comprendían, pero que resonaban de cualquier manera, como si fueran ecos en paredes distantes.

4

Al día siguiente, Gabriela se despertó al mediodía, cuando Marisol ya se había ido a su ensayo, y se dedicó a terminar la limpieza del departamento. Le dolía la cabeza y tenía una cruda de cigarro peor que la de cualquier reunión de su papá en la casa de Toluca. Había trozos de salchicha y papas fritas bajo la mesa del comedor y copas llenas de una mezcla turbia de Coca Cola, vino y colillas. Su disco de Vivaldi había quedado en la funda de uno de Sandro de América. Dejó hasta el final el baño —aunque le hacía falta usarlo—, por miedo a encontrar evidencia de algún hecho terrible. Se sintió feliz al no encontrar nada más que papel higiénico mal puesto en el bote de basura.

—Nada más te digo que el Señor te está esperando —dijo ella mientras empujaba la palanca del excusado.

La frase era de su mamá. Gabriela la había escuchado, sobre todo, durante la infancia. Su mamá la decía cuando estaba furiosa con ella y ya había agotado todas las otras exhortaciones y regaños. En el código privado de las dos, era la señal del mayor enojo posible, la más espantosa vergüenza. Era peor que los golpes que a veces le daba su papá. Era como escuchar: «En este momento estás yendo por el camino del pecado, el camino fácil y ancho. ¿Quieres seguir por ahí? Te vas a perder, y ya que no quieres que te detenga, no te voy a detener. Cuando te arrepientas, cuando veas tu error y quieras volver al camino duro y estrecho de Dios, a lo mejor lo encuentras, y entonces Él te recibirá de nuevo, porque todo lo perdona. ¿Pero yo? ¿Sabes si yo voy a estar todavía aquí para ver cómo regresas?».

Gabriela se dio cuenta de que, sí, estaba muy enojada. Pero detestaba la frase. Nunca se la diría a nadie en voz alta, ni siquiera a Marisol.

De muy niña, lloraba con esas palabras porque le daban la impresión de haber hecho algo imperdonable, algo que estaba *ensuciando su alma*, como decían en el catecismo. Aún tenía pesadillas, de vez en vez, en las que estaba sola, sola en su casa o en una calle, y toda ella empezaba a ennegrecerse. Primero sus ropas, una mancha aquí, otra allá, no muy grandes, tan solo más y más abundantes, y de pronto las manchas ya habían ocupado toda la tela y pasaban a su piel, cada vez más rápido, como reproduciéndose, como quemaduras sin un fuego. Y si había gente, pasaba junto a ella sin mirarla. Y si Gabriela pedía ayuda, nadie acudía.

Salió del baño y cerró la puerta tras ella.

Volvió a abrirla, entró otra vez y abrió también la puerta del botiquín, para sacar la caja de las aspirinas.

A media tarde, cuando Marisol regresó del ensayo, el malestar de Gabriela seguía casi igual, pero su enojo se había consumido por entero. Lo primero en que pensó al ver a su prima fue la invitación de Teodoro, pero no la mencionó. Marisol se disculpó por haberse ido sin ayudar en nada a limpiar el departamento. Luego las dos cenaron viendo televisión. Gabriela se fue a dormir con otro dolor de cabeza (o tal vez era el mismo) y soñó algo, pero al despertar lo había olvidado.

El domingo, Gabriela fue a misa a Nuestra Señora del Rosario y después se confesó, pero no le contó al padre lo ocurrido en la fiesta. Más tarde habló por teléfono con su mamá y tampoco le dijo nada de aquello.

La siguiente semana, la pasó muy concentrada en sus clases, porque la maestra Quintana —mucho mejor que Menjívar, pero casi igual de estricta— le encargó a su grupo problemas difíciles para resolver en equipo desde el lunes.

La noche del jueves se acostó tarde. Sus compañeros de equipo fueron al departamento a terminar el trabajo de la maestra

Quintana y lo consiguieron, pero hasta pasada la medianoche. Ya en su cama, Gabriela tuvo un sueño o, mejor dicho, la conciencia de que estaba soñando. Tal vez ya había soñado lo mismo antes, quizá la noche del lunes o la del martes.

Al contrario de otras noches, no vio cuentas T ni largas filas de números que no podía leer. Tampoco escuchó las palabras *ceteris paribus*. De hecho, al comienzo se supo totalmente a oscuras, en silencio, aislada, aunque no sintió miedo; la oscuridad no mancha la carne, no ensucia a quien cubre, y además le parecía estar en un sitio concreto, uno que ya conocía. Más tarde miró hacia arriba y vio estrellas. Estaba afuera, por supuesto. En algún lugar a cielo abierto. Un llano, tal vez.

Sus ojos se habituaban a la luz de las estrellas, porque empezó a ver, apenas, el horizonte, o al menos una diferencia entre el color negro del suelo y el color negro, apenas menos oscuro, que estaba sobre él.

Por alguna razón, dijo el nombre de su abuela, en la que no había pensado en años:

—¿Mamá Azucena?

—¿Quién? —dijo una voz. Una voz apenas audible. Gabriela miró a lo lejos, hacia lo que le parecía el horizonte, y entrevió una silueta, de un negro aún más oscuro sobre el otro negro. Alguien cuyas facciones (pensó Gabriela) debían poder verse y, sin embargo, no se veían. Alguien que estaba caminando, acercándose—. ¿Quién es? —dijo la voz, ahora con un poco más de fuerza—. ¿Quién está ahí? —Y Gabriela despertó. Estaba sudando.

Afuera, en el mundo, pasó un coche. Sus luces pasaron entre las persianas y trazaron líneas blancas en el techo del cuarto. Gabriela tardó en volver a dormirse.

La noche del viernes, mientras servía unas quesadillas que había preparado para las dos, Marisol le dijo:

—Oye, por cierto, ¿esta semana te vas a Toluca?

—No, ¿por qué?

—Es que dice Teo…, Teodoro, que si quieres venir conmigo mañana al ensayo. Desde el sábado preguntó por ti, pero se me había pasado decirte. No tienes que ir ni nada si no quieres.

—¿Por qué no me habías contado? —preguntó Gabriela. No era exactamente lo que hubiera querido decir.

—Te acabo de decir que se me pasó —dijo Marisol—. Pensé que no te había caído bien.

—¿Por qué pensaste eso?

—Bueno, aquella vez estabas espantadísima.

—¡No es cierto! —se quejó Gabriela.

Aunque, en realidad, sí, sí se había asustado. En especial cuando lo de Rodrigo y Ana Luisa. Pero ahora estaba descubriendo que debía tener *muchas* ganas de ir a aquel ensayo…

—Tampoco te ofendas —le dijo Marisol, más fría.

Gabriela no tuvo tiempo de pensar antes de responder:

—¡Perdón, Mary! Perdón. Sí me…, me puse nerviosa. Fue la primera fiesta que me tocó ver de tus amigos.

—¿Qué hacen tus compañeros en sus fiestas?

—No he ido a ninguna —respondió Gabriela, y era cierto.

—¿No has ido a ninguna fiesta? ¿En casi dos años que llevas ya viviendo en el D.F.? ¿De veras? —Gabriela negó con la cabeza—. Híjole. ¿Por qué nunca me lo habías dicho? Quiero mucho a tu mamá, a tu papá lo respeto, pero los dos son *bien* cuadrados y a ti te hicieron igual. No hay que ser. Sí, tienes que ir conmigo al ensayo mañana. Por pura salud mental. Te tienes que alivianar aunque sea *tantito*.

Y al día siguiente las dos se levantaron temprano, desayunaron ligero, se pusieron ropa deportiva (playeras blancas, pantalones cortos, zapatos tenis), se recogieron el cabello y fueron en Metro hasta el Centro, donde estaba la sede del taller de los sábados.

—Parecemos Queta Basilio —dijo Gabriela cuando bajaban del tren en la estación Juárez. Era la primera vez que veía a Marisol en la calle sin maquillaje, con la cara lavada, desde que vivían juntas. Gabriela llevaba un suéter doblado dentro de una bolsa de lona. Tenía frío en las piernas, que no acostumbraba llevar descubiertas, y se sentía expuesta. Desde el extremo opuesto del vagón, dos hombres las miraron bajar.

—Por acá —dijo Marisol—. Ya vamos con retraso.

Subieron las escaleras hacia la superficie, salieron a la avenida Balderas con un puñado de otros pasajeros y caminaron por la avenida hasta dar la vuelta en la calle Independencia. Iban a dar las nueve, al menos el sol ya calentaba el aire. Mientras dejaban atrás el cine Metropólitan (todavía cerrado), Marisol explicó que el grupo de Teodoro era independiente. Por eso podía tener miembros que no fueran universitarios.

—Como él es maestro de la facultad, igual nos dejarían ensayar en algún salón. Pero él no quiere.

—Pues realmente el grupo no es parte de la universidad —asintió Gabriela.

—Y además así no necesitamos la aprobación de nadie. ¡Aunque no hacemos nada malo! —se rio—. Te vi, te vi la cara de susto. Has de pensar que hacemos quién sabe qué.

—El otro día, tu amiga, cómo se llama, Ana Luisa, la que se metió al baño…

—¡Cómo eres persignada! Y tampoco exageres. Se dieron sus besos y ya. ¿Qué estás pensando que hicieron?

Se detuvieron ante un edificio de tres pisos, Marisol llamó a un timbre y alguien les abrió casi enseguida. Era Ana Luisa, justamente. Gabriela apartó la mirada.

—¡Hola! Pásenle. Ya estamos empezando.

Subieron por unas escaleras oscuras y mal iluminadas, con manchas de humedad en las paredes, hasta el «salón de ensayos». Era un departamento en el último piso, pequeño en realidad, pero que se veía más grande porque el espacio donde debían estar su sala y comedor estaba totalmente vacío. Había algunos carteles pegados en las paredes y el piso era de duela. Una puerta entreabierta llevaba a un baño, otra a la cocina y una más estaba bien cerrada, incluso con un cerrojo extra. El departamento era del mismo Teodoro, le había dicho Marisol a Gabriela, y lo tenía así para disponer de un espacio donde trabajar.

Los otros miembros del grupo estaban ya dentro, dispuestos en círculo y dando vueltas, a paso lento, por el espacio que debía haber sido la sala. Algunos subían y bajaban los brazos. Todos llevaban playeras o camisetas blancas excepto Teodoro, cuya ropa deportiva era negra, quien los observaba, inmóvil, desde un rincón.

—Buenos días, buenos días —dijo—. ¡Ahora sí viniste, Gaby! Estamos calentando. Es como para hacer deporte. El teatro se hace con el cuerpo.

Marisol se incorporó al grupo que caminaba y Gabriela la siguió. Después de la primera vuelta notó que todos respiraban tan profundamente como podían y los imitó. También empezó a subir y bajar los brazos. Después de un rato, Teodoro les hizo cambiar de dirección. Luego los hizo cambiar otra vez. También los hizo esforzarse para subir más las rodillas al caminar o bien subir y bajar la cabeza mientras lo hacían. Al fin los detuvo, los hizo formarse de cara a él y los dirigió en una serie de estiramientos y ejercicios de respiración adicionales. Aunque no eran rutinas muy duras ni complicadas, Gabriela empezó a cansarse antes de que terminaran y pensó que estaría adolorida para esa misma tarde.

—Uf —resopló José Carlos, el hombre un poco mayor al que Gabriela había visto antes de traje. Ahora vestía una playera y *shorts* que le quedaban chicos y apretados.

—Muy bien —le dijo Teodoro al grupo—. Otra vez las manos hacia arriba, tan alto como puedan, como para alcanzar al sol… Y hacia abajo, doblen la cintura. Como para tocar la tierra. Déjense ir. No se preocupen. No se resistan.

Gabriela dejó caer las manos y perdió el equilibrio. Cayó al piso y se golpeó un codo.

—Cuidado, cuidado —dijo Teodoro e hizo un gesto hacia Marisol y Lina, que la ayudaron a levantarse—. ¿Estás bien?

—Gabriela asintió—. Ah, bueno. Entonces, perfecto. Grupo —alzó la voz—, ¡grupo!, fíjense en lo que acaba de pasar. ¿Se acuerdan los que me preguntaban por el «sí»? Eso que pasó es el «sí». Nuestra compañera se aventó. Sin reservas. Sin miedo. Hay que tener cuidado, preparar al cuerpo porque el cuerpo es nuestra herramienta, pero ahí está, *eso* es el «sí».

—El «sí» mágico —dijo Samuel. Gabriela no entendió si estaba preguntando o qué.

—Sí. Y ahora, sentados. Relájense.

Gabriela escogió un extremo del cuarto y Marisol se sentó a su lado. Vio que Lina la miraba de reojo desde un grupo que estaba más junto y más cerca de Teodoro.

—Nada más fue el golpe, ¿verdad? —le preguntó Marisol mientras le sobaba el codo—. No estás mareada ni nada, ¿verdad?

—No —contestó Gabriela.

—Sana, sana —siguió Marisol—. Y no te vayas a quedar hasta acá todo el ensayo, no seas ranchera. No tienes que participar más si no quieres.

—Bueno. Pero, oye, una cosa…

No siguió porque Teodoro empezó a hablar:

—Nuestra compañera nueva es Gabriela, ya todos la conocieron la semana pasada…, no, antepasada. Y tú ya conociste a todo el mundo. Bienvenida. Rapidísimo, vamos otra vez con el «sí» mágico. Un libro que me parece fundamental para quien le interesa el teatro —otra vez, como en la fiesta, hablaba a Gabriela— es *El espacio vacío,* de Peter Brook, gran director. Y él dice que… —Se quedó callado y miró al grupo, como si esperara que alguien completara la frase.

—Dice un montón de cosas, maestro —comentó José Carlos, cruzado de piernas y de brazos.

—Dice —siguió Fernando (sí, se repitió Gabriela, Fernando)— que el actor representa cosas en el escenario y al hacerlo se transforma. En cierto modo es, o llega a ser, el papel que le toca. Pero para transformarse…

—Para transformarse tiene que creer —lo interrumpió Ana Luisa.

—Igual que el espectador acepta creer en lo que ve sobre el escenario mientras sucede —dijo Teodoro, complacido—, el que actúa debe entregarse a su actuación, aceptarla. Decirle que sí. Esa disposición de la conciencia es el «sí» mágico del actor. Ensayar teatro es entrenarnos para lograr ese «sí». Lo hacemos poniéndonos en un estado receptivo y atento, y luego nos ejercitamos para que el cuerpo aprenda a ir con la mente y se entregue también. Si todo esto te suena raro, Gaby, medio *beatnik* o medio loco…, pues sí lo es. —Le guiñó un ojo—. Pero hay un método en nuestra locura, como hubiera dicho Polonio.

—Eso es de *Hamlet* —dijo Marisol en el oído de Gabriela—. Shakespeare.

—Y ahora vamos todos a seguir buscando el «sí» mágico, porque a veces llegar sin avisar, pero si queremos estar seguros de que viene, hay que trabajarle. Arriba, arriba.

Siguieron haciendo ejercicios. Ya no fueron de calistenia (o esa era la palabra más cercana a lo que acababan de hacer que Gabriela conocía). Hubo una ronda de «calentamiento de la voz», en la que todos decían «ooh» y «aah», pero intentando que las vocales hicieran vibrar diferentes partes del cuerpo. Hubo otra en la que solo participaron Samuel, Ana Luisa y Germán. El primero empezó a decir un poema, la segunda empezó el mismo poema, pero desfasada, cuando Samuel iba ya con un verso de adelanto, y el tercero empezó un verso después de Ana Luisa. Los tres hablaban a la misma velocidad, pronunciando con cuidado, y sus voces se superponían unas a otras.

—En canon —explicó Marisol en voz baja. Cuando alguien llegaba al final del poema, volvía a comenzar. Dieron varias vueltas así, solamente hablando, y a Gabriela le pareció que las palabras perdían su sentido, pero que los sonidos empezaban a encajar unos con otros, como piezas de un rompecabezas o engranes girando. En un momento, Germán rompió el ritmo, los otros dos se echaron a reír y los demás aplaudieron. Gabriela aplaudió también.

Hubo una ronda más en la que el grupo entero empezó a perseguirse por todo el cuarto, dando grandes pasos y haciendo movimientos muy amplios con los brazos, pero todo muy, muy, muy despacio. El objetivo era prolongar la persecución, que nadie alcanzara a nadie, pero que todos dieran la impresión de hacer un enorme esfuerzo. Yendo tras Marisol, sin poder tocarla aunque la tuviese a pocos centímetros, Gabriela se imaginó como un personaje de *Tom y Jerry*, pero no se quejó. Su papá y su mamá hubieran dicho que aquellos esfuerzos eran ridículos, o tal vez hasta indecentes. Y sin embargo había algo extraño en ellos. Todo eso, pensó, era un poco como jugar. En la infancia, niñas y niños se lo toman todo muy en serio cuando juegan, y se disgustan cuando los adultos no lo comprenden.

Por supuesto, nada se parecía a lo que hacían los actores y las actrices de las telenovelas, o de las películas que Gabriela conocía. Ni siquiera las dos o tres de «cine de arte» que había llegado a ver por insistencia de Marisol...

Después de un rato largo de persecución, cuando todos estaban ya cansados a pesar de la lentitud de sus movimientos, Teodoro les permitió sentarse y descansar un poco. Después vino el ejercicio de la silla:

—Ahora, algo nuevo —dijo Teodoro y fue al cuarto de al lado por una silla de madera, que puso en el centro del espacio vacío—. Algo para la imaginación.

Luego les planteó las reglas: una persona debía sentarse en la silla, cerrar los ojos y, al abrirlos, comportarse como si aquel fuera el primer momento de su vida. Como si no tuviera conocimiento ni recuerdo alguno de nada anterior a aquel instante. Gabriela miró a su alrededor y observó algunas caras de desconcierto y otras de entusiasmo.

—¿Quién empieza?

Nadie se ofreció inmediatamente. Después de unos segundos, Lina pidió pasar. Colocó la silla cerca de la pared opuesta a la ventana, para quedar bien iluminada y mirando al grupo.

Se sentó. Teodoro se sentó en el suelo, cerca de los demás, para mirar.

Lina se sacudió y cerró los ojos. Pasaron varios segundos y volvió a abrirlos.

—Ay, ayuda, Teo. Pie —dijo.

—¿Cómo que «pie»? No estamos usando libreto.

—Ya lo sé…, es chiste —dijo Lina, aunque a Gabriela le pareció que estaba muy nerviosa—. Alguna sugerencia.

—¿Recuerdas cuando fuiste un bebé?

—No.

—¿Has visto bebés? Seguro que has visto un bebé.

—¿Me comporto como un bebé?

—No, no. Digo «bebé» porque se supone que cuando nacemos, cuando somos bebés, todavía no sabemos nada del mundo. —Se puso de pie y se acercó a la silla—. Mira, si quieres, puedes pensar algo así, pero no es obligatorio. El «sí» mágico necesita la imaginación. La imaginación lo conduce…

—No, espera —dijo Lina—. ¿Sabes qué? —Se levantó de la silla—. Mejor voy al último. Lo siento, lo siento. —Alguien empezó a reírse, pero se calló enseguida.

—Aguas —advirtió Teodoro. Lina se apartó de él y se reunió con el grupo.

Rodrigo levantó la mano. Se puso de pie cuando Teodoro lo llamó con un gesto. Se sentó en la silla, cerró los ojos, suspiró y, al volver a abrirlos, abrió la boca e inhaló con fuerza. Empezó a gemir y a agitar los brazos y las piernas. Sollozó con voz aguda, como imitando el llanto de un bebé. Empezó a moverse con más fuerza y de pronto perdió el equilibrio y se cayó de la silla.

—¡Ay!

Dos o más se rieron, pero otros se acercaron de inmediato y lo ayudaron a levantarse. Estaba bien, aparte del golpe en la cadera que se había dado al caer, y cuando volvió a sentarse con los demás, Ana Luisa le acarició la cadera.

—Sana, sana —le dijo.

—Indecentes —se burló Lina. Ana Luisa quitó la mano.

Germán fue el tercero en intentarlo. En opinión de Gabriela, lo hizo mejor que Rodrigo. Abrió los ojos, respiró ruidosamente, pero después se mantuvo en silencio, mirando para un lado y para otro. Una de sus manos se movió, como involuntariamente, y él se quedó mirándola. Sucedió lo mismo con su otra mano, con una pierna, con la otra. Era como si descubriera esas partes de su propio cuerpo. El grupo entero empezó a aplaudir y Teodoro los dejó hacerlo por unos segundos antes de detenerlos:

—Ya, ya. Acuérdense. Esa energía, aquí. —Y señaló la silla.

A continuación pasó Marisol. Gabriela ya la había visto actuar, en una obra corta que sus compañeros de la facultad habían puesto, pero esto era distinto. Entonces le había parecido que el teatro se parecía a las telenovelas: aunque se veían más jóvenes, menos arregladas, las mujeres de la obra se peleaban por amor y se decían cosas muy feas y tremendas. Pero esta vez Marisol tampoco habló, al menos al comienzo. Primero se sentó en la silla, abrió los ojos, miró como con miedo a su alrededor y a su cuerpo, pero luego exhaló ruidosamente, se quedó «sorprendida» y empezó a hacer ruidos. A soplar, a exhalar entre los dientes, y por fin a decir:

—Ah.

Gabriela entendió que Marisol (el personaje de Marisol) estaba *experimentando*, como si no supiera para qué servían los pulmones o la garganta. Dijo «ah» varias veces, más rápidamente, más despacio, con más o menos fuerza… Acabó con una risa.

—¡Ja! —Y otra vez hubo aplausos, y otra vez Teodoro los interrumpió rápidamente.

—¡Órale! —le dijo Gabriela a Marisol, sonriente, cuando regresó a su lado.

—¿No quieres probar? —le contestó su prima. Gabriela sintió un escalofrío.

—Ay, no, no, cómo crees.

—¿Quién va a pasar? —dijo Teodoro—. ¿Allá?

—Acá —dijo Marisol.

—¡No! —se quejó Gabriela—. ¡No! ¡De a tiro quieres que haga el ridículo! —murmuró.

Y se levantó. Se quedó asombrada por un instante. Se le ocurrió que, ya de pie, podría meterse al baño del departamento o decir que tenía que hacer alguna cosa. Irse.

—Anímate —le dijo Teodoro—. Pasa. No es un examen, no hay respuestas correctas ni incorrectas. Es ver qué te sucede. Qué encuentras. Muy bien.

Eso último lo dijo cuando Gabriela ya se acercaba a la silla.

—¡Excelente, Gaby! Pasa y siéntate.

Gabriela razonó que la presión ya era demasiada y hubiera sido un mayor ridículo, de cualquier modo, salir corriendo o meterse al baño. Sería como jugar. Por eso estaba sentándose en la silla. No era nada difícil. Y ella no era actriz, ni aspirante a actriz ni nada. No tenía ningún compromiso. Era una estudiante de contaduría que estaba acompañando a su prima. Si las dos fueran hombres, sería como si uno acompañara al otro a jugar futbol con su equipo. ¿Cómo llamaba a eso su papá? La cascarita de fin de semana. Iba a jugar la cascarita.

Gabriela volvió a pararse, pero solo para colocarse detrás del respaldo de la silla, mirando al resto del grupo. Había tenido una idea:

—¿Puedo mover un poco la silla?

—Si quieres. Puedes ponerte como te sientas más cómoda.

—Gabriela hizo girar la silla hasta que quedó apuntando hacia una ventana, en una diagonal que le permitía no tener al grupo mirándola de frente—. Nada más que no quedes totalmente de espaldas. ¿Ya estás lista?

Gabriela se sentó de nuevo. Ya no había manera de echarse para atrás. Puso las manos sobre sus rodillas y respiró profundamente.

—Ya.

—De nueva cuenta, el ejercicio se trata de imaginar. Cierra los ojos. —Gabriela lo hizo. Se estremeció. De pronto tenía frío.

Tensó la mandíbula porque sintió que los dientes amenazaban con empezar a castañetear, a golpearse unos con otros—. Calma. Respira hondo. Así. Inhala… Espera… Ahora exhala. Sigue así. Relájate y déjate llevar. Así, despacio.

Gabriela asintió. Respiró profundamente por tercera vez. Las palabras de Teodoro le servían de asidero, algo en qué concentrarse para no sentir miedo. Realmente estaba sintiendo miedo. Se esforzó por escuchar:

—Exhala. Eso es. Sume el estómago hasta que salga todo el aire. Otra vez. Así, muy bien. Y ahora imagina. Así de fácil es. Piensa que estás empezando a existir. Estás llegando de otro lado, de lo oscuro, de la nada. De algo para lo que no tienes nombres ni palabras. Ahora vas a descubrir el mundo. Así como estás, con ese cuerpo, estarás comenzando a tener sensaciones para las que no tienes punto de comparación. Aquí y ahora. Inventa.

Gabriela, con los ojos cerrados, abrió la boca. Iba a hacer una pregunta. Se contuvo.

—Métete en tu interior y toma de ahí.

¿Qué quería decir eso de meterse en el propio interior? Gabriela respiró hondo una vez más. Y otra. Abrió los ojos y volvió a cerrarlos enseguida. Respiró aún más profundo.

Se imaginó llevándose el dedo pulgar a la boca para chuparlo y después con el gorrito de niño que Héctor Lechuga usaba en *Ensalada de locos.*

—Te estás distrayendo. —Oyó la voz de Teodoro—. Se te nota. Concéntrate. —Gabriela sintió ganas de levantarse de la silla, pero la detuvieron las siguientes palabras—: No pasa nada. Esto es como jugar. En serio, pero jugamos. El teatro es juego. Recuerda. Respira. Hondo. Contén el aliento… Ahora exhala. Todo… Otra vez. Inhala… Exhala…

Gabriela obedecía. El aire entraba en sus pulmones con fuerza y salía despacio. Sabía que no podía quedarse así, sin hacer ninguna otra cosa. Pero ya no sentía el impulso de interrumpir el ejercicio. Tampoco sentía la curiosidad, o la fascinación, de la noche de la fiesta. Respirar hondo sí servía. No estaba pensando en aquellos momentos ni en las miradas de aquellas personas entonces. Tal vez solo sentía miedo. Miedo del ahora, de hacer el ridículo. De que Marisol se burlara de ella. O alguien más. Pero ese miedo era muy pequeño. Se reducía con cada respiración, o más bien se desgastaba, se despojaba de su causa allá afuera, de la conciencia de las otras mujeres y los otros hombres…

Se volvía algo más recóndito. Más sutil, algo frío, tenso, ligero. Algo que estaba en alguna parte de su cuerpo que no conseguía identificar. Que no tenía sentido nombrar.

Eso estaba allí.

Allí, dentro, percibiendo la oscuridad.

Escuchaba los latidos de un corazón, el aire que entraba y salía de los pulmones…

Los sonidos más remotos. Gabriela no se los describía: eran el gorgoteo de agua en una tubería, el crujir de una duela, un coche pasando afuera y abajo, las respiraciones de las otras personas en el mismo cuarto, pero ella no pensaba en ninguno ni los perseguía con la conciencia. Solo volvía una y otra vez a la tensión en su interior, el frío de algo desconcertado y temeroso.

Algo que podía estar creciendo. O acercándose…

5

Gritó.

O estaba gritando. No era consciente sino del grito mismo. El sonido, primero, y después el temblor, la vibración que el sonido producía en la carne circundante. El dolor pequeño pero clarísimo, preciso, en la garganta.

El grito cesó, incapaz de continuar, pero el cuerpo siguió existiendo. La garganta que dolía. Lo que había temblado era el pecho, el torso, la cara. Con esto tuvo conciencia del tiempo. Y vino una impresión extraña. Otra vez estaban allí los pulmones que respiraban, el corazón que latía, pero ella no podía reconocerlos.

Y tampoco sabía cómo, por qué no los reconocía. Qué significaba esa otra sensación, difusa, no en la carne sino en otro sitio: *algo no estaba bien*. Cada descubrimiento era un vuelco y todos ocurrían demasiado aprisa. No encontraba nada en su interior —en lo que debía ser su interior, lo que era ella más adentro del cuerpo, debajo del cuerpo, más allá— con qué comparar lo que le estaba pasando.

Realmente parecía que nunca antes hubiera sentido algo semejante. Que nunca había habido nada, nadie, *allí*. Nada capaz de experimentar. Nadie capaz de saber qué experimentaba.

Esto no vino a ella expresado con palabras. No tenía palabras. Tenía un cuerpo que seguía precisándose. Manos y brazos, pies y piernas. Las piernas se sentían juntas: se rozaban una contra la otra. Había algo en su centro, algo a lo que estaban unidos los dos brazos y las dos piernas. Esa parte de su carne tenía su propio interior, a ella entraba algo frío. Algo que no era ella. No tenía la palabra *aire*, lo sentía fluir.

Tosió sin proponérselo. Esto la hizo inclinarse hacia adelante y así descubrió el movimiento. Respiró de nuevo, entendió que respiraba y el aire que entraba hizo presión desde adentro. La hizo sentir algo ceñido a ella, algo que no era ella. Algo duro entre sus brazos y su torso. Debajo de su pecho. Apretado sobre sus hombros y en su espalda, en un límite posterior de su cuerpo. Y había más, algo más suave, más ligero, pero que igual no era ella, y que la cubría por sobre la dureza y la tensión. Apretó los párpados, con lo que cambió la luz que pasaba a través de ellos y se hizo consciente de que tenía ojos. Podía ver. Esta noción apareció con más fuerza y precisión que ninguna otra hasta aquel momento. Podía ver y bastaba con abrir los párpados para hacerlo. Allá, afuera, más allá de su cuerpo, no había oscuridad: la oscuridad era causada por los párpados.

Pero no quería abrirlos. Tenía miedo. Esto fue aún más potente, exacto, cierto. No quería abrir los ojos. No quería abrir los ojos otra vez. *¿Otra vez?*

Estas dos palabras aparecieron así, perfectamente formadas. Otro vuelco más. Las dos palabras anticipaban todas las otras: pronto llegaron a ella. Palabras como *pronto*, como *ella*, como *luz*. *Yo. Miedo. Cuerpo. Dolor. Párpados.*

La última la tomó por sorpresa y la hizo abrir los ojos. Ahogó un sonido en su garganta, distinto del grito. Por un instante que aún no sabía cómo medir, un tiempo que tal vez fue muy largo, no supo qué hacer con las sensaciones de sus ojos. Las formas y los colores. La luz. Parpadeó, otra vez sin querer, y lo que estaba fuera (*fuera*), más allá de ella, no desapareció.

Y luego el mundo entero se abrió paso y ella entendió que era de día, que estaba dentro de un lugar, que no estaba sola. Había gente ahí. Personas. Hombres y mujeres. Rostros con ojos que la estaban mirando. Atentos. No reconocía a ninguno. Nunca los había visto. *¿O sí? ¿Alguien? ¿Una cara? ¿Varias de esas caras?*

Pensó en una cara que no estaba entre las que veía. No estaba en ninguna parte. Se le ocurrió que podía ser la suya. Pero ¿ella tenía una cara? ¿Ella era como los que la miraban? ¿Ella era persona, hombre, mujer? Levantó las manos y tocó algo, un cuerpo, el cuerpo más cercano a ella. Uno (*alguien*) que estaba casi a su lado, en cuclillas, observando. Tocó un hombro, la tela negra que cubría un hombro y, bruscamente, la cara, que tenía mucho pelo en su parte de arriba y en su parte de abajo. La tocó con ambas manos.

Trazó con un dedo la pendiente de la nariz y con otro la línea de la boca, entre los labios.

Alzó las manos para tocar su cara, su propia nariz, sus propios labios. Bajo su boca no encontró pelo. Más arriba de sus ojos, de su frente, sí.

Alguien comenzó a aplaudir; alguien no pudo contenerse más y comenzó a aplaudir, y al hacerlo provocó un giro nuevo: la vuelta de algo adentro, algo que aún no tenía nombre. Hubo un estallido silencioso, sin emanación ni sonido. Cerró los ojos y regresó a la oscuridad del comienzo, a la nada, a lo que ahora entendía como la nada. Y luego Gabriela abrió los ojos, aturdida, y se dio cuenta de que el ejercicio había terminado. Los alumnos de Teodoro no dejaban de aplaudir y él no los detenía. Tenía cara de asombro y al mismo tiempo intentaba sonreír. Ella tuvo que levantarse de la silla y alzar las manos, como si pidiera paz. El grupo dejó de aplaudir y volteó para mirar a Teodoro. Este se irguió y miró a Gabriela con aprobación.

—¡Nada mal!

—¿Eh? —dijo Gabriela.

—¡Bravo! —gritó José Carlos, desde muy atrás en el grupo. Con esto, algunos volvieron a aplaudir por unos segundos. Gabriela volvió a sentir la ansiedad de antes, pero convertida en algo distinto: algo parecido a la excitación, el entusiasmo, la felicidad. Teodoro la tomó por el hombro y la atrajo hacia sí. Ella lo abrazó. Se apartó casi de inmediato, pero estaba sonriente. Él también.

—Mira, tienes talento —la felicitó Marisol cuando volvió a tenerla cerca.

Teodoro ordenó un descanso en el ejercicio, pidió que el grupo se sentara en círculo e hizo que cada uno de los que habían pasado a la silla hasta aquel momento —exceptuando a Lina, por supuesto, pues se había retirado antes de comenzar— describiera su experiencia y sus razones para actuar como lo había hecho.

—Yo me fui con la finta de lo del bebé —reconoció Rodrigo y no quiso decir más. Parecía avergonzado.

—Yo me acordé de algo que hacíamos en Xalapa —siguió Germán y describió una obra de teatro experimental («viene a ser lo mismo que teatro de búsqueda», le explicó a Gabriela) en la que había participado: *Ubu Rey*, pero sin palabras, pura acción. Gabriela no conocía la obra, los términos especializados que empleaba Germán, ni tampoco los que Teodoro utilizó al hacerle comentarios. Los demás observaban la conversación como si estuvieran viendo un partido de tenis. Y Germán parecía querer ganarle a como diera lugar a su maestro, pero finalmente desistió—. Aunque, obviamente, esto va para otro lado. Incluso siendo nada más un ejercicio.

Cuando fue el turno de Marisol, Teodoro le preguntó:

—¿Por qué te fuiste por el lado de la voz? —Y ella contó una historia de su infancia que Gabriela ya conocía.

—Y después de tres días en el hospital —terminaba—, mi hermano por fin se despertó. Mi mamá y yo éramos las únicas que estábamos ahí. Y lo primero que hizo él fue inhalar, bien fuerte, y luego exhalar, así como yo le hice… Y me acuerdo que mi mamá dijo: «Volvió a nacer». Estaba muy preocupada.

—¿Y tú, Gaby? —dijo Teodoro.

Ella se quedó callada un momento. No sabía qué decir. Se sentía sin fuerza: todo lo que se había atrevido a hacer hasta aquel momento le parecía imposible ahora.

—Mucho pudo haber sido intuición, ¿no? —le propuso Fernando a Teodoro.

—Porque lo que hacemos las mujeres nunca es por inteligencia —le replicó Ana Luisa—, sino por instinto, ¿no?

—¿Sería eso algo negativo? —preguntó Fernando, otra vez a Teodoro. Gabriela vio una expresión de enojo en la cara de Ana Luisa que conocía bien de muchas discusiones entre su papá y su mamá.

—Este… —empezó—. Teodoro, ¿tú crees que…? A ver, no. No sé bien cómo explicarlo. Lo que hice. Me dejé llevar. Se sentía como si yo fuera otra persona.

—¡Ah! Excelente —dijo Teodoro—. Porque eras tú todo el tiempo, por supuesto, ¿verdad?

—Pues…, sí.

—¡Claro que sí! —Teodoro estaba emocionado—. Ahí está. Otro ejemplo del «sí» mágico. Nosotros mismos nos decimos que sí. Aceptamos creernos por un tiempo lo que estamos haciendo. Y de ese modo, al hacerlo, otros lo creen también.

—Pero entonces sí es intuición —insistió Fernando—. ¿No? Porque ella es la primera vez que viene…

Gabriela dejó de prestar atención mientras él, Teodoro, Ana Luisa y algunos de los otros se ponían a discutir. Sintió una presión en el costado: una varilla del brasier le molestaba un poco. Tal vez le estaba molestando desde la mañana.

—¿Te sientes bien, Gabita? —le preguntó Marisol, hablándole en voz baja.

—Sí —respondió ella. Era verdad—. Estoy bien. —Sonrió—. Estoy como, no sé, cansada…, ay, pero de hecho me siento muy bien. Sí es muy intenso.

—Te lo dije. Pero bien padre, ¿no?

En la casa de Toluca, a su mamá no le gustaba que se dijera la palabra *padre* como calificativo. «¿Por qué tienen que usar esa palabra? ¿No se saben otras? Existe *bien*, existe *bueno*, *excelente*, se quejaba.

—Padrísimo —respondió Gabriela hoy y se rio quedito.

El resto de la sesión fue más propiamente un ensayo. El taller estaba preparando cuatro piezas cortas, con dos personajes en cada una, para presentarlas en un festival en el mes de agosto y Teodoro —que, por supuesto, dirigía todo el proyecto— hizo lo que llamó una corrida completa. Así que Gabriela pudo ver, desde un extremo del salón, uno tras otro, los diálogos de José Carlos y Fernando, Germán y Ana Luisa, Lina y Rodrigo, Samuel y Marisol. Cada pareja había escrito su propia pieza. Todos eran pequeños encuentros en los que dos personajes conversaban; se revelaba que tenían algún tipo de conflicto, un problema que se resolvía o no, y había alguna especie de conclusión definitiva. Gabriela los miró hablar, moverse, reaccionar cada uno a lo que hacía la otra persona, decir o hacer de pronto cosas que parecían inesperadas. Se dio cuenta de que ahora los entendía mucho mejor. Y también veía algo más que sus cuerpos en aquel espacio pequeño. Tal vez su papá no le creería, pero esto no era de ningún modo lo que él pensaba de Marisol, del teatro, de nada. Ahora era más comprensible, más lógico, lo que tanto repetía Teodoro acerca de la magia, de la palabra sí. Sonaba muy extraño, por supuesto, y tal vez nunca dejaría de sonarle extraño, pero no era para tanto. No era una «magia» auténtica, si es que había tal cosa siquiera; tampoco era la «magia negra» de la que a sor Paula, cuando Gabriela iba de niña al catecismo, le daba por hablar a veces.

La magia del teatro era diferente, ocurría en el mundo material, entre seres de carne y hueso, y ocurría porque ellos así lo deseaban. Se entregaban, creían, y entonces pasaba algo profundo. Algo hermoso. Teodoro participaba también en su carácter de director, no solamente impulsando a los demás, sino guiándolos. Eso hacía, paciente, sin tocarlos, gesticulando, haciendo comentarios. Era el jefe de todos, por supuesto, pero también era más que eso: ellos eran los conductos y él, el conductor.

Gabriela siguió mirando la entrega de sus compañeros, fascinada, durante largo rato.

Solo hasta la mitad de la última pieza volteó para mirar a José Carlos, quien se había sentado en algún momento cerca de ella.

Él también había estado observando sin decir nada y ahora la miraba y sonreía.

—¿Qué te está pareciendo? —le preguntó en voz baja. Marisol interpretaba a una niña a la que llamaban «la Princesa», y Samuel a un león, aunque no se pusieron ningún vestuario, ni siquiera usaron objetos de utilería, como alguna de las otras parejas. Era por mucho el diálogo más extranno de todos. Además de lo que sucedía o parecía suceder, los personajes hablaban de forma muy rara: no era una adaptación de un cuento de hadas, como lo había pensado Gabriela al principio del ensayo.

—Todo ha sido muy raro —respondió Gabriela—. Pero muy bien. Me ha gustado mucho.

—No sé si va a haber modo de que te hagan un papel para este montaje, pero seguro que para el siguiente vas a tener. Porque sí te vas a animar, ¿verdad? Tienes madera.

—¿Usted cree?

—¡No seas modesta! —dijo José Carlos—. Y además eres muy jovencita. Ya me tendrías que estar diciendo «papá»… Bueno, no, olvídalo. Dime como quieras. Es una tontería nada más, porque sí soy más mayor. Soy de la edad del Teo. Pero es que soy un fugitivo. Me dedico a otra cosa y me decidí a entrarle al teatro. Porque era algo que siempre había querido hacer.

—Oiga, papá, cállense —dijo Ana Luisa, cruzada de brazos, a un costado del «escenario» en el extremo opuesto del salón.

—¿A poco? —dijo Gabriela en voz más baja.

—Sí. Estudié leyes y soy abogado. Pero ahora estoy haciendo las dos cosas. Y a lo mejor un día me acabo de aventar…

—¡Shhh! —dijo Teodoro y ninguno de los dos habló durante el resto del ensayo.

La sesión terminó a las dos de la tarde. Mientras la gente recogía sus cosas, Teodoro dio indicaciones:

—Muy bien, grupo. Vamos terminando entonces. Nos vemos el siguiente sábado…

—A la misma batihora, por el mismo baticanal —dijo Fernando y varios de rieron.

—…salvo los que van a la facultad. Acuérdense de que tienen tarea para el lunes, ¿eh? Y nada de que su otro maestro los trae muy asoleados, ¿eh? ¡Gaby!

—¿Mande? —preguntó ella. Se estaba poniendo su suéter.

—¿Sí vas a regresar?

—Ay, sí, claro que sí —respondió ella sin pensar. Ahora hubo aplausos.

—¡Muy bien! ¡Bienvenida al taller! Vamos a celebrar.

—Oye, Teo —dijo Lina—, ¿me puedo quedar un poco más, me ayudas? La parte de lo de Rosa…

Al final, Teodoro se demoró con Lina, que necesitaba trabajar más su papel en la obra que le correspondía. Se quedaron hablando mientras los demás se iban.

—Hasta luego —se despidió mientras Lina cerraba la puerta. Gabriela y Marisol se fueron a comer con Ana Luisa y Rodrigo a una fonda cercana. Los dos novios estaban muy contentos con el ingreso de ella al grupo. Resultó que ambos, sobre todo Ana Luisa, estaban apenados por su conducta el día de la fiesta (así lo dijeron) y le ofrecieron disculpas.

—¿Qué están diciendo? —se quejó Marisol—. ¿Verdad que no pasa nada, tú? —Y le dio un codazo a Gabriela.

—¡Ay! No.

Resultó que Ana Luisa y Rodrigo «andaban» desde sus primeros días en la universidad. Él venía de Villahermosa y ella de la colonia Sinatel.

—Entonces, cualquier día de estos —comentó Gabriela— cumplen los dos años.

—Esta pobre, que es una santa —explicó Rodrigo—. Me aguanta todo.

—Eso cree él —agregó Ana Luisa y le guiñó un ojo con picardía—. Lo tengo entoloachado.

—Ándale —se burló él—. Ni porque te salvé la vida.

—¡Rodrigo! —lo regañó Ana Luisa.

—¿Qué? —preguntó él—. Es chiste.

—Mi amor, Mary sí fue a la marcha, acuérdate.

—¿Cuál marcha? —preguntó Gabriela, pero en la segunda de las tres sílabas ya sabía la respuesta a la pregunta—. Ah. Este…

Los cuatro callaron por un momento. Gabriela recordaba. El año anterior, un jueves de junio (el segundo, el jueves de Corpus), Marisol había ido a una marcha de estudiantes. El punto de partida fue el Casco de Santo Tomás, a la entrada del Politécnico. Gabriela no pudo ir porque no tenía permiso de ir a esas cosas —ahí sí no había manera: ¡cómo se hubiera puesto su papá al enterarse!— y porque a ella misma no le gustaba involucrarse. Y Marisol había vuelto hasta muy tarde, en la madrugada del viernes, temblando, asustada y sucia. De solo verla al abrir la puerta del edificio, Gabriela había olvidado su enojo, la angustia de haberla esperado sin noticia alguna durante toda la tarde.

(—*¿Qué te pasó?* —le preguntó cuando estuvieron solas, en la salita del departamento, la puerta cerrada con doble llave.

—Me tuve que venir caminando —dijo Marisol entonces—. Y salí tarde de donde estaba. —Y no dijo más al respecto durante días. Solo entonces le contó que había estado escondida en una casa en la que una familia desconocida le había permitido entrar al comenzar los disparos. Estaba en la parte trasera del contingente y por eso había podido huir.)

—Ese día yo tenía una gripe muy fuerte —les explicó Rodrigo, y puso una mano sobre la de Ana Luisa, que descansaba en la mesa al lado de su plato de enchiladas—. Con fiebre y todo. Teníamos el plan de ir también, pero al final ella se quedó conmigo todo el día en donde vivo. Para cuidarme. Perdón, Mary.

—Bueno —empezó Marisol—, tampoco…

—Mejor cambiemos de tema —propuso Ana Luisa—. Mi amor, me decías que fuiste al cine Roble y te confirmaron que otra vez iba a haber muestra, ¿no? Oye, ¿y dónde me dijiste que estaban pasando *Fando y Lis*? Hay que llevar aquí a las muchachas. Todo el día está el Teo hablando de Jodorowsky, mínimo que podamos ver esa juntas.

Al terminar la comida, Gabriela y Marisol tomaron el Metro de regreso al departamento. Marisol regresó a hablar de teatro y Gabriela le siguió la corriente. A pesar del momento incómodo después de la comida, aún sentía la emoción de antes, o por lo menos un eco: una especie de vibración en su interior, que había aparecido durante el ensayo, pero que apenas notaba ahora, sentada al lado de la puerta del vagón, entre Marisol y una mujer cargada con un bulto enorme de tela que olía a hierbas.

—No le vayas a decir a nadie que sí quiero entrar al grupo, ¿eh?

—No seas tonta, Gabita. ¿A quién le voy a decir? ¿Qué crees, que le voy a hablar por teléfono a tu mamá?

Gabriela sonrió y fingió darle un golpe en el brazo.

—Nada más dime una cosa: ¿siempre acabas así de cansada?

—Lo peor es al principio —le dijo Marisol—. Mañana vas a estar *toda* adolorida. O sea, más de lo que estés ahora. ¿No quieres bañarte y acostarte un rato cuando lleguemos? Yo hago la merienda.

Ya en el departamento, Gabriela le hizo caso. Se demoró en secarse el cabello después del baño, se puso un camisón y decidió recostarse un momento.

Apoyó la cabeza en la almohada, cerró los ojos y apenas notó la llegada del sueño, que entremezclaba los pensamientos y los recuerdos, y los golpeaba unos con otros hasta triturarlos. En un par de segundos recordó su alegría al terminar el ejercicio, repasó algunos nombres de sus compañeros en el grupo de la maestra Quintana, quiso merendar, volvió a ver una ilustración en su libro de español de cuarto de primaria. Cuando desapareció, cuando dejó de existir, no se dio cuenta.

Estaba soñando. No lo sabía. Sabía que estaba caminando por un camino de tierra, o tal vez una calle sin pavimentar, como las que había en San Felipe Tlalmimilolpan, el pueblo en el que había nacido su papá. Aunque no estaba en San Felipe. No reconocía los edificios. Se veían achaparrados, mal hechos, grises, con manchas de color en las ventanas. Era una tarde, el sol estaba en el oeste y a su alrededor el cielo pasaba del azul al rosa y al rojo.

Gabriela habló:

—¿Mamá Azucena? —Su abuela (muerta hacía mucho tiempo, recordó) no estaba allí, pero ella insistió—: Mamá Azucena, ya vine.

Se hizo de noche. Ocurrió súbitamente: Gabriela parpadeó en su sueño y, al sentir sus ojos abiertos otra vez, ya todo estaba oscuro. Negro. Ella sabía que no había cambiado de lugar. Más bien el sol, la luz, se había ido. Gabriela temió que se hubiera ido para siempre. Después de unos segundos se dio cuenta de que había estrellas, muy en lo alto, pero el cielo a su alrededor le pareció más bien un techo: una bóveda inalcanzable e impenetrable, tras de la cual no había nada más.

—¿Por qué me hiciste pensar que era otra parte? —le preguntó Gabriela al techo manchado de luces, no supo por qué. No tenía sentido preguntar, en realidad. No tenía sentido decir nada.

Tampoco tenía sentido mirar siquiera hacia arriba, aunque abajo no había nada que ver, aunque solamente se escuchaban sonidos tenues, remotos, que no alcanzaba a reconocer. Pasos, quizá. O voces. Gente que iba y venía, más allá.

Una voz se destacaba entre las otras. Una voz se hacía más fuerte. Después de un momento estuvo segura: alguien venía. Alguien estaba apareciendo. No era su abuela, y tampoco sor Paula (¿por qué recordaba a sor Paula?) ni nadie más que conociera.

Llegaba caminando deprisa, como desde muy lejos, y llamando a Gabriela.

—Tú —decía—. Tú, tú.

Dado que no era una persona conocida, razonó Gabriela, debía ser alguien más: una mujer que no conocía.

—¿Por qué una mujer? —dijo en voz alta. Ahora empezaba a distinguirse, como una sombra encima de las sombras. Una silueta, sin rasgos, sin detalles.

—Ayúdame —decía—. Sí, tú. Ayúdame. Niña.

—¿Niña? —preguntó Gabriela.

—Señora. Señorita —dijo la mujer. Ya estaba junto a ella.

—¿Qué necesita? —preguntó Gabriela, porque le pareció que era lo correcto.

La otra mujer seguía como una sombra, pero ahora (Gabriela lo notó) estaba cruzando los brazos.

—Oye. Estoy mal. ¿Me oíste? —preguntaba. Quizá también empezaba a verse un poco de su cara. Quizá tenía una expresión de enojo. O de miedo—. Estoy mal. Ayúdame.

¿Quién sería? Lo más que Gabriela alcanzaba a notar era que estaba muy sucia: tenía manchas en su cara, sus manos, sus ropas.

—¿La conozco? —preguntó Gabriela y tuvo una idea—. ¿Vino usted en la mañana? ¿Fue usted la que se asustó?

—¡Estoy mal! —gritó la otra mujer—. ¿Qué no sientes? No sé qué pasó. Creo que me pegaron.

Y Gabriela la escuchaba, pero al mismo tiempo se daba cuenta de que las manchas de la mujer eran de sangre. Se veía como la persona atropellada, la que había entrevisto una tarde, cuando era muy, muy pequeña, cerca de su casa en Toluca. Estaba cubierta por una manta. Alguien le había pasado encima y había huido. Su mamá la había apartado de inmediato y le había cubierto los ojos con una mano. Pero ella había visto sus brazos y sus piernas. Y el charco rojo en el asfalto.

—Creo que me mataron —dijo la otra mujer—. Creo que me mató. —Y Gabriela quiso mirar hacia otra parte, quizá de nuevo al cielo, a algún otro lugar de la bóveda suspendida sobre la calle, pero la mujer la obligó a mirarla: puso sus manos en las mejillas de Gabriela y la forzó a girar la cabeza. Y las manos de la mujer estaban heladas, duras, muertas.

6

Gabriela despertó con una sacudida. Tardó un momento en comprender que estaba aún en su cuarto, pero era mucho más tarde. Por la ventana entraba la luz de una farola. Su puerta estaba cerrada y tras ella tampoco se veía luz. Trató de calmarse respirando despacio, como lo había hecho ¿cuándo? ¿En la mañana, el día anterior? Entendió que debía ser de madrugada. Seguro que Marisol la había visto dormida muy profundamente y no había querido despertarla.

Se puso de pie. No hacía frío. Salió de su cuarto, fue al baño y luego a la cocina, donde encontró un pan de caja y sacó dos rebanadas. Les puso mermelada. Fue a comerse su sándwich, con la mitad envuelta en una sola servilleta, a la sala, donde se sentó sin encender la luz. No hacía falta porque la farola alumbraba aquí con más fuerza todavía.

Así se veía el departamento la noche en que Marisol regresó de la marcha. Entonces, las dos hablaron ahí mismo, sentadas en el sillón. O, mejor dicho, ahí mismo casi no hablaron. Gabriela iba a hacer té, regresaba, cubría a su prima con un sarape, murmuraba palabras de consuelo, se frotaba las manos porque no sabía qué más hacer. Marisol se quedaba inmóvil y lloraba, lloraba. Cuando por fin pudo empezar a contarle, varias noches después, lo hizo allí también, en ciertos momentos con las luces del interior y en otros solo con la de afuera. Siempre iluminada por algo que no fuera el mismo sol de aquella tarde.

—Vimos que eran disparos. Los oímos, pero también vimos a la gente que se empezó a caer, a los que se les fueron encima.

Yo estaba hasta mero atrás y de inmediato me di media vuelta. Ni lo pensé. ¿Te acuerdas de lo que decían los que estaban muy metidos en la organización de la marcha? ¿Lo del compromiso, la congruencia?

Gabriela nunca había ido a una reunión, o asamblea o como se llamaran, de su propia facultad, ni había prestado mucha atención a la gente que se organizaba en los días previos a aquel jueves. Pero no lo dijo.

—A mí se me acabó todo en ese momento —siguió Marisol—. Todo el compromiso y la congruencia. Y es que también se estaban yendo sobre los que intentaban escaparse. No era la policía secreta. No era secreta para nada.

En esos días, Gabriela llevaba cerca de un año en la ciudad y esa noche fue lo más cerca que estuvo de volver a Toluca, arrepentida, asustada. Se le había acabado una especie de inocencia, o más bien de ignorancia. ¿Cómo podía pasar una cosa así? ¿Cómo podían empezar a matar gente a cielo abierto, en la calle, sin que nadie hiciera nada? Y si había sido el gobierno (como se decía, no en las noticias, sino de boca en boca, discretamente, con miedo), ¿qué clase de gobierno era ese, que mataba a su propia gente, y más de una vez, y encima se salía con la suya?

Esa misma noche, mientras abrazaba a Marisol, ella había empezado a pensar en tomar el autobús al día siguiente, cancelar el trato del departamento, dejar perder el semestre. Buscar algo que estudiar en Toluca, cerca de su propia casa. O no, ni siquiera estudiar, encontrarse un trabajo, no ponerse nunca en la situación de que alguien la considerara una «revoltosa».

Pero Marisol le había dicho:

—Por favor no le vayas a contar a nadie. Ni a tus papás, a nadie. Le van a ir con el chisme a los míos y van a querer que me regrese.

—¿Y no te quieres regresar? —preguntó Gabriela y su prima se le quedó mirando con cara de ofendida.

—No —le respondió—, ¿cómo crees?

Y con eso, ella no se animó a hablar. Y no se regresó.

Ya había pasado un año y todavía lo recordaba, de vez en cuando. Sin duda la plática del día anterior, durante la comida con Ana Luisa y Rodrigo, se lo había traído a la memoria.

¿Y en qué revista había leído aquello de que los sueños están hechos de recuerdos, de cosas que le pasan a una cuando está despierta?

Eso era lo que había pasado. La pesadilla no era más que una mezcla: la imagen de la mujer atropellada a la que había visto de muy chica —una sirvienta, creía recordar; algo así le habían dicho— unida a lo que Marisol le había contado aquel viernes de madrugada. Quizá también a otras imágenes.

Eso era todo. No había razón para inquietarse. En cambio…

En cambio, ahora estaba sentada, sola, en un sillón, comiendo su sándwich sin un plato, mucho después de la hora de acostarse de su infancia. No había nadie para mandarla de vuelta a la cama ni para regañarla si se le caían unas pocas migajas en el suelo. Las tendría que recoger, desde luego, pero por su propia voluntad, para que el departamento no quedara hecho un chiquero, como el día después de que conociera a Teodoro.

Había mal en el mundo. Más del que había creído cuando era niña. Ahora esto le parecía obvio. Hasta cierto punto, la vigilancia de su mamá, y sobre todo de su papá, sus órdenes y prohibiciones, habían tenido el propósito de aislarla, de protegerla de ese mal.

Sin embargo (le parecía ahora), el año anterior había decidido quedarse no solamente por no quedar mal con su prima. Tal vez sí le gustaba ser un poco más libre.

No, claro que le gustaba. *Ya sabía* que le gustaba. ¿Y por qué no le iba a gustar?

Terminó su sándwich y recogió algunas migajas con la servilleta. Se quedó sentada en el mismo sitio. No tenía por qué regresar a la cama si aún no tenía sueño. Era así de simple y así de importante. Y se sentía como algo nuevo, aunque no lo fuese. Como un descubrimiento. Igual que el ejercicio del día anterior.

Puso la mano en su pecho. Respiró hondo, despacio. No podía recuperar del todo las sensaciones de aquel momento, pero sí recordarlas. Por unos segundos, por unos minutos incluso, su propio cuerpo le había parecido desconocido. Sus músculos, sus huesos, la ropa encima de su piel. Hasta las sensaciones de los oídos y de los ojos, del aire que entraba y salía de sus pulmones cuando respiraba.

Si alguna vez tenía la necesidad de explicarlo a sus papás, le costaría aún más trabajo del que le estaba costando comprenderlo siquiera. Y de no haberse quedado en la ciudad el año anterior, nunca hubiera podido experimentarlo.

—Y sí es bonito —dijo en voz alta, porque podía. No hacía daño a nadie, no causaba problemas a nadie. Y podía.

El semestre estaba terminando. Después del trabajo de la maestra Quintana hubo varios más, que Gabriela debió hacer sola o en equipo al mismo tiempo que preparaba sus exámenes finales. Pero siempre se las arregló para volver a pasar las mañanas de los sábados en el taller de teatro de Teodoro. No se lo contó a su mamá en ninguna de sus llamadas telefónicas: ella tal vez hubiera comprendido, pero su papá, no. No había manera de explicárselo. Hubiera tenido que ir con ella, intentar hacer un ejercicio como los que ella había hecho en su primera sesión, y las barreras entre esa fantasía y la realidad eran tantas que no tenía caso siquiera pensar en cómo tirarlas.

Las sesiones se parecían, aunque siempre había variantes. Tras el calentamiento, los ejercicios podían ser diferentes o el grupo entero podía dedicarse a improvisar escenas, o bien Teodoro continuaba dirigiendo, para el festival, los ensayos de los diálogos. Igual que la escritura de los textos, todo iba a ser eran, se le dijo a Gabriela, una creación colectiva.

—¿No sabes qué es eso? —le preguntó Lina un mediodía, mientras Teodoro dirigía un ejercicio especial con otros compañeros.

—No —dijo Gabriela, y Lina sacudió levemente la cabeza.

—Quiere decir que todo lo hacemos entre todos. Si fuera a haber escenografía, también la haríamos. Y no usamos un texto de alguien más para no haya un autor que esté por encima de la propuesta de Teodoro.

—Bueno —intervino Marisol—, tu diálogo está inspirado en Shakespeare, y el mío en Luisa Josefina.

—Inspirados nada más —dijo Lina—. No se parecen en nada.

—¿Quién es Luisa Josefina? —preguntó Gabriela.

—¿No sabes? ¿En serio? ¿Luisa Josefina Hernández? ¡Es la directora del departamento! —respondió Lina— El de Literatura Dramática, en la facultad. Y famosa autora de teatro, también.

—¿Me has llevado a ver alguna obra de ella? —preguntó Gabriela a Marisol. Antes de que ella pudiera responder, Lina siguió:

—Tienes que sacarla más, Mary —y a Gabriela: —Como autoridad, yo no meto las manos en el fuego por nadie, pero como autora la maestra Hernández es una *eminencia*. Hasta ha ido al extranjero, igual que Teodoro.

—¡O sea que el Teo también va para eminencia de la facultad! —dijo Gabriela.

—Ya las oí que están hablando de mí —dijo Teodoro desde el otro extremo del salón, donde estaba ayudando a Fernando a mantenerse parado de manos—. Mejor fíjense en su compañero… —El cuerpo de Fernando empezó a inclinarse—. Firme, firme… A ver, Gaby, ven a echarnos una mano —le pidió Teodoro y Gabriela se levantó para ir con él y Fernando. De momento, ella era la «asistente» de Teodoro, lista para lo que hiciera falta al preparar el montaje, porque ya era bastante complicado hacer cuatro obras a la vez, por pequeñas que fueran. Todavía alcanzó a oír que Lina decía:

—Yo fui quien le propuso que nos fuéramos con la creación colectiva. Él quería usar directamente *La calle de la gran ocasión*, y yo sí le dije que iba a quedar muy mal.

Gabriela tenía que agarrar las piernas de Fernando para ayudarlo a mantener el equilibrio. No era una acrobacia que tuviera que hacer en su diálogo, sino un ejercicio para ayudarlo a concentrarse. A pesar de la ayuda, Fernando acabó por caer al suelo.

—Estabas doblando las rodillas —sentenció Teodoro y de inmediato se paró él mismo de manos. Se mantuvo firme, en silencio, por unos segundos y luego le pidió a Gabriela que lo sostuviera como lo había hecho con Fernando—. ¿Sientes que mis rodillas se doblen, Gaby?

Teodoro llevaba un pantalón corto rojo, como de futbolista, y la piel de sus corvas quedaba bajo las palmas de Gabriela. Ella sintió la firmeza de los músculos.

—No —respondió—. No se doblan.

—No quites las manos —ordenó Teodoro, con la voz apenas tensa por el esfuerzo que estaba haciendo. Gaby obedeció—. A medida que entrenas, el cuerpo se va acostumbrando y todo se hace más fácil. Pero, entretanto, tienes que prestarle atención. Yo ya siento la firmeza, por así decir... —tembló un poquitito, mucho menos de lo que había temblado Fernando—, sin necesidad de pensar en la firmeza. Siguen firmes, ¿verdad?

—Sí —respondió Gabriela. Las corvas se sentían tibias y no me movían.

—No confundan libertad con libertinaje —dijo Lina en voz alta. Gabriela apartó las manos y Teodoro volvió a quedar de pie con un solo impulso de sus piernas.

—A ver —dijo—, vamos a lo que sigue.

A la salida, Teodoro se quedó solo en el salón y sus alumnos bajaron juntos a la calle. Gabriela notó que Lina y Marisol habían seguido discutiendo y hasta estaban un poco molestas:

—Oye —decía Marisol—. No seas así. Ya te di la razón.

—No me des la razón. Acepta que también es en parte cosa tuya y mía. Que no es nada más obra de Teodoro.

—Bueno, ¿quién te entiende?

—Oye, Lina —intervino Samuel, que las alcanzaba por las escaleras—. Espera. Ya ves que llegué tarde. ¿Dijo algo Teo sobre lo de hacer más texto, para poner entre uno y otro diálogo?

—¿Cuándo habló de eso? —le preguntó Lina.

—Eso fue la semana pasada —contestó Gabriela—. Pero fue cuando estábamos comiendo. Tú te fuiste temprano, ¿no?

Al llegar a la calle, Lina se quedó mirándola con una cara que Gabriela no comprendió. Luego se fue deprisa. Solo hasta ese momento entendió Gabriela la expresión de la cara de Lina, y ya era tarde.

Marisol, Rodrigo y Ana Luisa volvieron a comer juntos en la fonda, y del tema solamente quedó la mención de que, sí, la maestra Hernández tenía un libro de obras cortas y una de ellas era la inspiración del diálogo de la Princesa y el León. Durante la semana, una tarde, Gabriela se reunió con Ana Luisa, y ella le prestó un juego engargolado de fotocopias del libro, cuyo título era el que Lina había mencionado: *La calle de la gran ocasión*. Los días siguientes, Gabriela llevó las copias a la facultad y se distrajo leyéndolas entre clase y clase, comparando el diálogo de la Princesa y el León, en su propia copia del libreto, con su fuente ("Marta y el dragón"), cuando podría haber estado estudiando o al menos conviviendo con sus compañeros. Acabó leyendo el libro entero. También leía en el autobús o en el metro, si tenía espacio para sostener el libro en alto.

—Todos los diálogos de nuestra obra tienen la misma… Ay, no sé, ¿forma? —le comentó a Marisol, otra tarde.

—¿A qué te refieres?

—Todos son como los del libro de Luisa Josefina. Es decir, cada uno es acerca de una situación totalmente distinta, pero… Perdón, me hago bolas. Lo que es igual es cómo se ven en la página. Se parecen a unos cuentitos que salían en los libros de texto de la primaria. Habla un personaje, luego otro. Luego otra vez el primero, luego el otro. No traen…, ay, ¿cómo se llaman?

—¿Ilustraciones?

—No, no, las partes que dicen cómo deben moverse los actores. Indicaciones.

—Acotaciones.

—¡Eso, acotaciones! No traen. Lo puedes leer así nomás, como si fueran dos personas platicando.

—O te puedes imaginar por tu propia cuenta lo que hacen. Que puede ser cualquier cosa, y por eso Teodoro eligió que nos quedáramos con esa forma. Así que la palabra está bien usada, por cierto. El que el libreto no tenga esa forma le da más libertad a él como director y a nosostros como actores.

El taller, y el grupo, tenían un nombre: era El Espacio Constante. El siguiente sábado, Teodoro le explicó a Gabriela que buscaba hacer referencia tanto a Peter Brook como a Jerzy Grotowski, porque esos viajes para aprender teatro en Europa que había podido hacer le habían cambiado la vida.

—Sí, sí, la reputación, el profesorado, la carrera —dijo, mirando un poco de reojo a Lina—. Pero tú ya me has visto trabajar. Ya sabes que lo que digo es cierto.

Ahora era Gabriela la que hacía ejercicios especiales. No estaba parada de cabeza (no creía que pudiera llegar a lograrlo nunca), sino sentada, con las dos piernas estiradas, tratando de alcanzar las puntas de sus pies con las manos. Tampoco parecía que lo fuera a lograr.

—Relájate, respira y luego intenta bajar un poco más —dijo Teodoro. Gabriela lo intentó—. Y volviendo a lo que te decía, es que no solamente aprendí mucho en los viajes, sino que también aprendí *de* ellos.

—¿De ellos? —preguntó Gabriela y por estirarse un poco más alargó los dedos de las manos.

—De ellos dos: de Jerzy y de Peter.

—Qué envidia —dijo Germán, que ni podía pararse de cabeza ni tocar las puntas de sus pies, y estaba sentado junto a Lina.

—Yo no sería capaz ni de hablarles —comentó Gabriela—, me daría miedo. —Dio un tirón y por fin, muy brevemente, consiguió tocar las puntas de sus pies.

—¡Bien! —dijo Teodoro y le dio una palmada en la espalda—. A mí me daba miedo también. Sí imponen. Uno se ve en su justo valor al lado de gente así. Pero ellos son personas abiertas, que es como debe ser un artista o simplemente un hombre, un ser humano. Debieras ver lo sencillos que son. Porque están en la búsqueda de otra cosa: de algo que es más que el dinero, la fama…

—Envidia de la buena —agregó Germán.

—Un día vamos a ir de gira allá —le aseguró Teodoro—. Vas a ver. Todos juntos. A un festival. Al de Nancy. Y al de Manizales y a todos. Mientras, lo que importa es lo que vamos encontrando aquí. —Y volvió a tocar la espalda de Gabriela. Después de un momento, apretó, para ayudarla a que mantuviese su posición—. Haz un esfuerzo, no subas todavía —le pidió. Gabriela sentía el esfuerzo en los muslos y las corvas, cada vez más molesto, pero no se movió—. Aguanta.

Gabriela iba descubriendo por qué los miembros del grupo adoraban a Teodoro. Ella misma había llegado a admirarlo mucho. Era un gran ¿maestro? Sí, un gran maestro. Sabía muchísimo y siempre estaba dispuesto a compartirlo. Estaba al pendiente de todo el mundo y era paciente.

Aunque también podía ser duro. No era siempre el sabio anciano (como le decían Fernando y Germán, de chiste, pero nunca en su cara). El otro lado de Teodoro se notaba en los ensayos, cuando más concentrado estaba en la actuación de sus actores y actrices. En esos momentos no estaba ofreciendo conocimientos, sino trabajando con alguien que ya sabía, que ya debía saber, lo que se esperaba de él.

—No hables solamente con la boca —pedía—. Apégate al texto. Tú lo escribiste. El momento de inventar fue entonces. Estás angustiada, enséñame que estás angustiada. No se ve que estés contento, lo dices, pero no se ve. No estás hablando conmigo, estás hablando con ella… Saca la mano de ahí, tu personaje no tiene bolsillos. ¡Volumen y dicción! No es un concurso de ver quién habla más rápido. ¡La última persona en el teatro, hasta atrás y hasta arriba, tiene que entender lo que dices!

Como Gabriela no tenía un papel en la puesta, no estaba bajo la misma presión que otros de sus compañeros y el primer incidente serio que vio la tomó desprevenida. Era un sábado, muy de mañana y desde la calle subían ruidos de pasos y pregones. Gabriela observaba atenta los movimientos de Teodoro, que caminaba dando vueltas alrededor de Lina y Rodrigo mientras ambos dialogaban, y tardó unos segundos en comprender lo que sucedía cuando lo escuchó decir:

—¡Acá! —Y luego el sonido de un golpe. Teodoro acababa de golpear a Rodrigo en la nuca.

—¡Ay!

—El ensayo es acá. El telegrama de amor se lo mandan después.

Gabriela volteó hacia donde Teodoro miraba. Ana Luisa estaba sentada en el suelo, mirándolo a él y a Rodrigo, roja de vergüenza.

—Y tú —agregó Teodoro—, no me lo distraigas. Todo el resto de la semana lo tienes para ti. Deja de intentar seducirlo durante una mañana.

Ana Luisa, casi sin levantarse, se dio vuelta y quedó otra vez sentada, pero mirando hacia la pared, como si estuviera castigada.

—Otra vez, desde arriba —ordenó Teodoro.

—Espérate, no se vale —se quejó Rodrigo.

—¿No quieres que esto salga bien?

—Sí, pero no tiene que ver...

—Claro que tiene que ver. Esto es serio. No estamos jugando al teatrito. Ni al teleteatro. Esto es más importante. Y no me vayan a salir, tú tampoco, Lina, porque ya te vi la cara de que te vas a quejar... No me vayan a salir con que me estaba yendo contra ella. Yo maltrato a todos por igual. No nomás a las mujeres.

El salón quedó en silencio.

—A ver, desde arriba, pues —dijo Rodrigo.

Gabriela los observó mientras comenzaban de nuevo el diálogo. A ella nunca le había gustado que su papá le pegara, pero descubrió que a Teodoro, en cierto modo, lo comprendía. Ella podía pasarse una mañana de ensayo completa sin hacer nada más que mirar a sus compañeros, a su director, moviéndose por el espacio que representaba el escenario. Seguía recordando su primer ejercicio en el grupo y lo que había sentido entonces seguía en ella. No podía describirlo, pero a veces le parecía que era un ansia: un enorme deseo de ver, de aprender, de experimentar con su cuerpo, y una capacidad de concentración que no recordaba haber tenido antes. Podía perderse por horas en los brazos y las piernas que se movían delante de ella, en los detalles y las sugerencias de cada parlamento, en las expresiones sutiles de cada rostro.

¿Cómo podían distraerse los demás?

Casi hubiera podido decírselo a Ana Luisa, aunque no lo hizo. Ella y Rodrigo salieron deprisa al terminar esa sesión y no se veían de buen humor.

Y tampoco hubiera podido explicarle nada de eso a su mamá.

—Ya va a ser un mes que no vienes —le reprochó ella al día siguiente de lo sucedido en el ensayo, en su llamada semanal.

—Pues es por los exámenes, mamá —respondió Gabriela—. Tú sabes que me cuestan trabajo y me pongo nerviosa. Pasó lo mismo el semestre pasado, ¿te acuerdas?

—¿Dónde estabas ayer? Te llamé en la mañana.

Gabriela tardó un poco en decidirse a responder:

—¿De verdad?

—Ay, hija, pues sí. Te llamé como a las once de la mañana.

—Ah, es que… —Gabriela dudó— salí con Marisol. Desayunamos fuera y luego nos quedamos paseando un rato. Por lo de los exámenes.

—¿Los exámenes?

—Quiero decir que necesitaba despejarme un poco de la tensión de los exámenes. No tardamos mucho. Pero por eso no estaba cuando llamaste.

—Te oigo rara —dijo su mamá—. ¿Estás bien?

Ahí fue Gabriela quien se sintió irritada. No mucho, no como Rodrigo y Ana Luisa, pero cambió de tema y colgó pocos minutos después. Realmente no podía decirle a nadie de su familia lo que estaba haciendo.

Se quedó sentada en el sillón junto al teléfono. Era mejor así. Aun si lo que estaba haciendo no era malo. Ni su papá ni su mamá habían tenido nunca más de una sola actividad. Ella, la casa, y él, su trabajo. Sus vidas estaban hechas de esa forma. Sí había cosas —ideas— que no podían comprender: estaban del otro lado de una barrera imposible de escalar para la gente de su edad. El que Gabriela pudiera y quisiera hacer algo al mismo tiempo que la escuela era una de esas ideas.

Para Gabriela había sido una sorpresa que incluso sus compañeros en la facultad —estudiantes de contaduría, la carrera más sosegada y pudorosa imaginable— hablaran todo el tiempo y sin ningún remilgo de la «chaviza» y la «momiza», que, además de ser palabras vulgares, eran de lo más cruel. Cualquiera que hubiese visto *El Chavo del Ocho* podía entender «chaviza» —los niños, los jóvenes—, pero Gabriela había venido al D.F. a descubrir que «momiza», la palabra de los mayores, venía de *momias*: cadáveres resecos, cosas muertas y tiesas y polvorientas. Y, sin embargo, ahora pensaba que había algo de verdad en ese modo de hablar. Y nunca iba a poder decírselo a esas personas que amaba, por supuesto. A lo mejor algo así sucedía con cada hija. A lo mejor alguien se lo haría a la propia Gabriela en el futuro. Aunque faltaba mucho para eso…

—Gabita, ya está la comida.

—¡Voy!

Los ensayos seguían avanzando. Agosto ya no estaba tan lejos. Cuando las cuatro pequeñas obras corrieron de principio a fin a satisfacción de Teodoro, este le pidió al grupo que se sentara en círculo y —tal como había anticipado ya varias veces— le presentó las *bisagras*: los textos que iban a enlazar los diálogos unos con otros, y con los cuales la puesta El Espacio Constante se convertiría en una sola obra unititaria, con el título de *Últimas ocasiones*.

—Por fin las acabamos —dijo Teodoro.

Fernando, que además de actuar escribía, le había ayudado a hacer el trabajo. Era una especie de historia única, pero contada en fragmentos pequeños. Habría uno al comienzo de la obra, otros entre el final de un diálogo de Luisa Josefina Hernández y el comienzo del siguiente, y uno más como conclusión.

—Por eso se llaman bisagras: cada uno cierra una parte y abre otra. Y entre todas nos dejan ver que todas tienen un origen común. A lo mejor estoy muy volado —les explicó Fernando—, pero estaba pensando en un cuento de Borges en el que se habla de una obra de teatro, es una donde primero se muestran las cosas como alguien cree que son y luego como son en realidad.

—¿Quién es Borges? —preguntó Gabriela.

—¿No lo has leído? —dijo Fernando y Gabriela puso cara de vergüenza y negó con la cabeza.

Teodoro lo explicó mejor. Ya con las bisagras, la puesta completa se iba a tratar de ocho personas que estaban soñando, fantaseando, con los últimos momentos de sus vidas. Todos serían jóvenes, estudiantes, recién asesinados, víctimas de la represión en un acontecimiento (una «ocasión») que no se iba a especificar. En su agonía, mientras se desangraban, heridos de bala, tirados quién sabe en dónde, los ocho "imaginarían" ser otras personas y tener otras vidas. La obra terminaría con la muerte del último.

—Como en *El despojo*, el corto ese de Juan Rulfo —intervino Fernando, pero no dijo más porque Gabriela frunció el ceño y lo miró con la misma expresión de poco antes.

—La dramaturgia ya va de salida, hijo —se rio José Carlos.

—Aparte de las fuentes literarias —dijo Teodoro—, ¿qué? ¿Cómo lo ven?

—Sí es una gran idea —dijo Ana Luisa. Los demás asentían.

—Lo cierto es que así es más claro —reconoció Lina.

—Y de más actualidad —dijo Germán—. Es decir, en todas la obras se habla de algo actual de una manera u otra, pero así es más…

—¿Directo? —preguntó Ana Luisa.

—¿Político? —sugirió Samuel.

—Social —dijo Rodrigo.

—Vamos a tener que regresar a hacer un poco de trabajo de mesa para echar a andar las partes bisagra —advirtió Teodoro—, pero verán que no es tanto. Lo vamos a alternar con correr los diálogos. Tenemos muy buen tiempo.

Habían hecho copias mimeografiadas del nuevo texto para todo el grupo, incluyendo a Gabriela. Lo primero que ella vio fue que había un noveno papel, además de los ocho que ya venían de los diálogos: una mujer, llamada Aurora, que aparecía desde el comienzo. Antes de que pudieran comenzar a hacer una lectura en forma, José Carlos, que había revisado deprisa varias páginas, comentó:

—Es un poco más un personaje simbólico, ¿no? Está con los otros, pero como que nada más los acompaña… Sí se les dice personajes simbólicos, ¿verdad?

—¿Por qué se llama Aurora? —preguntó Samuel.

—Espérate a que lleguemos al final —le contestó Fernando—. El nombre sí es simbólico porque al final, de algún modo, hay como… No, no, lo tienes que ver. Cuando tú digas empezamos, Teodoro.

—Pero le hubieran puesto Sofía —dijo Lina.

Los demás se quedaron callados. Gabriela entendió que algo estaba pasando cuando el silencio empezó a prolongarse. La gente se miraba, volteaba a un lado y a otro, pero nadie quería hablar. Algunos tenían cara de asombro o de incomodidad. Marisol parecía enojada.

—No hubiera estado bien —dijo Teodoro, por fin.

—¿Por qué no? —insistió Lina— El nombre significa «sabiduría».

—No —dijo Teodoro.

—No es lo mismo alguien que sea símbolo de sabiduría —empezó José Carlos— que alguien que…

—Ya se les olvidó que esto no es una democracia, niños —lo interrumpió Teodoro.

—¡Estoy de tu lado! —se quejó José Carlos.

Un mes después, al llegar a los exámenes finales, Gabriela tuvo calificaciones mucho más bajas que las del semestre anterior. Primero se sintió indignada, tratada injustamente, pero al revisar sus exámenes y trabajos tuvo que reconocer que los maestros habían tenido razón. En realidad, había descuidado la escuela. No había querido darse cuenta. Se había convencido de que podía quitarles todas las horas que fueran necesarias a las clases para dedicarlas al grupo de teatro. Y sí les había quitado muchas horas. No se atrevió a comentarlo siquiera con Marisol. Sietes y ochos no eran, en realidad, algo terriblemente serio, estaban todavía lejos de la reprobación y no la ponían en riesgo de ser expulsada, pero a sus papás no les iba a gustar nada. Le iban a preguntar qué estaba pasando. Su papá, sobre todo, iba a pensar y a decir muchas cosas desagradables.

Y lo que estaba sucediendo —esto lo pensó una tarde, mientras bajaba a la estación del Metro, deprisa, para alcanzar el vagón y llegar a los rumbos del departamento de Teodoro— no era algo malo. Todo lo contrario. Solo que, desde su ingreso en el grupo El Espacio Constante, su vida estaba cambiando. Gabriela era más feliz. O, si no feliz, más… ¿ansiosa? Se sentía hambrienta. Más dispuesta a vivir y disfrutar la vida. Más despierta, más atenta a lo que la rodeaba y a ella misma, incluso fuera de los ensayos.

Sin embargo, tenía que ser a causa del teatro: lo que ofrecía incluso más allá del arte, que ella a veces seguía sin comprender. No le molestaba que Fernando (quien resultó todo un engreído, muy desagradable) siguiera preguntándole, para molestarla, por libros y autores que ella no conocía porque no era estudiante de humanidades. Tampoco era importante que no siempre entendiera las películas o las puestas a las que iba con Marisol o con Rodrigo y Ana Luisa.

Teodoro decía que los actores, como conductos de algo más (de las historias que representaban, de sus vidas, de las vidas de otros), podían llegar a parecerse a los místicos: interrumpir el pensamiento, rendirse por completo a lo que los impulsaba. Un director, en cambio, no podía permitírselo. Y en los ensayos del grupo, aun si solo estaba haciendo un ejercicio o improvisando con alguien más, Gabriela sentía con frecuencia que las palabras que pronunciaba estaban un poco más allá de ella, pero igual las sentía al decirlas, y todos las sentían también. Todos la veían moverse, actuar, acercarse a ser aquella otra, aquellas varias otras que interpretaba, y que aparecían y desaparecían en ella.

Sentada en el vagón, Gabriela observaba las luces que pasaban a su lado en el túnel subterráneo. En el catecismo, de niña, siempre le habían hablado bien de los santos que se daban por completo a Dios. Había valor en esa entrega, en dejar que ese poder superior hablara por sus bocas y los llevara por donde quisiera. ¿No podía haber valor también en esta, en la que ella vivía cada vez que llegaba el momento de entrar en escena?

Gabriela misma no terminaba de creérselo. La prueba más clara eran las pesadillas. Parte de ella se sentía culpable. No nada más por las calificaciones: había dejado de ir a misa, de prestar atención a su mamá y su papá, de comunicarse. De ir a Toluca de visita. Y esa culpa llegaba a ella por las noches.

Ahora, casi siempre soñaba lo mismo: el mismo sitio a oscuras, la misma mujer. La muerta. La que era una combinación del cadáver que había visto en su infancia con el horror por el que había pasado Marisol.

Gabriela estaba de pie, esperándola llegar, durante un tiempo que le parecía interminable. Días, semanas. Seguía sin entender por qué no había luz suficiente para verla. Oía sus pasos, casi imperceptibles, y además perdidos entre los otros pasos, entre las voces de la multitud invisible. Y de pronto la tenía delante. Incluso a tan corta distancia todavía era difícil reconocer sus rasgos y Gabriela, al soñar, siempre olvidaba que la mujer no tenía rasgos porque no existía. Siempre le parecía una persona real, alguien que había muerto de manera terrible. Un cuerpo cubierto de sangre, de heridas. Ella misma se lo repetía:

—Me mató —decía—. Primero no estaba segura, pero ahora sí. Me mató. Lo hizo a propósito. Me cortó. O me disparó. No sé. Me abrió la piel. Me abrió la carne. ¿Me puedes tocar? ¿Puedes sentirme el lugar donde me mató? Me tienes que ayudar.

—Váyase —le contestaba Gabriela y era la única palabra que podía pronunciar, porque las otras se ahogaban en su garganta—. Váyase, váyase.

Pero la mujer, en vez de irse, tomaba la mano de Gabriela con su mano muerta. Se sentía helada. Y luego tiraba de Gabriela para hacer que la tocara. Para obligarla a meter la mano en alguna herida, como santo Tomás, para hacerla creer…

—¡Me tienes que ayudar! —repetía la mujer, mientras Gabriela luchaba por soltarse— ¡Ayúdame! ¡Ayúdame, me mató, me mataron!

Y Gabriela se despertaba, y la noche a su alrededor parecía luminosa, comparada con el mundo de la pesadilla.

Aquel mediodía, en el salón de ensayos, hubo una discusión. Gabriela no la había comprendido. Lina había insistido en repetir el nombre «Sofía» durante un buen rato, incluso aunque no parecía tener mucho apoyo de los demás. Al fin, Teodoro había tenido que recurrir, otra vez, a su autoridad:

—Vamos a hablar de eso. Tenemos que hablar de eso —*¿qué sería eso?*— y lo vamos a hacer. Pero no ahora. ¿Podemos concentrarnos en la puesta? Me gustaría mucho que, como grupo, como lo que hemos sido hasta ahora, llegáramos hasta esa oportunidad que tenemos delante. Que hiciéramos el teatro que queremos hacer. ¿Proseguimos? ¿Quieren que prosigamos?

Lina había sido la última en asentir. Y entonces Teodoro había dicho:

—Bueno. Gracias. Pues vamos. Vamos a sacar esta puesta. Y ahora, un aviso. Como se habrán imaginado, el nuevo papel, el de Aurora, es para Gabriela... Es para ti —repitió, mirándola a ella.

A pesar del momento incómodo que acababa de pasar, le sonreía y Gabriela, sorprendida, nerviosa, le sonrió también.

7

El primer lunes del periodo vacacional, cuando ya estaban entregadas todas las calificaciones y no había más que hacer al respecto, Marisol y Gabriela se levantaron tarde. Desayunaron en casa, despacio, se bañaron y salieron a pasear. Al día siguiente, las dos tendrían que salir para Toluca, por separado, a ver a sus familias, porque ya no podían aplazarlo más. Pero la mañana —y tanto como fuera posible aprovechar del resto del día— sería para celebrar.

Caminaron hasta la avenida Cuauhtémoc y subieron al Metro en la estación Hospital General. De allí fueron a Balderas, donde transbordaron a la línea 1 para seguir hasta Chapultepec. Y allí no pudieron pasar al zoológico, como había sido su plan, porque estaba cerrado.

—Dice que cierra los lunes —comentó Gabriela mientras leía un cartel puesto sobre la reja—. ¿Por qué no me dijiste que cerraba los lunes?

—¿Cómo iba a saber? Tú eres la que tiene cinco años y quería venir al zoológico.

Gabriela le enseñó la lengua y las dos se rieron y se alejaron, entre otros paseantes y el eco de voces y motores, para caminar por Paseo de la Reforma. La avenida bullía: personas a pie y en bicicleta, en autobús, en coche, sobre las banquetas, cruzando las calles, iban en todas direcciones, tan rápidos y numerosos que no era posible contarlos, y a la vez eran incapaces de llenar aquel espacio tan vasto y tan abierto.

El paseo había sido idea de Gabriela. A pesar del tiempo que ya tenía de vivir en el Distrito Federal, la ciudad la seguía sorprendiendo, o por lo menos fascinando. Ya había aprendido que no le convenía hablar de ese entusiasmo, porque nunca faltaba quien se riera de ella y la llamara «ranchera» o «pueblerina». Pero, sí, en más de una ocasión se había quedado mirando, embobada, la altura de la Torre Latinoamericana o imaginando que estaba en una película al descender a un andén del Metro y ver llegar el siguiente tren, con sus vagones que parecían de plástico —y sus puertas que se abrían y se cerraban solas—. ¡Sí todavía la emocionaba la sola idea de estar un lunes, en una hora de clase, fuera de un salón! Todavía recordaba el aburrimiento de un día largo en la primaria o la secundaria; la sensación de aislarse del mundo cada mañana, de perderse algo que ahora podía ver. Y hoy, a pesar de que seguía sin contarle a nadie de sus últimas calificaciones, y aunque su otro problema seguía sin resolverse, el sol brillaba y el aire a su alrededor estaba repleto de sonidos que le daban la impresión de ser totalmente nuevos, jamás escuchados por nadie.

Se demoraron viendo pasar la gente en una parada de autobús. Se sentaron en una banca cerca del Monumento a la Madre. Pasaron junto al cine Roble, que también estaba cerrado, y se asomaron por entre los segmentos de la cortina metálica para ver los carteles en el interior. Luego siguieron adelante y Gabriela empezó a hablar de un paseo similar de las dos, años antes, en Toluca, por la calle de Villada: la primera vez que las dos se habían escapado del catecismo y se habían ido «a la aventura». ¡Qué nerviosa había estado Gabriela! Pero cuando se lo dijo a Marisol, con todos los detalles que recordaba —el día, la hora, el ruido de los árboles de la avenida, agitados por un viento que se había levantado de pronto—, resultó que su prima no se acordaba de nada.

—Nos escapamos varias veces, ¿no? —le dijo.

Hacia el mediodía estaban llegando a la esquina de Reforma y Lafragua.

—Ya me cansé —dijo Gabriela.

—Qué suerte tienes, porque ya llegamos a lo que sigue. ¿Al menos te gustó hacer tu peregrinación?

—No seas así.

Ya era tiempo de pasar al siguiente compromiso del día. Gabriela siguió a Marisol al interior de la tienda Sanborns. Después de un rato de estar curioseando en las revistas y entre objetos raros de la sección de regalos, haciendo tiempo hasta que dieran las doce, ambas pasaron a la cafetería y pidieron mesa para cuatro. Una mesera las sentó casi en el centro del salón, donde quedaron rodeadas por mesas de hombres mayores y vestidos de traje que conversaban sin prestarles ninguna atención. Las dos pidieron Coca-Colas.

—¿Ya te hicieron el depósito del mes tus papás? — preguntó Marisol.

—Ay, no, todavía no. Traigo… No sé si me va a alcanzar para ahorita.

—No seas zonza. —Se rió su prima—. Nomás estoy preguntando. Ya sabes que mi tío nos invita.

Un rato después, cuando Marisol se había tomado la mitad de su vaso y Gabriela, pese a todo, se estaba terminando el suyo, llegó el tío Enrique. Era hermano del papá de Marisol, dueño del edificio en donde ambas vivían y de tres o cuatro más en otros rumbos de la ciudad. Él y Marisol se caían muy bien. Solamente se veían una vez al mes, para el pago de la renta (casi con cincuenta por ciento de descuento, por ser para alguien de la familia) y un rato de charla. Y, además de que él siempre pagaba la cuenta, no estaba al pendiente de sus vidas ni de sus calificaciones.

Era un hombre alto y gordo, muy sonriente, con un bigote muy negro y una nariz muy parecida a la de Marisol (o a la del tío Claudio, el papá de ella), aunque casi dos veces más grande. Llevaba un traje que le quedaba enorme. Iba acompañado, como siempre, de su amigo, un hombre más blanco, joven y esbelto al que llamaba Billy, que vestía guayabera y pantalón de pana.

—¿Cómo estás, mija? ¿Cómo te trata la vida? ¡Gabrielita, qué bien te ves! ¿Cómo es eso de que ya estás también en el mundo del espectáculo?

Las saludó con un beso en cada mejilla, como francés, y Billy hizo lo mismo. No habló (rara vez hablaba) y se sentó al lado del tío Enrique sin hacer ruido. Cuando vio que Gabriela lo estaba mirando, le sonrió un poco y apartó la mirada.

Marisol le había contado varias cosas totalmente absurdas acerca de Billy y de su tío, pero Gabriela se esforzó por no pensar en ellas.

Después de que ella y Gabriela le contaran un poco, lo mínimo necesario, de cómo les había ido en el último mes, los dos hombres también pidieron Coca-Colas y que les llevaran el menú. Almorzaban a mediodía, como gringos. La broma del tío Enrique era que así Billy no extrañaba «su tierra», pero esta vez no la repitió.

Cuando todos tuvieron sus vasos delante, Marisol le pasó discretamente un sobre con el dinero de la renta al tío Enrique, quien lo guardó en el bolsillo de su chaqueta sin abrirlo. Luego las dos (y Billy) lo escucharon hablar un rato. En el restaurante no estaba ninguno de sus amigos cercanos, dijo, así que podría contarles varias anécdotas graciosas acerca de ellos, pero quién quería saber de diputados y delegados y demás politiquillos, especialmente las personas jóvenes como ellas y Billy.

—A mí ya me has contado algunas —intervino Billy.

—Más razón todavía para no aburrir a nadie —dijo el tío Enrique y luego, mientras la mesera iba y venía con platos para él y para Billy, más una orden de molletes para Marisol y Gabriela, siguió hablando de las misiones Apolo, que ya no llamaban la atención de la gente pero eran importantísimas, la siguiente frontera de la humanidad; del terrorismo internacional, que estaba muy feo, como por ejemplo en Alemania (y se iba a poner peor, predijo); del caso de una azafata húngara o checoslovaca que se cayó de un avión (atacado precisamente por terroristas), pero sobrevivió a una caída de diez kilómetros, lo cual era una marca mundial, aunque al parecer seguía en coma, la pobre, quién sabe si se iba a aliviar aunque no se hubiera hecho pomada al dar contra el suelo; de la guerra de Vietnam, que era realmente algo lamentable porque cuánto tiempo llevaba ya sin que los comunistas se rindieran; de que al lado de Vietnam estaba China y, por mucho que el presidente fuera allá de visita, no quitaba que ellos fueran más de lo mismo. Y así sucesivamente—. ¡Pero no me dejen hablando solo, ya se me enfrió la sopa!

Gabriela no estaba muy al tanto de la mayoría de las noticias que le interesaban al tío Enrique, así que solo prestaba atención de manera intermitente. En cambio, mientras masticaba despacio el pan cubierto de frijoles y queso, observaba a su alrededor, a las otras mesas, a las meseras que se movían entre ellos…

—¿Me pasas la sal? —le pidió Billy.

Gabriela lo hizo sin quitar la vista del salero. Por lo general se sentía incómoda cuando Billy o el tío Enrique le hablaban. Una razón era que, si había al menos un poco de verdad en lo que decía Marisol acerca ellos, ambos eran de las personas que más odiaría su papá.

«¿Cómo se atreven a salir a la calle?», diría. «Que hagan sus porquerías en su casa, donde nadie los vea. ¿Qué ideas le van a dar a los niños?», y a ella misma le costaba imaginar cómo *serían* siquiera esas «porquerías», porque, sí, obviamente ya sabía los significados de la palabra *sexo*, pero debía reconocer que no tenía mucha información detallada al respecto. No era algo de lo que hablara, ni siquiera con Marisol. Por años, solo había entendido que era algo prohibido, mucho más allá del beso de lengua o de las caricias que los chicos de la preparatoria llamaban *faje*, como si estuvieran boxeando con sus novias, material de chistes obscenos de los que había que reírse aunque no siempre se entendieran. Ni siquiera en el Distrito Federal había avanzado mucho. Al igual que de Ana Luisa y Rodrigo, sospechaba de alguna salida de Marisol, alguna noche que había pasado fuera del departamento…, pero su investigación más productiva alrededor del tema todavía era la lectura de un libro de anatomía que se habían encontrado, puesto en el estante equivocado, en la biblioteca de su escuela secundaria.

Y la otra razón de su incomodidad era que, fuera de la relación que tuviera o no con Billy, aun si hacía *eso*, y lo hacía con gusto y estaba contento de vivir de *esa* manera, el tío Enrique pensaba casi exactamente igual que su papá. Los temas y las quejas eran los mismos. Ella los había escuchado durante años, a la hora de la comida, cuando su papá comentaba sus lecturas del *Novedades* y *El Sol de Toluca*, o de lo que hubiera dicho Jacobo Zabludovsky en *24 Horas*.

—No es que la gente sea mala. Y los jóvenes menos. Pero es que sí están muy desorientados. ¿O no, Mary? A poco no. Te lo pregunto porque sé que tú no eres así. Mira que soy, digamos, progresista, de mente abierta en muchos aspectos, y sé que estás yendo a la universidad a estudiar. Yo no voy a decir jamás que *todos* los estudiantes sean rebeldes o agitadores, porque eso es absurdo. Pero…

—Ay, tío —dijo Marisol, en un tono que no quería sonar a nada en particular.

—Por ejemplo, ve lo que pasó el año pasado. Compáralo con el 68. ¿Te acuerdas de eso? ¿Te acuerdas de cuando las Olimpiadas, cuando andaban alborotando para hacernos quedar mal con todo el mundo? *Entonces* deberían haber visto que no podían seguir portándose así, que la gente no los apoya. ¿Y qué pasa? Que el año pasado, otra vez, ahí van a hacer lo mismo. Y otra vez igual. Que eran otros los que iban armados, que los atacaron, que un grupo del ejército, ni sé cómo se llaman, ¡pero todo el mundo sabe que fueron ellos!

—Ay, señor —dijo Gabriela de pronto—. No sea así.

Marisol, Billy y el tío Enrique pusieron cara de sorpresa.

—¿Cómo que «así»?

—Pues es que es injusto lo que está diciendo —respondió Gabriela. Se sentía molesta—. ¡No todos los que fueron a la marcha eran revoltosos, o como sea que usted dice! ¡Yo conozco a una persona que fue!

—Gabita, ya —dijo Marisol.

—¡Pero es que…!

—Cállate, Gabriela.

—¿A quién conoces tú —preguntó el tío Enrique— que haya ido a esa manifestación?

—Una compañera —contestó Marisol, antes de que Gabriela pudiese decir algo más—. Se llamaba Sofía.

—Sofía —repitió Gabriela. No alcanzó a hacer que sonara como una pregunta e iba a volver a decirlo, pero no lo hizo.

El tío Enrique puso cara de extrañeza y se echó para atrás en su silla. Después de unos segundos, Billy hizo el mismo movimiento.

—Era una compañera del grupo de teatro —explicó Marisol—. No iba en mi facultad. Estudiaba medicina. Era muy buena gente. Muy decente, muy alegre… No teníamos idea de que iba a ir. Pero el sábado siguiente, es decir, la siguiente vez que tuvimos ensayo, porque aquello de la manifestación fue en un jueves… El sábado siguiente Sofía no fue. Y ya no hemos vuelto a saber de ella. Hemos preguntado y lo último que hemos podido sacar en claro es que estuvo allá, en el Casco de Santo Tomás. Parece que la invitaron unas amistades de su facultad. Y luego ya —suspiró.

—¿Por qué nunca me habías contado de eso? —preguntó el tío Enrique, inclinándose hacia adelante, con cara de preocupación.

—Porque estuvimos buscándola mucho tiempo. Hasta… No sé, meses tuvieron que pasar para que nos diéramos por vencidas. No sabíamos a ciencia cierta qué le pasó. No lo sabemos todavía. Nada más que no regresó.

—Ay, qué feo —dijo Billy.

—Sí —dijo Gabriela y el tío Enrique se quedó callado un momento.

—Siento mucho que le haya pasado eso a su amiga. Que esté desaparecida. A lo mejor podría preguntar por ahí con algún…

—Vaciló—. Pedir ayuda. Con estos diputados y delegados y demás «ados» que conozco. Que sirvan de algo. Si tú me dices que era una buena muchacha, yo te creo.

El resto del almuerzo fue mucho más silencioso. Luego de despedirse, Gabriela y Marisol dejaron al tío y a Billy en el restaurante y caminaron hacia el sur hasta la estación Cuauhtémoc del Metro. Tampoco hablaron mucho durante ese camino. Solo hasta que pasaron los torniquetes y empezaron a bajar las escaleras en dirección a los andenes, Gabriela se animó a decir:

—Oye, Mary, espera. Detente.

—¿Qué?

—¿Lo que le dijiste a tu tío es cierto? ¿Esa es la Sofía de la que estaban hablando el otro día en el ensayo? ¿Eso fue lo que…?

—Estaba tratando de solucionar tu metidota de pata —replicó Marisol con dureza—. A él nunca le he dicho que yo fui. Si se entera, si averigua lo que me pasó, ¿tú crees que se va a quedar tan tranquilo? ¿Crees que no va a decirles de inmediato a mis papás? Dije lo primero que se me vino a la cabeza. Pero sí. Teníamos una amiga, una compañera, que se llamaba Sofía.

La gente pasaba alrededor de las dos, deprisa, tratando de no tocarlas, pero rozándolas pese a todo. Gabriela sintió frío, apenas ahora entendía lo que había pasado en el restaurante. Marisol tiró de ella y la llevó a un rincón del andén, más cerca de la pared que de las vías, a un lado de las escaleras.

—Yo no sabía —se defendió Gabriela.

—No, pues no —contestó Marisol—. Y tampoco estabas pensando.

—¿Por qué no hablan de eso en el taller?

—¿Sabes qué, Gabriela? Estoy muy enojada contigo. Después hablamos, ¿sí? Vámonos.

Tardaron en hablar del asunto. Al llegar al departamento, cada una se fue a su cuarto. En un momento, Gabriela oyó que Marisol salía, pero no fue con ella. No se atrevía. Quiso leer un libro, o abrir un cuaderno pero al final se quedó únicamente mirando las paredes tapizadas de rosa y verde, o el espejo del tocador de madera junto al clóset. Pasó un par de horas así, aburrida, con miedo de hacer cualquier cosa que empeorara aún más la situación.

Abrió su puerta cuando la oyó llamar:

—Ven a comer.

Sobre la mesa del comedor había dos vasos para veladora, una botella de sidral, una bolsa de pan de caja y un envoltorio de papel con rebanadas de jamón. Marisol sabía menos aún que Gabriela cómo cocinar, pero aquello era una especie de oferta de paz. Las dos se sentaron a la mesa. Gabriela esperó a que Marisol empezara a hacerse un sándwich para empezar el suyo.

—Te voy a decir por qué me enojé —empezó Marisol—. Hay cosas que puedo hacer, que *podemos* hacer, pero solamente porque nuestras familias no saben que las hacemos. Tú lo sabes. Todavía dependes de tus papás y yo también. No estoy ganando dinero. Igual que tú, no trabajo. No soy Teodoro, que tiene sus clases y su departamento propio. ¿Entiendes?

—Mary, sí entiendo.

—Yo sé que tarde o temprano voy a tener que trabajar, pero no creas que es tan fácil conseguir empleo de actriz.

—Entiendo.

—Así que, mientras, necesito que…

—Mary, te digo que te entiendo —la interrumpió Gabriela. De pronto se sentía molesta.

Y Marisol se enojó todavía más:

—¡Déjame hablar! Para ti es más fácil esconder lo que estás haciendo acá porque mi tía Soco piensa que eres más ñoña de lo que realmente eres. Ahora somos compañeras en el taller, pero si se lo dijeras, no te iba a creer. Tendrías que convencerla. En cambio, a mí, mi mamá no me baja de jipi. Si no es que de alguna cosa peor. Todo el tiempo, mi familia está esperando a que haga alguna locura para que me hagan regresar a Toluca con el rabo entre las patas. Y la única persona que podría decirle que hice una locura, ¿quién es?

A Gabriela, de pronto, se le vino a la cabeza la palabra *Yo*. Pero de inmediato sintió que aquella era una respuesta horrible, que jamás podría estar tan enojada con Marisol como para hacer algo así.

—Tu tío —respondió.

—Por eso me enojé. Ya. Eso es todo.

—Lo siento mucho, Mary. No lo vuelvo a hacer.

Gabriela le dio un mordisco a su sándwich de jamón. Luego se levantó y fue a la cocina por un cuchillo y el frasco de mayonesa.

—Uy, has de ser *gourmet* —dijo Marisol.

—¿Le pongo al tuyo?

Marisol aceptó.

Después de eso, las dos se hicieron un segundo sándwich y tomaron sidral. Y luego, Marisol le contó:

—Lo que le dije a mi tío fue lo primero que se me ocurrió para salir del paso, pero también es cierto. Sofía era una compañera del taller. Nunca supe mucho de ella. Nos llevábamos bien, pero nada más en los ensayos, en reuniones, cosas así. Llegó por Teodoro.

—¿Y él nunca te ha contado más de ella? ¿O los demás del grupo?

—Gaby, ninguno de los dos nos contaba sus cosas a nadie más. Eran novios. Nunca lo dijeron, pero era obvio. Siempre andaban juntos. En ese entonces, después del ensayo siempre salíamos a comer, todos en bola, y él se sentaba en la cabecera de la mesa, desde luego —sonrió brevemente—, con ella a su lado. Siempre. Yo creo que sí se querían. Y ella era muy amable. Podría haber sido muy engreída, haberse comportado como la favorita, la consorte…, pero no. De verdad era buena gente.

—¿Fueron juntas a la manifestación?

—No, no. Ni siquiera la vi allá. Fue como lo conté hace rato. Desde ese sábado, Sofía ya no fue a los ensayos. Tú ya has visto que Teo es muy profesional, muy jefe a la hora de ensayar, pero debiste haberlo visto. Primero se preocupó. Yo le había contado lo que pasó y él me dijo que Sofía tenía pensado ir. Y a medida que pasó el tiempo… —Gabriela encogió los hombros—. Él fue el que más la estuvo buscando. El que más se tardó en darse por vencido. El que más angustiado parecía. ¿Y qué podíamos hacer los demás? Ya no volvimos a mencionar el asunto, porque realmente no había nada que hacer.

—¿Y Lina por qué lo mencionó?

—Porque es una… Porque anda con Teodoro. O anduvo. No sé. Tampoco nos cuentan eso. En todo caso, las cosas no van bien entre ellos. ¿No te has fijado en cómo lo molesta? ¿En cómo se porta?

Más tarde sonó el teléfono, era el papá de Gabriela.

—¿Cómo estás? —le dijo ella—. ¿Está todo bien?

Todo estaba bien, pero su papá había tenido una comida con viejos compañeros de escuela y, al hablarles de su hija, se había dado cuenta de que Gabriela llevaba ya dos años viviendo fuera de casa.

—Me cayó el veinte —explicó—. Uno que ya está muy dado a la desgracia y que se acuerda de las cosas de pronto.

A Gabriela le pareció que estaba un poco ebrio, pero no lo mencionó.

—Gracias por llamar, papá.

—A ti, Gordita —su papá siempre la llamaba así cuando estaba contento con ella—. No pensé que fueras a aguantar tanto, pero ahí vas, ahí vas. Sí estoy orgulloso, ¿eh? No se te vaya a olvidar. Y mañana que vengas te lo voy a volver a decir. ¿A qué hora llegas?

En la noche, Gabriela volvió a soñar con la mujer muerta, pero el sueño fue diferente. No cambió nada de lo que estaba a su alrededor, la oscuridad, las voces lejanas, la aparición horrorosa y apenas visible, sino algo en ella misma: se dio cuenta de que estaba soñando.

Lo dijo, dentro del sueño, con palabras claras:

—Esto es el sueño. Esto es el sueño de las noches.

Era un modo curioso de decirlo, pero las palabras que dijo luego, en voz alta, cuando tuvo a la mujer delante, fueron aún más extrañas:

—Señora, dígame, ¿qué hace usted aquí? ¿A qué ha venido?

—No sé a qué he venido —le contestó la muerta— ni qué hago aquí.

—Esta no es la parte profunda de la muerte —siguió Gabriela—. Al menos eso sí lo sé.

(¿Cómo lo sabía?).

—A mí también me dijeron eso —asintió la muerta—. No sé quién me lo dijo, pero llegué de donde está más oscuro ya sabiendo eso. Esto es otra cosa. Otro lugar. Aquí no hace tanto frío. ¿Me puedo al menos quedar aquí? Me gustaría más calorcito, pero el que hay aquí me basta.

(Era la primera vez que Gabriela se sentía consciente dentro de un sueño. Todo era extraño, pero los sueños son extraños).

—Yo soy Gabriela —dijo—. Así me llamo. Dígame si usted es Sofía. O… Dime si tú eres Sofía.

—No lo sé.

—Dímelo, por favor.

—No sé mi nombre.

—Dime si eres ella —insistió Gabriela, con firmeza—. Te lo estoy pidiendo de buen modo. Pero me lo tienes que decir, o no vuelvo a hablar contigo nunca.

8

—Abre la boca y habla. No hagas caso del polvo entre tus dientes. El dolor pasará. Aún estás entre nosotros. Cuéntanos tu historia. Cuéntala pronto. Si no es hoy, más tarde llegará el momento en que no puedas decirnos nada más. Haz un esfuerzo. Yo sé que te está doliendo. Que tal vez ya no entiendes dónde estás. Yo te diré dónde puedes estar. Quiénes de nosotros te guardaremos, adentro. Donde ya no habrá más miedo ni dolor. Pero primero, dime...

Gabriela se detuvo.

Estaba de pie, en el centro del espacio que hacía de escenario, con las manos extendidas hacia delante, como para sostener la cabeza de Samuel (que no estaba allí, pero estaría, cuando empezaran los ensayos con el grupo completo).

—¿Qué sigue? —preguntó.

—«Primero, dime» —respondió Teodoro—. «Dime quién fuiste...».

—Ah, sí, sí. Primero, dime quién fuiste.

—«Primero dime. Dime quién fuiste».

—Primero dime. Dime quién fuiste —se corrigió Gabriela—. Te falta un poco de dolor, pero ya no tienes nada que temer.

—Detente un momento —le pidió Teodoro—. A ver. Fuera de este último tropiezo, vas muy bien con la memorización. Y esto es nada más ensayo en frío. No hace falta meter intención ni nada. De hecho, ni siquiera tenías que levantar las manos. Pero ¿sabes qué? Un descanso.

Estaba sentado en posición de loto y se levantó desdoblando las rodillas. Gabriela nunca había visto a nadie hacer eso y se quedó muy sorprendida. Teodoro se dio cuenta y le sonrió. Fue hasta la puerta de su habitación, la que siempre estaba cerrada; la abrió y entró.

—Un momento —dijo. Gabriela lo vio desaparecer en el interior y también entrevió un librero, un huacal con papeles y el pie de una cama. Después de un momento, Teodoro salió otra vez y volvió a cerrar la puerta. Llevaba dos sillas plegables de metal, vapuleadas y con manchas de pintura roja. Las abrió e invitó a Gabriela a que se sentara junto a él.

—Gracias —dijo ella.

—Hablemos un poco —le respondió Teodoro— acerca del personaje de Aurora. ¿Tú quién dirías que es, a partir de lo que dice el texto?

—Ay —respondió Gabriela—. No sé... Una mujer. Bueno, sí, obviamente es una mujer. ¿O tengo que decir que yo soy una mujer?

—Es mejor que pienses en ella como alguien más. Tú la interpretas, la encarnas, digamos, pero no eres totalmente ella.

—Bueno. Ella... Es que Aurora no dice nada acerca de sí misma. Les habla a los demás, pero no explica nada.

—Eso es cierto. Pero se puede saber mucho de la gente por lo que dice y hace, incluso si no está tratando expresamente de darse a conocer. ¿No? Por ejemplo, se puede reconocer a una persona descuidada simplemente porque la vemos ser descuidada. Yo tenía un compañero en la primaria al que siempre se le olvidaba cerrar la mochila y ahí iba, todos los días tirando sus cosas por la calle a la hora de la salida...

—Ay, pobre —sonrió Gabriela.

—Pobre menso. Pero ¿ya entiendes? ¿Qué te parece que dice Aurora a través de las cosas que hace?

Gabriela lo pensó un poco. Se dio cuenta de que tenía un dedo sobre los labios cerrados y el gesto le pareció el de una tonta, una pose vagamente ridícula. Miró a Teodoro, que la observaba con cara seria.

—Con calma, tómate tu tiempo. —Lo oyó decir y supo que él únicamente esperaba que ella hablara, no la estaba juzgando.

—A ver —empezó—. La mayor parte del tiempo, Aurora está tratando como de reconfortar a los heridos. Así que es una mujer considerada, que se preocupa por la gente.

—Muy bien. Sigue.

—Pues... También tiene algo de dureza.

—¿Por qué lo dices?

—Porque en realidad sabe que todos van a morir y no les miente, no les dice que se vayan a salvar. Tengo una prima que es enfermera y me dice que las personas que trabajan en los hospitales tienen que ser así, que no pueden angustiarse o entristecerse por cada paciente, porque entonces no podrían atender a ninguno. Necesitan endurecerse, hacerse menos sensibles.

—Excelente. Sigue.

—¿Qué más? Es como una especie de fantasma. O espíritu. O como, no sé, un ángel. Sin alas y sin aureola, pero...

—Eso está muy bien, porque sí, de alguna manera esa es la función que desempeña.

—Pero la obra no es religiosa, ¿no? Porque nunca habla de Dios.

—Sí, exacto, religiosa no es. O al menos no católica.

—¿Hay otras religiones que tengan ángeles? —preguntó Gabriela y se arrepintió de inmediato. Ella sabía que sí. Conocía a personas protestantes. Había hablado con ellas.

Teodoro (que sabía tanto, que había tenido tantas experiencias y era realmente un maestro extraordinario) no puso cara de desaprobación. No empezó a aleccionarla. No se refirió en absoluto a lo que acababa de decir. Solo se inclinó un poco hacia Gabriela y dijo:

—Ya sabes que yo creo que el teatro nos da, tanto a quienes lo hacemos como al público, experiencias que se acercan a lo religioso. ¿No? Sin tener que pertenecer a una religión organiza-da. —Los gestos de sus manos eran más pequeños, más precisos, y sus dedos se quedaban más cerca de su rostro y del de Gabrie-la—. Parte de lo que quiero lograr con esta puesta es eso, precisa-mente eso. Nuestros diálogos nos conectan con la vida diaria de ciertos personajes. Son muy reveladores, muy entrañables. Inclu-so el del León, porque podríamos imaginarnos que todo es parte de un sueño. Alguno de los dos está soñando al otro, dándole un aspecto distinto del que tiene en realidad. Y los sueños son parte de la vida. Pensando en eso, la estructura general que tenemos ahora nos ayuda todavía más, porque a esos dos personajes los concoemos al principio como son en realidad, antes de que se mueran soñando. Ahora bien, otra cosa que le vamos a agregar a los diálogos, justamente con las partes de Aurora, es la conciencia de que toda esa vida...

—Se acaba —lo interrumpió Gabriela—. Porque ellos se van a morir.

—Y además de que van a morir, van a morir injustamente —agregó Teodoro—. Si me lo permites, algo que se puede añadir a lo que ya dijiste, y que me parece totalmente acertado, es que esas muertes son injustas. Todos nos vamos a morir —Teodo-ro puso los dedos de su mano sobre su pecho, despacio—, pero ellos no tenían que morir así. Eso fue por culpa de quienes los mataron. Quienes los masacraron. Y Aurora —Teodoro tendió la mano hacia Gabriela— lo sabe. Así que va a darles el poco o mucho consuelo que es posible darles, pero también a reconocer la injusticia de sus muertes.

Gabriela tardó en encontrar algo que decir.

—¿Es como un testigo, entonces?

—Una testigo y una denunciante.

—Pero ¿a quién le denuncia?

—A nosotros. Es decir, al público. A la gente que ve la obra. Este proyecto es también de protesta. Porque alguien la tiene que hacer. Porque no nos podemos quedar así nomás.

La última frase le recordó a Gabriela su desconcierto la noche en que Marisol regresó de la manifestación. Ella se había preocupado, pero no nada más por el bienestar de su prima. Lo que Mary había tratado de hacer, y lo que Teodoro estaba haciendo, era aquello contra lo que su papá le había advertido, o por lo que la había amenazado, en sus últimas discusiones antes de darle por fin permiso de ir a México.

Tal vez un día, si tenía suficiente paciencia, si se esforzaba en sus estudios de contaduría, tenía buenas calificaciones, encontraba un buen trabajo, lo mantenía el tiempo suficiente para encontrar un buen marido y luego se casaba como se debe, y si le daba pronto un nieto varón, tal vez entonces su papá estaría dispuesto a considerar la idea de que el pasatiempo que Gabriela estaba disfrutando tanto ahora no era una distracción perversa, un vicio que solamente le traería humillaciones a la familia y la ruina personal a ella.

(Ni pensar en contarle que las mujeres no siempre habían tenido permiso de actuar en los teatros, que en ciertas épocas todos los papeles femeninos habían sido interpretados por hombres).

Quién sabe qué cosas diría el señor si supiera que la estaban invitando a protestar contra el gobierno. A convertirse en una sediciosa, una revoltosa.

En casa de sus papás, en Toluca, no se hablaba del 68, justo antes de los Juegos Olímpicos, pero se sabía, aunque fuera por rumores, charlas entre sus papás y otras «personas mayores», noticias o artículos que su papá había comentado en muchas tardes a la hora de la comida, mientras ella y su mamá esperaban que se levantara para poder dejar la mesa.

—Pobres muchachos —llegó a decir su mamá una vez, sin mucha convicción.

—¿Pobres? —respondió su papá con desprecio.

—No es posible que todos fueran comunistas, Nacho. Eran miles en la plaza esa.

—¿Cómo sabes que no? —preguntó su papá—. ¿Tienes idea de cuántos son en el mundo? Y si hubo gente que nomás estaba engañada, que fue allá creyendo sinceramente que lo que hacían estaba bien y era justo, pues bien merecido se lo tienen, por babosos. ¡Sus propios amigos les empezaron a disparar, Socorro! En cuanto estuvieron reunidos. Y todo para qué, para hacer quedar mal a Díaz Ordaz. Al presidente. A México.

La noche en que atendió a Marisol, Gabriela se había imaginado que, de pronto, alguien abría de una patada la puerta del departamento y varios hombres entraban para llevársela. Para llevarse a las dos. O tal vez no se las llevaban siquiera. Tal vez las mataban ahí mismo. A Marisol y a ella, que no había hecho nada. Sintió vergüenza de pensar en sí misma, pero no pudo dejar de hacerlo.

Y ahora, en el departamento de Teodoro, sentada delante de él, sentía lo mismo, y otra vez era incapaz de contenerse. ¿Iba a entrar alguien en este momento, un policía, un soldado, un estudiante, alguien disfrazado de estudiante? ¿El maestro Menjívar? ¿Alguno de sus compañeros de la facultad, en los que no había pensado una sola vez desde el final de semestre?

Gabriela esperó unos segundos.

La puerta no se abrió. Nadie los estaba acechando. Teodoro la miraba.

—¿Qué pasa? —preguntó.

—No había entendido que esto era de protesta —dijo Gabriela.

—Ah…¿Te molesta?

«Me da terror», pensó en responderle Gabriela.

—Me siento…

—¿Preferirías no hacer el papel? —preguntó Teodoro—. Yo pensaba que…

—¡No, no! Es decir, no sé. Más bien, sí, sí quiero participar. Es solo que…

—Calma —dijo Teodoro y tocó su brazo con la mano—. Te noto nerviosa. ¿Sí lo estás? Porque tener nervios es de lo más natural. —Ahora la estaba tocando con ambas manos—. No seríamos seres humanos si la incertidumbre o el riesgo no nos pusieran nerviosos. Y tú y yo sabemos lo que pasa en este país y en el mundo entero, aunque todavía haya gente que no quiera que se diga. La guerra de Vietnam, lo del año pasado… —Gabriela sintió un escalofrío. Teodoro no la soltó—. Estás temblando. ¡Calma! —volvió a decir Teodoro y la atrajo hacia él—. ¿Te estás acordando de lo que le pasó a Mary el año pasado? Ya te contó, ¿no? Mira, lo que hacemos no es una manifestación. Y no somos guerrilleros ni nada parecido. Lo sabes.

Gabriela lo sabía. ¿Por qué le estaba dando tanto terror? Nunca se había sentido así. Le daba la impresión de que su cuerpo, que seguía temblando, había empezado a hacerlo por su propia voluntad. Veía su muslo, el derecho, moverse apenas, pero sin parar, hacia un lado y otro. Sus dos hombros se contraían hacia delante. Su dedo meñique, el izquierdo, se levantaba, rígido, mientras los otros dedos se doblaban. Estaba presenciando las acciones de alguien más que casualmente ocupaba el espacio de ella, entre los brazos de Teodoro, que seguía intentando calmarla.

—Ya pasó —le decía y Gabriela supo que estaba mintiendo—, ya pasó.

Gabriela cerró los ojos.

Y mientras los mantuvo cerrados, vio otro lugar.

O lo recordó. Un sitio (el sitio) que a veces veía en sus sueños. Un lugar oscuro, como una iglesia enorme o un campo a la mitad de la noche.

¿O era otro lugar? Una fila de casas torcidas se veía, como elevándose, desde el horizonte. O tal vez eran edificios, aún más lejos. Y arriba, estrellas. No: llamas. Chispas. Algo estaba tronando. Algo estaba ardiendo.

Aunque el cuerpo seguía sacudiéndose, Gabriela tuvo la tranquilidad suficiente para llegar a una descripción de lo que le estaba sucediendo: estaba ahora observando su propio interior, como una película en un cine al que se hubiera metido por error. Un recuerdo, tal vez. Algo que había visto. Pero ¿dónde? ¿Efectivamente en un cine? Como en una película de guerra, quizá. No recordaba haber estado jamás en un lugar así, con esos estallidos sobre ella.

Y tampoco recordaba el cuerpo tendido en el suelo, boca arriba, con un brazo oculto bajo el torso y el otro extendido, las dos piernas abiertas, la ropa alborotada y sucia. ¿Quién era? Se había caído.

Tal vez en un momento se iba a levantar...

—Respira. Respira hondo. Tranquila...—le dijo Teodoro, desde muy lejos, y Gabriela abrió los ojos, y estaba otra vez en un cuarto o salón de ensayos, en la calle que fuera, en la ciudad. Tuvo un espasmo que la apartó del cuerpo de Teodoro. Otra vez era ella, ella en su propio cuerpo, y sentía que estaba cayendo, y se daba con la cabeza en el suelo. El dolor la hizo gritar con su propia boca.

—Ay, Dios —dijo Teodoro—. ¡Gaby! ¿Estás bien? ¿Qué te pasó?

Gabriela apoyó la mano, *su* mano, en el piso de duela. Quiso impulsarse hacia arriba para empezar a levantarse. No pudo. Se llevó la otra mano a la cabeza, donde el golpe empezaba a pulsar. Estaba mareada. *Ella* estaba mareada. *Su* rodilla consiguió apoyarse y darle impulso. Teodoro se arrodilló a su lado, pero volvió a levantarse casi de inmediato.

—No hagas nada —dijo—. Quédate aquí.

—Perdón —respondió Gabriela—, perdón, perdón.

—¿Perdón de qué? —Gabriela escuchó que la puerta de la recámara se abría.

—Me caí. —No sabía qué más decirle—. Lo siento. El ensayo.

—Eso no importa. No te muevas. —Regresó hasta ella y ahora sí la ayudó a levantarse. El movimiento hizo que la cabeza de Gabriela empezara a doler aún peor.

Gabriela se dejó llevar, apoyándose en Teodoro, hasta pasar a la recámara y llegar a la cama que había entrevisto poco antes.

—No te preocupes por nada. Recuéstate y descansa. Tengo hielo, creo. Espera.

Gabriela no quiso decirle a Teodoro que su papá y su mamá, y su tía Rosa y su tío Claudio, y los dos lados de la familia, todos se pondrían furiosos de verla acostada en la cama de un hombre. La cabeza le dolía cada vez más. Al apoyarla en la almohada, se sintió mejor. Luego tuvo que ayudar a Teodoro a poner la compresa fría —trozos de hielo envueltos en una toalla— en el sitio correcto.

—Debería estar aquí María Luisa —se lamentó Teodoro—. Ella sí sabe de primeros auxilios.

Gabriela apretó la compresa y sintió que su mano empezaba a agarrotarse. Más dolor. ¿Cómo había podido imaginarse separada de su propio cuerpo? Una loca. Y todo por haberse asustado. ¿De qué? Ni que la policía fuera a meterse en todas las funciones de teatro del país…

Teodoro se sentó al pie de la cama.

—Voy a bajar a la farmacia —dijo—. Al menos a buscar unas aspirinas. ¿Te puedo dejar un momento? ¿Me prometes que no te levantas?

—No —respondió—. Que no me vaya.

—¿Qué dijiste?

—Que no te vayas —dijo Gabriela—. Pero no, espera. Quiero decir, ve, por favor. Sí me está doliendo. Ya no sé ni lo que digo. —Y quiso empezar a llorar, como una niña, con grandes lágrimas.

Finalmente, Teodoro sí bajó a la farmacia. No sirvió de mucho que Gabriela tomara las aspirinas, pero después de media hora el dolor bajó lo suficiente para que ella pudiera levantarse de la cama. Teodoro bajó otra vez, a llamar por teléfono a Marisol, para que fuera a recogerla. Él pagaría el taxi de ida y el de regreso, y las acompañaría al departamento, para asegurarse de que todo estuviera bien.

—No —se quejó Gabriela, débilmente, mientras Teodoro la ayudaba a bajar las escaleras del edificio. Cada paso percutía en el mismo punto de su cabeza, donde ya tenía un chichón—. De verdad, no te molestes. No pasa nada.

—Ay, Gabita, ¿qué hiciste? —dijo Marisol, de pie delante del taxi estacionado, al verla—. Y tú también —agregó, mirando a Teodoro con disgusto—. ¿Qué le hiciste?

—Él no hizo nada —lo defendió Gabriela—. Me caí.

—Así no se trata a una señorita —comentó el taxista.

El viaje de regreso a la colonia Roma fue un largo regaño. Teodoro permaneció en silencio, aislado en el asiento del copiloto, y Marisol pasó de su propia preocupación a la de los papás de Gabriela, sus propios papás, las dos ramas de la familia, el resto de El Espacio Constante, el tío Enrique y Billy, y hasta la Facultad de Contaduría y Administración en general. Gaby solo pudo intercalar de vez en cuando alguna protesta en su favor o en el de Teodoro. Ya en el departamento, Gabriela se quedó un rato en un sillón con una nueva compresa fría en la cabeza. La consola estaba del otro lado de la mesa de centro; Gabriela se puso de pie, caminó con dificultad hasta ella y la encendió. Puso la radio. Empezó a sonar, casi desde el comienzo, *Volverá el amor* y la música le permitió no escuchar del todo lo que discutían Marisol y Teodoro, metidos en la cocina.

—¿Cómo la invitas a ir sola, Teodoro?

—¿Cómo?

—¿Cómo que cómo? ¿No sabes en qué problema…?

Y un poco después:

—No me estás oyendo.

—Todo el tiempo tenemos ensayos y cosas así, aunque no sea sábado. A veces va uno, o dos… ¡Tú has ido!

—Sí, pero… No me estás entendiendo. Teodoro.

—¿Es por Lina?

—No, no es por Lina. ¡Ay! Te estoy hablando en serio. ¿Qué le hiciste?

—¿Cómo que qué le hice?

Gabriela quería pedirles en voz alta que se callaran, pero, cada vez que hablaba, el dolor —que ahora estaba medio dormido, como esperando— regresaba a ser el del momento del golpe.

Cerró los ojos. Quiso seguir la letra de la canción, repetirla sin mover los labios, pero se lo impidieron más palabras:

—A lo mejor está enferma.

—Échale la culpa.

—Antes de caerse al piso le dio algo como… Estaba diciendo «Que no me vaya, que no me vaya». Lo dijo varias veces.

Gabriela no recordaba eso. Lo recordó al escucharlo.

Aunque no era (se dijo, o se figuró, sin abrir la boca, sin pensar siquiera las palabras) exactamente algo que hubiera dicho.

Tal vez lo había dicho su boca.

En aquel momento, también con sus ojos cerrados, en el que había visto a la mujer tirada de bruces, en el otro lugar.

Ahora que lo pensaba, y que otra vez se sentía capaz de examinar con calma lo sucedido —sin la ansiedad del primer momento, con desapego—, podía recordar con más claridad lo sucedido entonces, e incluso verlo nuevamente. Como una película, cuya pantalla fuera el interior de sus párpados. Como un canal de televisión al que acabara de cambiar.

Verlo y escucharlo. Estar ahí. En el lugar a oscuras, la bóveda enorme o la calle o el descampado o lo que fuera, eso no estaba claro, pues los objetos se movían y cambiaban de forma, como si Gabriela no pudiera recordarlos con precisión, aunque, por supuesto, eso no tenía sentido, porque estaba *recordando*, y recordando *exactamente*. Más aún: *reviviendo*. Había otras cosas clarísimas, después de todo, como el cuerpo tendido, como los estallidos y las luces en el aire. Eso ya lo había visto. Eso era verdad.

Y estaba la voz de Gabriela, es decir, su propia voz, la voz que habitualmente salía de su cuerpo debido a su voluntad, como un eco, otro sonido que venía de muy arriba o de muy lejos. Teodoro tenía razón: su cuerpo realmente había hablado mientras ella estaba ahí. Ahora le parecía evidente, como el tronar de la pólvora, o su olor chamuscado o el aroma metálico de la sangre en el cuerpo caído.

La voz de Gabriela, efectivamente, allá arriba, estaba diciendo:

—Que no me vaya, que no me vaya, que no me vaya, por favor que no me vaya. —Y entonces Gabriela abrió los ojos, y otra vez era ella, en su cuerpo, sobre el sillón, en el barrio del Distrito Federal en el país del planeta que habitaba dentro del universo material. Pudo escuchar la última sílaba de la última. Todas seguían retumbando en su cabeza, y entendió que el terror se le había quedado ahí, en ese universo, cuando ella se había vuelto a caer. No alcanzó a formular la pregunta —¿caer a dónde?— ni para ella misma. Ahora sí estaba aterrada, aterrada de veras, pero se obligó a callar. Ni Marisol ni Teodoro, que seguían discutiendo, la habían escuchado. En la radio sonaba ahora Julio Iglesias.

9

Cuando estaba en segundo de secundaria, al grupo de Gabriela llegó una nueva alumna. Se llamaba Josefa. Josefa Robles Arévalo. La gente se dedicó a evitarla. Se veía como la mayor parte de sus compañeras, incluso mejor vestida, porque su uniforme parecía más nuevo, pero, además de su nombre (un poco raro, un poco feo, aun si era el de Josefa Ortiz de Domínguez, la cara en las monedas de cinco centavos, la heroína de la Independencia), había algo raro a su alrededor. Se decían cosas de ella, imprecisas, insustanciales, pero constantes, incluso desde antes de que se presentara a su primer día de clases. Era como si tuviese un lunar enorme en la cara, un ojo de color distinto del otro o un brazo de más o de menos. Aunque era alegre, empeñosa, enérgica —es decir, tenía toda la apariencia, por lo menos, de una alumna aplicada, de las que conviene tener delante de la propia banca cuando se está resolviendo un examen—, Marisol resumió el sentimiento de la mayoría al decir:

—Sí es un poco rara. Viene de otra ciudad. ¿No? O de otro país.

Un año o dos antes, Gabriela hubiera obedecido a la líder de su grupo de amigas y no le hubiera dirigido siquiera la palabra, pero estaba en una etapa de rebeldía y como Marisol no quería saber nada de Josefa, ella empezó a frecuentarla, y por un rato trató, incluso, de que las tres se juntaran, hicieran tareas, cosas así. Lo vio como un desafío: iba a demostrar que ella, Gabriela, no tenía por qué ser toda la vida la niña tímida, la seguidora de otras. Que podía convertirse en el centro de algo.

No funcionó. Ninguna de las dos quiso nada con la otra. Una vez las invitó a comer a su casa; las dos la dejaron plantada y ahí se acabó el experimento.

—Hay gente que nomás no se va a caer bien —le dijo su mamá mientras quitaba los platos vacíos de la mesa—. La amistad no puede ser por obligación.

Con todo, Gabriela hizo varios descubrimientos interesantes gracias a su amistad con Josefa. El primero fue el del concepto de comunismo, del que apenas se les había hablado en la escuela. Era una forma de gobierno y, contra su impresión de que era algo que sucedía en el extranjero (Cuba, por ejemplo, o China), resultó que había, por lo menos, dos personas en México que creían en él.

Eran los papás de Josefa (mexicanos, por cierto, aunque del estado de Guerrero). Según ella, estaban un poco aislados en Toluca y no tenían muchos amigos, pero de ningún modo estaban dispuestos a ocultar sus convicciones y por eso le habían puesto a su hija el nombre del más famoso entre los gobernantes de la Unión Soviética, a su vez el más importante de los países comunistas.

—José Stalin. El José es el nombre y el otro es el apellido. Significa acero.

—¿Y a ti te gusta llamarte así? —le preguntó Gabriela.

—Por lo menos no me pusieron Stalina —contestó Josefa—. Si quieres, dime Jose. Suena menos fuerte.

Pero a ella (debía reconocerlo) sí le gustaba, y mucho, lo que iba a pasar cuando por fin triunfara el comunismo en el mundo.

—Dicen mis papás que es inevitable. Como el destino.

—No entiendo. ¿Qué cosa?

—Que el mundo entero se haga comunista. ¿Te acuerdas de la Revolución mexicana? Esa no funcionó, ¿no?

—¿No?

—Pero otras sí han funcionado y algún día va a haber una más aquí. Y otras en el resto del mundo. Y entonces ya no va a haber más injusticia ni más guerras, porque toda la gente va a estar bien. Va a tener qué comer, no la van a explotar… Por favor, no se lo vayas a decir a nadie. La gente no entiende esas cosas y luego se enoja. ¡Ve cómo me ha ido aquí nada más porque a una maestra le dijeron que mis papás son comunistas! A mi mamá la corrieron de su último trabajo por lo mismo. Se lo estaba platicando a una compañera, como yo te lo estoy diciendo ahora, y esa misma vieja le fue al jefe con el chisme.

Las dos estaban hablando en el patio de la escuela, lejos de todas las demás. Marisol las miraba de reojo desde el otro extremo del patio, en el centro de su grupo de amigas.

—Oye, pero ¿cómo va a ser eso? —preguntó Gabriela—. ¿Stalin va a conquistar el mundo?

—¡No, no, Stalin ya se murió! Si acaso, sería Mao. O Fidel. Pero no es así la cosa. Ya nadie va a conquistar nada. Ya no va a haber gobiernos.

—¿Y entonces cómo…?

—Te lo explico, te lo prometo, pero dame tiempo —respondió Josefa—. Todavía me falta. Mi papá trabaja durante el día y luego llega a la casa a estudiar. Ahí saca los libros que traen toda la información. Ya me está enseñando. Yo creo que para el año que viene ya te lo voy a poder explicar. Aunque algunos de los libros sí son bastante complicados. El *Manifiesto del Partido Comunista* no tanto, pero *El Capital*, uy, uy, uy. Ese sí lo empecé y no entendí nada. Será cosa de tener paciencia.

El segundo descubrimiento fue que Josefa no creía en Dios.

—Yo me vine a enterar hasta la escuela —le dijo, algún otro día, mientras ambas hacían una tarea en casa de Gabriela— de lo mucho que le importa eso a otras personas. No estoy ni bautizada. ¡Tampoco sabía qué era eso! ¿Tú te acuerdas de cuando te lo hicieron? ¿Qué se siente?

Gabriela se quedó con la boca abierta. No sabía cómo responder a lo que estaba escuchando. Al fin pudo decir:

—¿Y el catecismo tampoco…?

—Sé qué es, pero no he ido nunca. Nada más no lo cuentes, por favor, porque gente que se entera, gente que me quiere adoctrinar o que me dice que me voy a ir al infierno. Es peor que lo del comunismo.

—Habla más bajito —le pidió Gabriela, asustada—. ¿Qué es «adoctrinar»?

Pero Josefa, en vez de decírselo, le explicó (en voz baja, eso sí) que no era que sus papás y ella no creyeran en nada. Creían en el futuro que iba a venir. Y creían que la religión era dañina. Un método que tenían los tiranos para controlar a la gente.

—Oye… —empezó a decir Gabriela e hizo un gesto con la cabeza para que Josefa mirara la imagen de la virgen de Guadalupe en la pared delante de ella, la de san Judas Tadeo en la pared junto al pasillo, la cruz de madera oscura ante la mesa del comedor. Pero Josefa no se dio por enterada.

—Mira lo que pasó cuando los españoles llegaron a conquistar —dijo—. ¿Te acuerdas que nos lo explicó la maestra Serrano? Vinieron, mataron a no sé cuántos millones de indígenas y al resto los esclavizaron. Y los hicieron creer que todo era por su bien. Tú sabes que es cierto.

Josefa siguió hablando. Dijo algo acerca de que todo ese mal se tenía que terminar. También que, según su papá, ella, su hija, tan joven, tenía más fe y más confianza que todos sus amigos y compañeros. La gente con la que había trabajado durante años antes de tener que cambiarse de ciudad. Gabriela volvió a quedarse callada. No quiso preguntar quiénes eran esas personas, qué hacían ni ninguna otra cosa. Temió que su mamá la estuviera escuchando desde su habitación. Finalmente se le ocurrió pedirle:

—¿Podemos acabar la tarea? —Y Josefa aceptó con gusto.

Gabriela decidió alejarse de ella. No pudo hacerlo porque un mes más tarde, poco antes de los exámenes finales, Josefa dejó de ir a la escuela. No hubo ninguna explicación, ningún aviso. Hubo nuevos chismes: rumores de que le había sucedido algo, o tal vez a sus papás, pero ninguno llegó lejos. La niña desapareció, nada más.

Lo que había sucedido fue el siguiente descubrimiento de Gabriela y ocurrió año y medio después, cuando ya estaba en la preparatoria. Se encontró con Josefa en la calle.

—¿Jose? —preguntó, sorprendida, al verla salir de la iglesia de Guadalupe, en la avenida Villada. Josefa llevaba una falda larga y el pelo recogido en una trenza. Josefa se quedó mirándola asombrada y luego se sonrojó, pero al fin se acercó hasta ella y la saludó con un abrazo fuerte.

—¡Ay! —dijo Gabriela.

—¡Gaby —le contestó Josefa, sin dejar de apretarla—, el otro día estaba pensando en ti! Decía: a ver si un día la vuelvo a ver. El Señor me hizo caso.

Cuando se apartó, Gabriela pudo ver el grueso rosario que Josefa llevaba puesto encima de una blusa abotonada hasta arriba.

—Me ves muy cambiada, ¿verdad? —le sonrió Josefa.

A la hora de bautizarse en la iglesia había pedido que le pusieran María José y las personas que frecuentaba ahora no sabían el motivo de su nombre «oficial». Su mamá y ella misma se habían convertido, dijo, muy poco después de que se fuera de la escuela.

Invitó a Gabriela a comer a su casa.

Inmediatamente después dijo:

—¿Sabes qué? De una vez, ven. —Tomó a Gabriela de la mano, se la llevó hacia la iglesia, entró con ella en la sacristía, pidió usar el teléfono y llamó a la casa de Gabriela.

—¡Muchas gracias, doña Soco! Se la regreso sana y salva más al rato, primero Dios —dijo Josefa al teléfono, antes de colgar—. Qué linda es tu mamá, no me acordaba que era así de linda. ¿Quieres que le hablemos a…? ¿Marisol? Sí es Marisol, ¿verdad?

Marisol no estaba en su casa y no fue a la comida. Gabriela sí, porque Josefa era todavía más enérgica, más entusiasta que antes. Vivía con su mamá en una casita de las últimas de la ciudad, cuya puerta se abría a una calle sin pavimentar en las faldas del monte de las Cruces. La habían elegido porque la renta era muy barata, explicó Josefa, y porque quedaba bastante cerca de la iglesia a la que iban. Estaba un poco más lejos la preparatoria a la que estaba yendo Josefa, pero también se tomaba las cosas con más calma. Quería terminar y, en vez de ir a la universidad o algo parecido, pasar directamente a trabajar en la iglesia.

—¿No quieres más frijolitos? —preguntó la mamá de Josefa, pero Gabriela la ignoró.

—¿Y las otras cosas que estabas estudiando? ¿Lo de tu papá? —preguntó a Josefa. Fue la única vez que su amiga se quedó callada por más que unos pocos segundos. Hizo una mueca, como si intentara sonreír, y luego cambió de parecer e intentó otra, cuya intención tampoco quedó muy clara. Finalmente dijo:

—Voy a calentar unas tortillas. —Y se metió en la cocina pequeñísima.

—Gaby —dijo la mamá de Josefa en voz baja y la hizo acercarse con un ademán—. Mi esposo falleció —agregó—. Nos dolió mucho, a las dos, pero a ella peor. Por eso fue que... Lo que quiero pedirte es que mejor no lo menciones.

—Ay, señora, lo siento mucho, ¿cómo fue?

—Gaby. ¿Qué te acabo de decir?

—Discúlpeme.

—Ven otro día, cuando ella esté en la iglesia —alcanzó a decir la mamá (su nombre era Teresa, recordó Gabriela) antes de que Josefa volviera a entrar con las tortillas.

La misma Josefa cambió de tema inmediatamente y se puso a hablar con mucho entusiasmo de lo que estaba haciendo en la iglesia. El catecismo. Las visitas. Tenían un comedor para niños pobres. Ya iba a empezar la Semana Santa y tendrían muchos festejos. Hoy mismo habría una reunión de jóvenes. ¿No querría ir Gabriela con ella?

—Vamos a platicar un rato y luego entra un conjunto a cantar. Canciones de la iglesia, ¿eh?, nada de música del mundo. Es divertido. ¿Vamos? Empieza a las cinco.

Tanto insistió Josefa que Gabriela salió con ella al poco rato. Pasaron por el primer teléfono público de ese rumbo de la ciudad para avisarle a la mamá de Gabriela que ella llegaría un poco más tarde. Gabriela se sentía arrastrada con frecuencia: por sus papás, por Marisol, por la rutina de la escuela o de la iglesia, pero Josefa era como un torrente. Gabriela había pensado que ella misma habría podido armar una revolución, o al menos dedicarse a la política, hacerse gobernante de algún sitio. Las dos caminaron las primeras cuadras de la avenida Quintana Roo hasta una iglesia que Gabriela nunca había visto, aunque parecía vieja, como otras que ya conocía. Mientras las dos pasaban a un atrio diminuto, Josefa sacó un libro de la bolsa de tela que llevaba.

—Por cierto, ¿Gaby? Mira, esto es lo que estudio ahora. ¿Lo quieres leer? Te lo presto.

El libro era delgado. Se titulaba *Conversiones notables en la historia del catolicismo.*

—En la iglesia a la que vamos hay un folletito que se llama así.

—Ah, sí, lo conozco. Viene a ser como un resumen. En el libro vienen muchos más ejemplos. Llévatelo. Llévate la bolsa para que lo cargues. Hace ratito lo saqué sin pensar, porque no lo voy a usar ni nada, y mira, nada es casualidad. El Señor quiere que lo leas.

Gabriela recibió la bolsa. Luego las dos entraron en el anexo, donde ya había un grupo de personas, casi todas de la edad de ambas o más jóvenes. Todos las saludaron muy amablemente, aunque más a Josefa, por supuesto. Le decían Jose, como ella siempre había pedido. Todos se acomodaron en sillas puestas en círculo. Un hombre de unos veintitantos años fue el primero en hablarle al resto, dándoles la bienvenida y avisándoles que el padre no iba a poder acompañarlos.

—Porque se tuvo que ir a la oficina de la diócesis. Él no quería, pero el mundo siempre anda acechando. Parece que ahora fueron estudiantes molestando a la gente de una parroquia…

El público empezó a abuchear y él dejó de hablar hasta que los abucheos terminaron.

—Mucho que han de estudiar, ¿no? —Risas—. Y luego, ya ven, hasta hay algunos hermanos y hermanas que tienen las mejores intenciones, y son buenas personas, y como los rojos dicen luego que también tienen buenas intenciones…

Más abucheos.

—Pero la próxima semana nos viene a ver el padre otra vez —prometió el hombre— y, mientras tanto, nosotros podemos hacer lo que nos toca, que no es en el mundo. Es aquí. Juntos, como hermanos, alabando al Señor.

Todos empezaron a aplaudir y Gabriela, aunque no entendía bien lo que estaba sucediendo, se les unió.

—Alabemos al Señor —dijo otra vez el hombre, ahora sin esperar a que cesaran los aplausos.

—Al final te lo presento —ofreció Josefa, hablándole a Gabriela al oído—. Se llama Osvaldo y es el jefe del grupo. ¿Verdad que es muy bueno?

Aquello no era una misa, naturalmente, porque Osvaldo no era un sacerdote, y lo que estaban haciendo solo se parecía ocasionalmente a una liturgia. Otros momentos le parecían a Gabriela más cercanos a lo que había escuchado que hacían las sectas protestantes. Y otros no los entendía en absoluto. Hubo porras para gente cuyos nombres no conocía y un momento de canciones (¿himnos?) acompañadas de guitarras que varios muchachos y muchachas sacaron de algún sitio, con el resto de la gente poniéndose de pie a toda prisa para aplaudir al ritmo de la música. ¡Pero la iglesia era católica! Gabriela hubiera querido preguntarle muchas cosas a Josefa, pero no se atrevía. Su amiga hacía lo que los demás con mucho entusiasmo y apenas le prestaba atención. Una oración con todos de pie y un himno. Una arenga, con todos sentados, y otro himno. Un discurso en contra de «los de ideas extranjeras» (con más abucheos, y todos otra vez sentados) y otro himno. ¿Sería posible que hubiera un grupo así, del que no se hubiera enterado nunca, en la iglesia del Ranchito? Gabriela no lo creía. Y en realidad empezaba a sentirse nerviosa. Cansada, por tanto aplaudir y tanto sentarse y pararse, pero sobre todo nerviosa. Fuera de Josefa, no conocía a nadie. Su mamá creía que estaba en un lugar conocido, haciendo alguna cosa distinta de lo que estaba haciendo. Sentía las palmas de las manos cada vez más frías. Desde pequeña, esa era una señal infalible de miedo.

—¿Gaby? Gaby —le dijo Josefa, tirando un poco de ella para que se acercara—. Ahorita a lo mejor me toca liberación. No siempre pasa. No te vayas a espantar. Y te quedas cerca por si hace falta, ¿de acuerdo?

Y antes de que Gabriela pudiera responderle, empezó otro himno, más lento, en el que solamente cantaban los miembros del grupo de guitarras. El resto del público cerró los ojos y levantó las manos hacia arriba, como si quisiera tocar el techo del anexo. Gabriela también levantó las manos, pero mantuvo los ojos abiertos. Así pudo ver cómo algunas personas empezaban a balancearse un poco más lento o más rápido que la música, con un ritmo distinto, y también, a veces, abrían la boca y empezaban a hablar, pero no en español. Gabriela había leído acerca de aquello, pero no lo entendía. Y entonces Josefa cayó al piso y varios otros también, y algunos se quedaron inmóviles, como dormidos o desmayados, pero no todos. Algunos empezaron a moverse, a retorcerse, levantando una mano engarfiada o una pierna tiesa, y un muchacho empezó a golpear el suelo con la nuca, despacito, con la misma velocidad del segundero de un reloj, y alguien, Gabriela no vio quién, empezó a alzar la voz, a hablar y aullar y lloriquear en ese idioma extraño…, ¿o no era un idioma?, ¿era un lamento, un gemido, algo distinto, como los ruidos que hacen los pájaros o los elefantes…?

Cuando Josefa empezó a retorcerse a sus pies, Gabriela no pudo más y se apartó. Tratando de no tropezar con nadie, llegó hasta la puerta abierta. Osvaldo y otros miembros del grupo de guitarras la miraban, pero no dijeron nada. Gabriela abrió la puerta del anexo y salió corriendo.

No paró sino hasta llegar a su casa. Cuando estuvo ante su puerta y estiró un brazo para tocar el timbre, se dio cuenta de que había corrido todo el camino abrazada a la bolsa de tela de Josefa.

Un par de semanas después de su primera visita, luego de las vacaciones de Semana Santa, Gabriela sintió vergüenza. Fue otra vez a la casa en el borde de la ciudad. Llegó poco antes de las cinco, hizo tiempo andando y desandando por la calle, y cuando por fin llamó a la puerta, le abrió la mamá.

—Hola, señora Tere, buenas tardes. Disculpe, ¿no está Jose?

—No, está en la iglesia.

Gabriela se sintió aliviada.

—Le quería devolver su libro —dijo. Estaba todavía en la bolsa de tela. No había querido ni mirarlo. La mamá recibió la bolsa.

—Yo se lo doy cuando venga.

—Gracias. También, si le puede decir… El otro día que vinimos, cuando ella me invitó a comer, y luego nos fuimos…

—Ya me contó, no te preocupes. No pasa nada. De hecho, ella estaba un poco preocupada por ti. Una vez hasta te fue a buscar a tu casa. ¿No te dijeron?

—No —dijo Gabriela—. Se le ha de haber pasado a mi mamá.

Sintió que se sonrojaba, pero la señora no hizo ningún comentario.

—Le va a dar mucho gusto saber que viniste. Me va a decir que por qué no te mandé a la iglesia con ella. —Hizo una pausa y le sonrió—. No tienes que volver a ir si no quieres, ¿eh?

Gabriela sonrió también, tímidamente. Tuvo ganas de irse, pero se animó a decir:

—Gracias. Oiga, perdone. El otro día me dijo usted… Cuando le pregunté por lo que estudiaba Jose con su papá…

—Ah, sí. Mira. ¿No quieres pasar?

—¿No es molestia? Me puedo quedar aquí —dijo Gabriela, como era apropiado, pero tal vez la señora Tere no entendió que sí deseaba pasar, porque prefirió quedarse de pie donde estaba y contarle todo allí.

—Yo sé que, cuando iban juntas en la escuela, ella te contó cosas que no te tenía que haber dicho. De lo que hacíamos su papá y yo en el partido. Déjame terminar, por favor, es muy difícil, no quiero meterte en problemas y tampoco quiero que nos metamos nosotras. Su papá estaba apoyando en otro estado. Eran personas ajenas al partido. Eran de un grupo campesino. A él le gustaba ir a donde no se animaban otros compañeros. Y ahí… les cayeron —suspiró—. No regresó. Hasta no sé cuántas semanas después nos enteramos de lo que pasó. No sabemos ni dónde fue a quedar enterrado. No hay mucho más que se pueda decir. Y tú no debes decir nada, nunca. Si no estás entendiendo todo lo que te digo, si no sabes, mejor ni te metas. ¿Me entiendes que te estoy diciendo esto por tu bien? Por eso y porque… Imagínate el daño que le hizo a mi hija. Yo sí llegué a pensar que nunca iba a volver a salir de su cuarto. Que me la habían matado también, de otro modo. Por eso hasta contenta me puse cuando por fin salió a buscar, no sé, alguna forma de sentirse más segura. Y se encontró… —Empezó a gesticular, como para no tener que seguir hablando, pero desistió—. Y así es ella: todo lo que hace se va hasta el fondo. Y ahora es lo único que me queda. No pienses mal de ella. Y si puedes, de verdad, ven alguna vez. Estaría bien que ella tuviera una amiga que no fuera de su iglesia.

Gabriela prometió que no causaría ninguna dificultad. Se despidió de la señora Tere, se fue y se quedó inquieta durante un par de semanas, pero al final Josefa nunca volvió a buscarla y ella tampoco lo hizo.

Nunca le contó nada a Marisol. Nunca le contó a nadie, pero, cuando estaba con su prima, se cuidaba aún más de lo normal de hablar de Josefa, de mencionar su desaparición, de recordar cualquier anécdota de la escuela secundaria. En los años de la escuela preparatoria, muchas veces se dijo que había sido muy tonta. Debía haberle hecho caso a Mary desde el comienzo. No debía haber volteado siquiera para ver a la loca esa… A la *hereje* esa. Blasfema. ¿Qué clase de gente eran sus amistades que hacía semejantes locuras? ¡Y en una iglesia! ¡En un anexo de una iglesia…!

Siguió yendo a su propia iglesia, donde efectivamente no había un grupo parecido al de Josefa, y al fin pudo dejó de pensar en lo ocurrido. Lo olvidó durante años.

Solamente ahora, que ya estaba en el Distrito Federal, terminado su segundo año de contaduría, con más de dos meses como parte del grupo El Espacio Constante, se le ocurría a Gabriela que la mamá de Josefa no tenía por qué haberle contado nada de lo que le había sucedido a su esposo. Ni siquiera lo muy poco que le había dicho en realidad. Que tal vez se lo había contado porque no tenía a quién más decirle nada al respecto, y necesitaba decirlo.

Solo en ese momento, que se paraba por primera vez en el escenario que faltaba una semana para el estreno de la obra en el festival, estaba entendiendo lo que la señora Tere había querido decir. En aquel momento le había parecido únicamente extraño, una historia incompleta con algún sobreentendido que se le escapaba, como los que usaban sus papás o algunos de sus tíos cuando había niños cerca, para que no se les entendiera.

—¿Qué te parece? —preguntó Marisol—. Este es el Foro Isabelino, llamado así porque es un teatro a la antigua. ¿Te acuerdas que te conté? Teatro arena

Ahora pensaba que la señora Tere también había sido arrastrada por Josefa. Y que ambas habían sido arrastradas por muchas otras cosas. Quizá por el padre, o quizá no. Quizá la señora Tere había creído de verdad en los libros y en el futuro, pero seguro que fueron arrastradas por la muerte, sí, y por quienes habían matado al padre de Josefa, fueran quienes fueran, y por Dios, o al menos por el deseo enorme de Josefa de encontrarse con Dios, de encontrarse con algo.

Ella se sentía arrastrada también. Tenía experiencia en sentirse así, pero ahora era mucho peor. Ahora le parecía que la carrera, la mudanza, el ingreso al grupo, la vida anterior y la vida futura, las horas despierta, las horas dormida, las pesadillas, todo era lo mismo, un torrente, un río más caudaloso y con mayor poder que Josefa, que cualquier mujer, que cualquier persona.

Respiró hondo. Exhaló. Estaba de pie en el centro del escenario. No había separación entre ese espacio y el del público. Había butacas delante, como en los auditorios normales, pero también a un lado y al otro. El acceso era por detrás.

Gracias a que Teodoro era amigo de uno de los organizadores del festival les habían permitido entrar con anticipación, para familiarizarse un poco más con el espacio donde iban a presentar *Últimas ocasiones*.

Las luces de sala estaban fijas al techo y encendidas. Las luces especiales para las obras del festival se podrían quitar y poner después, aunque no iba a haber haber mucha variación entre las de una obra y las de la siguiente. Los altavoces para el sonido grabado se colocarían después. Las butacas eran de las habituales, con asientos que podían plegarse para dejar pasar a los espectadores hasta su sitio, pero las tres secciones alrededor de Gabriela estaban puestas en pendientes empinadas y sólo tenían cuatro filas de alto. Incluso la persona peor situada podría ver los rasgos de su cara.

—¿Qué tal se siente? —siguió Marisol, sentada en una butaca a su lado. Los demás estaban entrando.

Esto, se dijo Gabriela, estaba pasando porque ella lo había decidido. Lo demás, quién sabe, pero esto sí. Había elegido seguir en los ensayos, hacer su mejor esfuerzo, aprenderse sus parlamentos a la perfección y seguir el trazo de cada escena precisamente como estaba indicado. Ahora, aunque el escenario la indimidaba incluso más de lo que había previsto, elegía seguir en el festival y estar en el estreno de la obra de su grupo, con sus compañeros, y con su prima, y con Teodoro.

—Sí dan nervios —le dijo a Marisol—. Pero es lo normal. ¿Verdad?

Sofía no le iba a quitar lo que estaba eligiendo. Aunque apareciera dos veces por noche y no solo una. Aunque llegara a aparecer de día.

—Claro que sí —dijo Teodoro, que caminaba por el borde del escenario y se detuvo en una esquina: apenas alzaba la voz y ella podía escucharlo perfectamente—. Cuando estemos en la función, no te fijes en lo que pasa más allá de este espacio. Lo importante es lo que va a pasar aquí. Donde estamos. —Se volvió hacia los demás, que se estaban sentando alrededor de Marisol, y les dijo—: ¿Qué hacen? Pasen adentro. A lo mejor hasta nos da tiempo de hacer una corrida completa de la obra.

10

—Ayúdame.

—Quiero ayudarte. ¿No te acuerdas de nada?

Al principio, Gabriela no recordaba bien sus sueños con Sofía. (Ya la llamaba Sofía todo el tiempo).

—Todo se me nubla. Digo cosas que no entiendo. Tengo frío.

—Alguien me acaba de decir —respondió Gabriela, asintiendo— que así son las cosas acá. Que sabes cosas que no sabes cuando estás despierta. Supongo que, si estás muerta, también puedes saber cosas que no sabías estando viva. No pude ver quién era el que me lo dijo.

—¿Y no te da miedo?

—Eso, no. Debería, pero no. También me dijo que algunos miedos se duermen cuando se duerme una. No todos.

El comienzo de aquellos sueños era semejante al de todos los otros: en la cama, mientras iba quedándose dormida, iban llegando las frases sin sentido, las imágenes ajenas a su pensamiento deliberado. Después de un tiempo, ya no conocía la diferencia. Tenía conciencia —serena, apenas asombrada— de estar perdiendo la conciencia. Gabriela no la había tenido siempre, pero ahora sí. Y una vez que ese último entendimiento desaparecía, llegaban no solamente los sucesos que presenciaba, las palabras que decía en aquel otro sitio, también llegaban las acotaciones: el trabajo de creación del personaje de *ella misma soñando*, que sabía con absoluta certeza algunas cosas que se le habían dicho, que eran la norma allá, que ni ella ni Sofía podían poner en duda.

—¿No estarás aquí para hacer alguna cosa que te faltó hacer?

—¿Aquí dónde? ¿Y cómo voy a hacer algo?

—Te estoy diciendo que a lo mejor te puedo ayudar.

—Ya me enterraron. Y no sé ni por qué.

—Sigues sin saber quién te mató. ¿Quieres saber?

—Quisiera estar viva.

Pero ahora, a las cuatro y media de la tarde del domingo, a la mitad del segundo y último día del festival del Centro Universitario de Teatro, Gabriela estaba bien despierta. Ya se había puesto el vestido de Aurora: era una túnica blanca, holgada, que se volvía translúcida cuando ella se paraba delante de una luz. La había diseñado Fernando, con algo de colaboración de Gabriela y Lina. Teodoro —violando un poco las reglas no escritas del festival— había contratado a una costurera para que la hiciese junto con el resto del vestuario.

Ya María Luisa le había puesto su maquillaje: una base pálida y líneas blancas, verticales, bajo los dos ojos, como surcos de lágrimas. Ya estaba lista para salir, consciente de cada una de las palabras que había aprendido, nerviosa, como le habían dicho que debía estar.

Pero no estaba pensando en su ansiedad, en su maquillaje, en su rostro, porque Teodoro estaba caminando de un lado a otro, exasperado, dentro del pequeño camerino que les habían asignado. De vez en cuando se detenía y miraba la puerta cerrada. Luego daba un golpe en su muslo con el puño, o dos golpes, y echaba a andar otra vez, sin que nadie se atreviera a acercársele.

—Dónde está, carajo, dónde está. ¿Ya cuánto falta? —dijo, conteniéndose para no gritar, y luego, en voz un poco más alta—: ¡Germán!

Entonces se entreabrió la puerta del camerino y Germán, que también estaba ya vestido, maquillado y listo, pero tenía el encargo de seguir la obra que estaba ahora en el escenario, asomó la cabeza y dijo:

—Ya va a acabar el tercer acto.

—Ay, no —dijo Marisol.

—¿Qué tanto? —preguntó Teodoro.

—No sé.

—¿Cómo no sabes? ¿Nunca has leído *La verdad sospechosa*?

—Hoy en la mañana, no —replicó Germán, enojado.

—Shhh —les pidió Ana Luisa.

—Además es una adaptación, ¿cómo se dice?, una «versión libérrima» —siguió Germán—. Le metieron cosas sobre Vietnam. No puedo saber cuánto más vaya a durar.

A lo lejos, traído por las bocinas del teatro, se oía el himno de los Estados Unidos, pero tocado con guitarra eléctrica.

Teodoro abrió la boca, como para decir algún otro reproche, pero volvió a cerrarla. Germán se retiró y volvió a cerrar la puerta. Al fin, Teodoro dijo:

—Oye, José Carlos, ¿puedes salir otra vez para llamar a casa de Samuel?

—Teodoro, no puedo salir así, ya estoy vestido.

—Ay, por favor. Estás vestido de hombre. Llevas traje.

—¡Traigo maquillaje! —respondió José Carlos, y era verdad: largas ojeras, arrugas y labios negros que lo hacían parecer una momia de película del Santo. No le había quedado nada bien, pero Gabriela entendía que cualquier intento de enmendarlo ahora sería mucho peor.

—Pues quítatelo —respondió Teodoro y volvió a caminar por el espacio estrecho entre las sillas (que miraban hacia la pared donde estaban los espejos) y la pared del fondo. El resto del grupo ya se había apretujado hacia un lado o el otro, para no tocarlo—. Pinche Samuel, pinche Samuel.

Samuel debía haber estado allí hora y media antes. Su vestuario era el más simple: un mallón de color naranja, nada más, pero su maquillaje era por mucho el más complicado. Una cara de león. Gabriela y Ana Luisa se habían divertido mucho dibujándola: hubiera tenido zonas de diferentes colores (amarillo, rojo, rosa, café), dos colmillos falsos pintados de blanco sobre los labios y amarillo y naranja sobre los párpados, para que cuando los cerrara se vieran como grandes ojos de gato. Pero Samuel no llegaba. Era el que vivía más lejos de todo el grupo, en Iztapalapa, pero incluso así…

—Pinche Samuel —volvió a decir Teodoro.

—A lo mejor le pasó algo —se atrevió Gabriela.

—¡Ya lo sé!

—Shhh —volvió a decir Ana Luisa.

—Teo, tenemos que hacer algo —dijo Lina. No volteó a mirarlo. Ella había sido la última en llegar (hasta ahora) y aún seguía maquillándose. Lo hacía con cuidado: Rosa, su personaje, iba a parecer una especie de dama de alta sociedad, con un vestido muy bonito, un collar de auténticas perlas (traído de su casa) y zapatos de tacón alto.

Teodoro se llevó a la cara los dos puños cerrados. Se detuvo. Volteó para mirar a José Carlos, que no había salido ni tocado su maquillaje. Suspiró.

—A ver —dijo—. José Carlos, ¿te puedes encargar de la cinta por mí si yo hago las partes de Samuel? ¿Te acuerdas más o menos?

—¿La última parte de la música y luego los disparos?

—Y ya; básicamente eso es todo. Los disparos se pueden quedar hasta el final, hasta el último oscuro o hasta donde aguante. Cuando esté acabando el tercer diálogo, te sales lo más discretamente que puedas. Yo le digo al técnico que tú vas a suplirme y entro. Ni modo. ¿Lo puedes hacer?

—Pues… sí — dijo José Carlos.

Teodoro se descubrió la cara, dio media vuelta y empezó a desabrocharse la camisa.

—Híjole —dijo Marisol.

—¿Qué pasa? —preguntó Gabriela.

A Sofía le había preguntado lo mismo. Las mismas palabras:

—¿Qué pasa?

Y Sofía había comenzado a llorar. A sonar como si llorara, aunque no tenía cuerpo que respirara, ojos para derramar lágrimas.

«Ya no tengo a dónde regresar», había dicho.

Cuando estaba soñando, en la penumbra, rodeada por las voces remotas, a Gabriela jamás se le ocurría decirle a Sofía que se arrepintiera de sus pecados, que rezara, que Dios seguramente podría perdonarle cualquier cosa, que tal vez simplemente estaba en el Purgatorio y en algún momento la dejarían pasar a un sitio mejor. Tampoco le preguntaba qué había hecho en su vida ni si había pecado mucho. Aunque quizá esto no lo hubiera hecho ni despierta. No era un sacerdote. No le correspondía.

—Pues listo. Yo entro en vez de Samuel —dijo Teodoro— para hacer al León. Okey. Muy bien. —Dio un par de saltitos y terminó de quitarse la camisa. Gabriela miró su pecho desnudo, cubierto por una gruesa capa de vello—. No, esperen, a ver… Él trae su vestuario, ¿verdad?

—Sí, él lo trae —dijo Germán. Teodoro volvió a ponerse la camisa.

El festival era para grupos universitariosy un par de independientes (como El Espacio Constante) que tenían una mayoría de integrantes de la universidad. El día anterior, por la mañana, había habido dos puestas mediocres, apenas un poco más que poesías corales, aunque también una bastante original de la Facultad de Arquitectura, con un actor y una actriz muy capaces de superar las limitaciones del espacio e incluso de aprovecharlas, acercándose a ciertos miembros del público para hablarles y hacer que ellos se sintieran incómodos. Y por la tarde, a Gabriela se le había contagiado el nerviosismo de Marisol:

—¿Te fijaste en que los de Arquitectura no usaron grabaciones para *nada*? —dijo, sentada a su lado, poco antes de que empezara una puesta de *La guarda cuidadosa*, que por lo visto era una obra del mismo autor de *El Quijote*—. Yo apenas me acabo de dar cuenta, así de metida estaba —Y más tarde, con una obra de otro grupo independiente de la que Gabriela, pese a esforzarse, entendió muy poco—: Ay, esta gente sí se entrena en serio. ¿Viste cómo lloró al que le decían el Ciudadano? Estaba llorando de verdad…

—¿Esto es competencia, Mary? —le preguntó Gabriela—. No, ¿o sí? Yo pensaba que no era competencia.

—No, no es competencia, Gabita, pero… Sí me intimida. No quiero que…

—¿Qué?

—Que hagamos el ridículo. Sí es nuestro capitán Teodoro, sí lo sabe todo, pero… No le vayas a decir a nadie, por favor.

Y no había dicho más. Gabriela tuvo que hablar un poco con el resto de los miembros del grupo para darse cuenta de que varios más estaban igual de preocupados. Y solamente Lina le dijo algo más que alguna insinuación vaga:

—Mira, no te vayas a ofender, pero no te dicen porque parte del problema tiene que ver contigo. Yo voy a suponer que no te has dado cuenta de nada.

—¿Por qué conmigo?

—Yo también empecé sin experiencia —siguió Lina— y siendo muy inocente. Pero…

Todos estaban preocupados por el nuevo papel de Gabriela y por la adición de las "bisagras" a lo que originalmente iba a ser una muestra muy simple del trabajo del grupo. El trabajo se volvía una obra, sí, más ambiciosa, pero también más difícil.

Y ahora, como Samuel no llegaba, la obra tenía otro problema inesperado. Últimas ocasiones necesitaba al grupo entero y, como empezaba con la manifestación, todos los actores entraban juntos y debían estar en escena durante toda la función. Si uno o más se levantaban inmediatamente después de caer muertos, y empezaban a entrar y salir, el público podía distraerse y no entender lo que estaba sucediendo. Teodoro no había previsto que fuera a hacer falta alguien más y él mismo había planeado quedarse con el técnico del CUT encargado de manejar la grabadora. Tenían una cinta ya preparada pero alguien debía decirle cuándo empezar y cuándo detenerse.

Y ahora Teodoro tendría que dejar la parte del sonido, al menos, para ocupar el lugar de Samuel en la última parte de la obra.

Gabriela hubiera podido encargarse de esa tarea técnica: ya lo había hecho en algunos ensayos, y hasta sabía manejar una grabadora de cartucho casi igual a la que usarían ahora. Pero toda la estructura de la obra descansaba en ella. Y era demasiado tarde para encontrar alguna otra ayuda.

—Menos mal que Samuel habla hasta el último diálogo —dijo Fernando.

—Quizá hubiera sido mejor —respondió Lina, ahora sí volteando para mirar a Teodoro— dejar los diálogos como estaban.

—Eso no ayuda nada en este momento —comentó Rodrigo.

—Lina —se limitó a decir Teodoro.

Gabriela miró a Lina apretar los labios, voltear para mirarla a ella, voltear hacia Teodoro.

—Después de la función vamos a tener que hablar muy seriamente —dijo ella al fin.

—Hablamos todo lo que quieras, claro que sí —respondió Teodoro—. Con todo gusto. Después. ¿Ya estás lista?

Afuera empezaron a escucharse aplausos. Había terminado la versión libérrima de *La verdad sospechosa*. El público no estaba enloquecido, pero tampoco estaba aplaudiendo por pura cortesía. El Foro sonaba a estar casi lleno.

A través del sistema de sonido, alguien dio el aviso de la siguiente obra:

—Últimas ocasiones. Creación colectiva. Dirigida por Teodoro Campa. Grupo El Espacio Constante. Primera llamada, primera, primera llamada.

¡No estaban dando ningún descanso!

—Las partes sobre Vietman se deber haber colgado mucho —comentó Germán.

—¡Grupo! —dijo Teodoro, con más fuerza de la debida, y miró a Lina para que no intentara decir nada—. Diez minutos para que empecemos. Círculo. Vengan acá.

Todos se acercaron. Hicieron una rueda y se abrazaron por los hombros, como equipo de futbol americano. Gabriela quedó metida entre Ana Luisa, cuyo brazo le caía más bien cerca de la cintura, y Teodoro, cuya palma se sentía caliente sobre su hombro.

—Vamos a empezar en un momento. Lamento mi exabrupto de hace rato. Esperemos que nuestro compañero esté bien. Vamos a hacer esta función para él.

—Para Samuel —dijo Germán, los demás lo repitieron y Gabriela fue la última en decirlo.

—Ya hemos ensayado. Ya hemos hablado de quiénes son sus personajes. Ya se han metido en ellos. José Carlos nos va apoyar con los detalles que hagan falta a la hora del final, lo cual va a ser más que suficiente. Y te lo agradezco.

—No, no, está bien, la función debe continuar —respondió José Carlos, incómodo.

—Gracias —insistió Teodoro—. Acuérdense: volumen y dicción. El Foro Isabelino es chico, pero no es la sala de su casa. Y agrándense ustedes también. Y de nuevo, yo tengo la responsabilidad de hacer que este grupo se mantenga. Para cada uno de nosotros. Lo que deba arreglar, lo arreglaré. Pero eso será más tarde. Cuando regresemos a la vida desde esta otra vida. Vamos, pues, a la siguiente vida.

—¡La siguiente vida! —dijo Marisol.

—La siguiente vida —dijeron los demás.

La siguiente vida, dijo Sofía, y Gabriela casi no consiguió escucharla, porque su voz se perdía entre las otras, y entonces todos levantaron las manos, se separaron y aplaudieron.

—Y ahora rómpanse una pierna —terminó Teodoro—. Mucha mierda a todos.

—Mucha mierda —le dijo Rodrigo a Ana Luisa.

—Mucha mierda —le respondió ella y le dio un besito rápido en los labios.

Gabriela ya sabía que desear buena suerte en el teatro era de mala suerte, y había estado lista para reírse al escuchar a los demás decir aquello tan en serio, tan…

—¿Por qué dicen eso? —preguntó Sofía.

—Porque así se dice, hay que desear lo contrario para que sea buena suerte —le explicó José Carlos a Gabriela.

—Ah, sí —respondió ella—. Quiero decir que sí sé. —Pero José Carlos aceleraba el paso para entrar al escenario. Todos menos Gabriela tendrían que estar allí. El grupo anterior ya había terminado de hacer su reverencia y el telón estaba cerrado. En cualquier momento darían la segunda llamada.

Gabriela trató de concentrarse en lo que estaba sucediendo allí, delante de sus ojos. En la primera escena, se suponía que los ocho personajes de los diálogos entraban como si fueran manifestantes, gritando consignas hasta el momento en que empezaban los disparos. Entonces iban a huir, a caer, a morir de forma estilizada, hasta el momento en que aparecía Gabriela en el papel de Aurora. Pero ahora serían siete en vez de ocho. El León tendría que entrar hasta después.

—Pero no va a pasar nada —dijo Gabriela en voz alta. Luego se esforzó en resperirar por la nariz un par de veces—. Todo bien. ¿Teodoro? —preguntó. No hubo respuesta, pero no quiso volver a decirlo. Teodoro no estaba ahí. Gabriela no podía hablarle a nadie…

—¿Por qué se interesó tanto en el vestuario? —escuchó decir a Lina, que pasó a su lado— Mejor se hubiera conseguido otro asistente. O le hubiera pagado a un chalán.

—Ya concéntrate, Lina —le dijo Marisol.

—Segunda llamada, segunda —dijo el sistema de sonido—. Segunda llamada, segunda.

Gabriela las dejó ir y se alejó de la entrada al escenario. Fue hasta la pequeña puerta de entrada a la cabina de controles. Teodoro ya estaba ahí. Estaba apotado en una mesa, escribiendo en una hoja de papel.

—Parezco novato —lo oyó decir.

—¿Teo? —le dijo.

Él apenas volteó a mirarla.

—Gaby, ¿qué haces aquí? Tú entras en la segunda escena, ve a tu lugar.

—¿Estás anotando los tiempos de la grabación?

—Para José Carlos. Lo debí hacer hace semanas.

—¿No quieres que me encargue yo?

—¿Qué dices? —Teodoro la miraba ahora, y su cara era de preocupación— ¿Qué pasa?

—A lo mejor se podría hacer nada más los cuatro diálogos, sin Aurora.

—¿Qué dices? Ya ensayamos todo.

—No quiero echarlo todo a perder. ¿Qué tal que lo echo todo a perder?

Teodoro no intentó discutir lo que ella estaba proponiéndole.

—¿Estás asustada? –preguntó—. ¿Te sientes bien?

—Estoy bien —respondió Gabriela, pero de inmediato agregó—: Estoy asustada. Es que necesito decirte.

—Calma —le dijo Teodoro. Se apartó de la mesa y la tomó por los brazos, con suavidad—. A ver. Respira hondo. —Gabriela obedeció—. Otra vez… —Gabriela volvió a respirar hondo—. Muy bien. Así. Mira, tú ya lo sabes, los nervios son normales. Son parte de nuestras herramientas cuando estamos en el escenario. Es nuestro interior, sí, sobre todo cuando estamos empezando, pero también son un eco. ¿Recuerdas? De las vibraciones del escenario, del público. Es un fenómeno real. Todos te lo pueden asegurar. Hay algo que circula entre público y actores. Y lo puedes usar. No pienses en ti. Piensa en tu personaje. En lo que ella está haciendo en el escenario. En su lugar. En su contacto con la gente. Siéntelo. Así.

Despacio, la abrazó. La estrechó contra su pecho. Los brazos de Gabriela subieron, poco a poco, para responder al abrazo. Hacía frío en aquel lugar del Foro, casi desprovisto de luz. La cabeza de Gabriela se apoyó en el hombro de Teodoro.

—Así —volvió a decir él, sin apartarse.

—Mucha… ¿mierda? —dijo la boca de Gabriela.

—Eso —dijo Teodoro con una sonrisa—. Toda la del mundo. Ándale, ya vete. Y nos vemos después.

Gabriela volvió a acercarse a la entrada del escenario. Aquel lugar estaba enteramente a oscuras: un solo foco rojo permitía entrever el umbral. Los demás estaban allí. Gabriela lo cruzó mientras volvía a sentir la misma sensación de poco antes: sus piernas se movían, sus brazos los acompañaban para mantener el equilibrio, sus ojos mantenían la vista fija hacia el frente para orientarse, pero todo eso ocurría sin que ella, Gabriela, lo deseara. Lo deseaba su cuerpo. Ella simplemente lo seguía, o más bien iba en él, como si fuera en un coche que no estuviera conduciendo. Era una sensación que debía parecerle espantosa (pensó), pero justo en aquel momento no lo era. Y en todo caso estaba pasando. No era un sueño.

Cuando se oyó la voz:

—Tercera llamada, tercera. Tercera llamada. ¡Principiamos!

… Gabriela pudo cerrar los puños, volver a abrirlos, a voluntad, sin ningún problema. Realmente estaba nerviosa. Pero Teodoro le había dicho que no lo estuviera. ¡Y ya había hecho todo esto muchas veces, en los ensayos! Ya había visto a su gente, a los compañeros del grupo, haciendo la mini: la minimanifestación, uno tras otro, en fila, con los puños en alto, gritando las consignas. Ahora eran siete en vez de ocho, pero el cambio no era tan notable…

Y además, la gente no sabía. El público. Estaban viendo la obra por primera vez, así que no sabían que en esa escena iban ocho personas en vez de siete. Y los siete se estaban moviendo muy bien ahora, incluso sin Samuel, primero muy juntos, con el sonido de fondo de una multitud que los hacía representar a cientos o a miles, y luego, al empezar los disparos y los gritos, dispersándose y corriendo por separado a un lado y a otro, hacia atrás y hacia adelante por el escenario. Sí se estaba entendiendo. La gente estaba reaccionando. El público sabía que les estaban disparando a *ellos*. Alguien en la primera fila aspiró ruidosamente cuando la primera de los siete (Ana Luisa) cayó muerta, tendida de espaldas.

Ella sabía que no. Todos sabían que no. Pero, al mismo tiempo, *sí*. Todos en aquel lugar participaban del mismo *sí*: de la misma palabra mágica, de la misma fórmula secreta. Veían para creer, como santo Tomás, y a la vez creían para poder seguir viendo. Todo era verdad. *Sí.*

—Esto es teatro —dijo la boca de Gabriela. Y ella misma contestó, sin darse cuenta—: Sí, esto es teatro.

Aquello era algo hermoso de ver. Horrible a la vez, pero hermoso. Gabriela no podía explicarlo, pero era verdad.

Seis de los siete estaban ya muertos, bien colocados en sus posiciones en la mitad de arriba (la de atrás) del escenario. Solamente quedaba Lina, que se arrastró hacia abajo, por un momento más, antes de morir y quedar boca abajo, con los ojos cerrados, la cabeza apuntando casi hacia donde estaba Gabriela. Esa era la señal, el *pie*: Gabriela se concentró en su cuerpo, en las sensaciones debajo de su ropa. Respiró hondo una vez más, contó despacio hasta cinco y caminó unos pasos en el escenario. Desde allí, Aurora miró la destrucción causada por los seres humanos. Así los veía, como criaturas muy diferentes de ella misma, aunque Gabriela, que la interpretaba, había decidido con Teodoro y Fernando, sus creadores, que era un fantasma: alguien que había sido humana alguna vez. Estaba penando, necesitada de hacer buenas acciones para que Dios le permitiera seguir adelante. Aún le faltaba mucho camino por recorrer y quizá no recordaba del todo cómo habían sido su vida, sus sentimientos, sus deseos como habitante de la Tierra. Pero lo que ella era ahora retenía parte de todo ese pasado, y en especial retenía su compasión, su capacidad de comprender el sufrimiento de otros.

Cuando hubiese comprendido lo suficiente, y hecho comprender a otros, podría descansar.

Despacio, sintiendo el frío de la madera bajo sus pies descalzos, Aurora caminó hacia los cadáveres. Gabriela había descubierto, durante los ensayos, que este era un modo eficaz para ella de evitar el nerviosismo, concentrarse y *actuar*, simplemente hacer cosas de acuerdo con las reglas del juego que todos estaban jugando. No pensar en ella misma, sino en su personaje: hacer como si fuera ella. Como lo había hecho, sin proponérselo, en su primer ejercicio. No era una estrategia tan rara, aunque solo unos pocos actores —los más experimentados, los mejores— podían llegar hasta el punto de olvidarse por completo de ellos mismos. Esto lo decía Teodoro.

El segundo día que Gabriela fue sola a su departamento —y en el que nada malo sucedió, por suerte—, él le había mostrado un libro que acababa de comprar: la edición mexicana de *Hacia un teatro pobre*, el gran tratado de Jerzy Grotowski.

—Después te lo presto —le dijo, pero en aquel momento, sentado en una silla al lado de ella, le mostró las fotografías que venían en el libro, todas de montajes de Grotowski y de sus actores y actrices, y le explicó un poco más cómo era estar presente en una función de *El príncipe constante*, aquella puesta en escena tan famosa y tan influyente—. Ver a ese grupo es como asomarse sin permiso, como a escondidas, en una celda. En una cámara de tortura. Es fuertísimo. Y mira —se adelantó algunas páginas hasta una foto más: el primer plano de una cara—, este es Ryszard. Cieslak, el gran actor de Jerzy.

Era un hombre delgado, más bien feo, con orejas prominentes y ojos grandes y separados. En otra foto, Gabriela lo había visto de pie, con una pierna torcida y la cabeza echada hacia atrás. En otra más, de rodillas, con la boca abierta en un grito, como si le estuvieran dando una golpiza. Aquí, visto más de cerca, parecía encorvado, con la espalda arqueada y la cabeza echada para adelante y un poco hacia un lado, pero lo que más llamaba la atención era la expresión de su cara. Gabriela no la entendía del todo, o tal vez era que no tenía ninguna. Daba la impresión de estar dormido. O algo distinto. Su boca estaba entreabierta, mostrando los dientes, y tenía los ojos en blanco. Los iris apenas se veían, como si estuvieran escondiéndose detrás de los párpados.

Gabriela se quedó mirando, fascinada, la cara del actor, o tal vez la cara del príncipe, que ya había padecido tanto.

Pero ahora, en el escenario, Aurora se acercó hasta quedar junto a Ana Luisa. Lo hizo con delicadeza, pisando con tan poca fuerza como le era posible, pero deprisa. Tenía la tarea de tomar de la mano a la muchacha muerta y levantarla, o más precisamente, levantar su espíritu, separarlo de la carne asesinada. Así lo hizo. Ella comprendía que era así y muy lejos imaginó a la gente del público, dándose cuenta de que eso era lo que hacía. Le dijo las palabras que debía decirle, muy pocas, solamente para pedirle que tuviera calma y que le dijera algo de sí misma, antes de que empezara a olvidársele. Ana Luisa le respondió que acababa de pasarle algo importante, apenas el día anterior, con una persona a la que casualmente también se había encontrado en la manifestación. Aquel de ahí, dijo, señalando el cadáver de Germán.

Y entonces Aurora fue con él y lo tomó de la mano, para levantarlo, y le dijo que deseaba saber, y se apartó, para que ambos hicieran su diálogo. Los demás se quedaron inmóviles, muertos. Empezaron a escucharse voces, pasos, la música de un organillo. Teodoro estaba haciendo su trabajo con el técnico.

El diálogo era el de más humor de los cuatro: Ana Luisa y Germán caminaban por el escenario, que era ahora el Bosque de Chapultepec. Ambos llegaban cerca del lago, comían algodón de azúcar, le daban de comer a las ardillas, y hablaban. Ana Luisa se llamaba Ruth; Germán se llamaba Sabino, y era su novio, y era tonto, tonto, tonto.

—Todos son así —murmuró la boca de Gabriela, pero Aurora no hizo caso. Se sabía el diálogo de memoria y lo iba repasando a medida que Ruth y Sabino lo decían. Ella le informó que ya no deseaba estar con él, que ahora entendía lo bruto que era. Sabino preguntó a qué se refería ella, su "acapulqueña linda". Ruth le contestó que la acapulqueña era la que veía los sábados y no los domingos ("como hoy") y se marchó, ofendidísima. El público se rió. También hubo risa en la boca de Gabriela. Sabino, interpretado por Germán, volvió a su posición de muerto sin decir nada más. Ruth, a través de Ana Luisa, se quedó un momento con Aurora y pudo decirle que se había sentido contenta de poder romper con aquel hombre. Hubiera preferido seguir viviendo, agregó, pero al menos una cosa en su vida había sido mejor. Luego preguntó cuál era su destino, a lo que Aurora replicó que pronto lo sabría; y Ruth se tendió otra vez, y ya no se movió.

—Tú no te detengas —dijo la boca de Gabriela.

Después, Aurora fue por otra pareja. José Carlos, que hacía el papel de un maestro llamado Sixto, y Fernando, que interpretaba a Tomás, uno de sus antiguos estudiantes. Aquí se empezó a escuchar una canción de la Sonora Santanera que Gabriela conocía porque le gustaba a su papá, aunque era de tema más bien sórdido: empezaba

Fue en un cabaret
donde te encontré
bailando

Sixto encontraba a Tomás, por casualidad, en una cantina, cargando cajas con botellas vacías.

—¿Tú ibas en la prepa 5? ¿Eres Tomás? Yo te di clase de historia.

El estudiante quiso ignorarlo y marcharse, pero Sixto lo detuvo. Sólo deseaba, dijo, preguntarle por otro exalumno: un tal Marcelo, un joven brillante, que ahora estaba desaparecido. Se temía que hubiese muerto, dijo.

En opinión de Gabriela (pero nunca lo iba a decir a nadie), este era el peor de los diálogos. Tomás le daba demasiadas vueltas a la cuestión de dónde podía estar Marcelo, y el maestro Sixto lo dejaba hablar. Al final se insinuaba que Marcelo tal vez había sido asesinado en la otra manifestación (no se mencionaban fechas ni lugares) y el maestro se marchaba, desalentado, para ver si alguien más, en algún sitio, lo podía informar.

A Gabriela le intrigaba por qué un maestro buscaba con tanto ahínco a uno de sus alumnos, pero la conversación de Aurora tras el diálogo era con Tomás.

—Jamás pensé que me fuera a encontrar algo del más allá —empezaba, pronunciando con cuidado las palabras que Fernando había escrito para él, y luego se quejaba (otra vez por más tiempo del debido) de que nunca había tenido la misma valentía y coraje de su amigo Marcelo, quien se había atrevido a desafiar al poder, manifestarse y exigir un mundo mejor. Para usar un nuevo término teatral que Gabriela habría aprendido, era un monólogo metido dentro del diálogo.

—Por otra parte, no es justo que el primer día que decido hacer algo diferente, y que salgo yo a marchar, me maten.

—Bueno, no, *eso* no es justo —dijo la boca de Gabriela, pero era también lo que Aurora debía decir.

La canción ya había terminado. Aurora llevó a Tomás de regreso hasta su sitio y se dio cuenta de que José Carlos ya no estaba en el escenario. Había aprovechado el tiempo del monólogo para desaparecer sin ser visto. ¡Qué buena idea!, pensó Gabriela brevemente. Cuando pusieran la obra en escenarios normales, Teodoro podría hacerlo repetir esa salida discreta.

En su departamento, la otra tarde, él le había dicho:

—Dicen que hay una filmación, una nada más, que se ha hecho de la obra. La hicieron un poco a escondidas. Y me muero de ganas de poder verla algún día. Entre otras cosas, si la viera…, si la viéramos —miró de reojo a Gabriela y le sonrió—, sabríamos más claramente qué le está pasando al príncipe, o sea, a Cieslak, en este momento. Porque parece estar en éxtasis, ¿no?

Ahí recordó Gabriela dónde había visto esa cara, esa expresión sin expresión: en las figuras (¿de cera, tal vez?) de los Niños Mártires, los dos santos en la iglesia de Toluca. Se suponía que aquellos dos niños estaban muertos y había quienes decían, incluso, que no eran figuras, sino cadáveres reales, traídos de Europa y preservados de alguna forma milagrosa. En todo caso, sus ojos eran los mismos. Sus bocas entreabiertas eran las mismas.

Tal vez el éxtasis, pensó Gabriela, era la muerte.

Aurora, por su parte, aquí en *Últimas ocasiones*, se acercó al siguiente par de actores. Eran Lina y Rodrigo. Entre motores y bocinas de coches, pregones, los sonidos de una calle transitada, los levantó con cuidado, tomándolos de la mano a ambos al mismo tiempo. El de ellos era el diálogo más difícil porque Lina interpretaba a una mujer loca, cuya identidad no quedaba del todo clara –según Lina era una versión del Rey Lear, pero aquel personaje era hombre, e inglés, y rey–, que se encontraba con Demián, un pasante de leyes interpretado por Rodrigo. La Loca empezaba a incordiar a Demián con frases sin sentido. Por momentos daba miedo y por momentos parecía estar muy sola, muy desesperada, indefensa y a la vista de todos. Gabriela y el cuerpo de Gabriela sintieron la misma desolación al verla mover sus manos hacia la cara, como para protegerse, después de la primera respuesta exasperada de Demián. ¡Lina era realmente buena como actriz! La Loca, a la que Lina daba cuerpo, se aferraba a Demián de cualquier modo y él sentía ¿piedad? No estaba claro en el texto, aunque Gabriela y la mayor parte del grupo había pensado que sí. Que aquella persona «normal», «decente», de «buena conducta», como él mismo se describía podía también sentir piedad. Parte de los antecedentes que Fernando y Teodoro le habían imaginado era que Demián iba hacia la manifestación, quizá preocupado, pero decidido, y que al tomar la mano de la Loca, y tratar de caminar con ella para llevarla a un hospital u otro lugar donde pudieran cuidarla, no había cambiado ninguna de sus opiniones políticas, pero había juzgado que aquella persona lo necesitaba más. Aunque no estaba seguro de qué hacer con ella. Ir a buscar un policía, tal vez, o llevarla él mismo a un hospital. Ciertamente no la hubiera llevado a la manifestación, donde se hubiera sentido amenazada por la multitud, pero en cualquier caso la matanza se había atravesado en el camino de ambos.

—Así pasa mucho, ¿verdad? —Gabriela oyó estas palabras y tapó su boca con una mano. Lo hizo tan súbitamente que se golpeó los labios.

—Por favor —pidió, con su misma voz.

Mientras Rodrigo volvía a su posición de muerte, la Loca empezó un monólogo delirante, aún más largo que el del personaje de Fernando, pero que Aurora escuchó con rostro serio y, al final, una pequeña sonrisa de encanto. Después del monólogo, la Loca hizo algunos pasos de baile que terminaron con un giro, porque la Loca no entendía bien qué era la muerte y se imaginaba ahora en un jardín, donde estaría más a gusto. El giro terminaba con la Loca abriendo los brazos, llena de amor (así se entendía; ¡qué buena era Lina, a pesar de todo!), y en el rostro una expresión que brevemente parecía ser alegre, pero en realidad era aquella que había visto con Teodoro y en las imágenes de su infancia.

Con Teodoro, aquella tarde, Gabriela también recordó otra imagen: la fotografía de una escultura que había visto en un libro, en la escuela secundaria.

—Es como el *Éxtasis de Santa Teresa* —dijo.

—¿La escultura de Bernini? ¿La conoces?

—Este... No sé quién la hizo, pero es una...

—Esa debe ser, es la más conocida —dijo Teodoro—. Espera. —Se levantó de su silla y entró en su cuarto, para salir casi de inmediato con una mesa plegable y un libro gordo, el cual le costaba sostener con una sola mano y que dejó en el asiento de su silla. Gabriela lo ayudó a desplegar y acomodar la mesa. Teodoro puso sobre ella el libro, lo abrió enseguida y Gabriela no pudo ver el título.

Las páginas estaban llenas de reproducciones de pinturas y otras obras de arte. Teodoro pasó las páginas deprisa.

—¿Cómo sabes tanto? —preguntó Gabriela y notó que una nueva sonrisa se formaba, discreta, en la boca de Teodoro.

—Estas cosas me apasionan. A ver, a ver, a ver... Yo me acuerdo que estaba por aquí... Aquí. —Señaló una foto en una página—. ¿Es esta?

—¡Sí!

Una mujer (santa Teresa de Ávila, muy importante filósofa, según sabía Gabriela) vestida con hábito de monja, tendida en el suelo, ante un ángel que le sonreía mientras sostenía en alto una flecha, como a punto de clavársela. Los ojos de la santa eran de piedra, totalmente blancos, pero en ese momento Gabriela pensó que, de haber sido la persona real, o una pintura o una fotografía, se habrían visto como los del actor o los niños muertos.

—El ángel no la está matando —explicó Teodoro—. Mira cómo sonríe. La flecha es un símbolo. Y tienes toda la razón, la de ella es la mismita cara de éxtasis. También tienes tu erudición, ¿eh, Gaby?

Gaby sonrió y hasta se sonrojó un poco —pudo sentirlo—, pero Teodoro no la miraba. En la siguiente página había una ampliación del rostro de la santa, tomada un poco más de frente, donde se podía ver más de su cara.

Únicamente entonces, de todo el tiempo que pasó con Teodoro aquella vez, sintió un poco de miedo, porque él dijo:

—El éxtasis se parece al placer. ¿No?

Gabriela sabía de qué estaba hablando, por supuesto que lo sabía. Aunque ella misma apenas había sentido algo semejante. Un faje con un novio, dos tal vez, y ambos habían terminado muy mal, con ella apartándose asustada a la mitad y los muchachos —compañeros de la escuela, sí, habían sido dos— reaccionando con horror y con enojo, respectivamente. Nunca había llegado a más. Y, sin embargo, le pareció que su cuerpo recordaba algo más que ella, algo distinto. Como una historia que ella misma no había vivido, pero que alguien le hubiera contado tan bien que la recordaba perfectamente, que se emocionaba con ella.

Su carne estaba, al menos, recordando esa emoción que nunca había sentido en realidad. O, más bien, una sensación. Muchas sensaciones. En el exterior y en el interior de su cuerpo.

—¿Eras tú? —murmuró Gabriela, hoy, con su propia boca.

No hubo respuesta y no podía quedarse esperándola. No debía. Estaba a la mitad de la función, en el escenario, mirando a Lina acostarse en el piso, enfrente de toda la gente que observaba desde sus asientos...

Se obligó a calmarse. Respiró profundamente. Los ruidos de la calle fueron paso a una música extraña: el compositor se llamaba Varèse (Gabriela recordaba el apellido, el acento al revés) y a Teodoro parecía gustarle mucho, aunque sonaba rarísimo. ¡Ese ya era José Carlos a cargo del sonido! Aurora dio unos pasos hacia la única persona a la que no había levantado aún. Marisol, que interpretaba a la Princesa, que a su vez llevaba un vestido casi tan blanco como el de Aurora y, en realidad, bastante parecido, con una falda que se veía como el costado de su propia túnica.

Y la Princesa estaba sola. Samuel tendría que haber estado allí, pero no estaba. De cualquier forma, era a ella a quien debía levantar primero. Tomó su mano y ella respondió de inmediato. Teodoro llegaría en un momento. De seguro ya estaba pendiente, esperando, cerca de la entrada.

—¿Cómo te llamas tú? —dijo Aurora—. Pareces una princesa.

—No sé —dijo la Princesa con un tono de voz que no era el de Marisol, sino el de alguien más joven. No demasiado. No estaba exagerado («plaguiento», decía la mamá de Gabriela), como la voz de los «niños» de la televisión—. ¿Y tú cómo te llamas?

Se suponía que Aurora era un personaje ya sin edad, más separado del mundo que cualquiera de los anteriores. Y aquella, se suponía, era también la primera vez que alguien preguntaba su nombre. Ella se lo dijo:

—Aurora —respondió—. Y estoy encargada de que me cuentes tu vida.

—No hay mucho que contar —respondió la Princesa—. Se fue rápido. Me acuerdo de un sueño. Creo que fue un sueño.

—Tal vez —dijo una voz tras ellas.

La Princesa y Aurora voltearon hacia donde Teodoro, o el León, estaba entrando al escenario. Según el texto que habían preparado él y Fernando, el personaje sería un sueño de la Princesa, sí, pero basado en un muchacho real, al que había entrevisto en la manifestación y que había muerto a su lado. Aunque no habían tenido tiempo de ponerse de acuerdo, Marisol no mencionó esos antecedentes que ya no servían de nada, se soltó de la mano de Aurora y caminó hacia el León. Entonces empezó el diálogo entre los dos. El texto no repetía ningún parlamento de los de Luisa Josefina Hernández, pero su argumento era similar. El León acechaba en una selva a la que llegaba, sola, la Princesa, buscándolo. Los dos conversaban. El León era una criatura mágica: un terrible monstruo que nunca podría ser cazado. Solamente podría morir si se entregaba voluntariamente, y se daba a entender que lo haría por amor a la Princesa a un ser mortal que también había llegado a entregarse. Nadie lo decía nunca, pero todo en la pequeña obra sugería, según Teodoro, un escarceo amoroso. Fueran lo que fueran, eran dos que se deseaban. La princesa estaba deseando, en sus últimos momentos en el mundo, hacer el amor. Haberlo hecho con alguien. Con aquel muchacho que se había muerto al mismo tiempo, en el mismo sitio que ella.

Aunque Teodoro, como el León, se veía vivo. Finalmente había decidido quitarse la camisa y pintarse un par de líneas amarillas sobre los párpados. Era muy poco, pero se veía bien. Su barba y el cabello se veían muy revueltos, tal vez hasta con fijador, y sí daban la impresión de ser una verdadera melena. Gabriela, brevemente, se lo imaginó así en un bosque de ¿Polonia? ¿Había sido Polonia? Se lo imaginó cazando, con sus compañeros cavernícolas. Sus compañeros leones.

Al final de su diálogo, la Princesa pasó una cinta anudada por el cuello del León y lo declaró suyo. Esta era la señal para que los otros muertos se levantaran. La Princesa tiró de la cinta para sacar al León del escenario, y los demás fueron tras ellos.

Aurora se había quedado sola, y únicamente faltaba que ella hablase al público. Otro monólogo, aunque no tan largo como los anteriores. Y era, de algún modo, la explicación de toda la obra.

—Y tú, haz lo mismo. Abre la boca y habla —le dijo a la gente sentada en las butacas—. No hagas caso del polvo entre tus dientes. El dolor pasará. Aún estás entre nosotros. Cuéntanos tu historia. Cuéntala pronto. Si no es hoy, más tarde llegará el momento en que no puedas decirnos nada más. Haz un esfuerzo. Yo sé que te está doliendo. Que tal vez ya no entiendes dónde estás. Yo te diré dónde puedes estar. Quiénes de nosotros te guardaremos, adentro. Donde ya no habrá más miedo ni dolor, ni injusticia. Pero primero, dime. Dime quién fuiste. Qué deseabas para el mundo y para nosotros. Te falta un poco de dolor, pero ya no tienes nada que temer.

Se oyó un chasquido, todas las luces se apagaron y pasaron dos, tres segundos. El público empezó a aplaudir.

—Déjame estar contigo —dijo la boca de Gabriela.

—Cállate.

Por favor, dijo la voz, ahora desde adentro.

Ahora no, ahora no. Por favor…

Yo soy de esas que tú estás diciendo. Sé que me dolió. Sufrí injusticia. Tengo miedo.

Las luces volvieron a encenderse, incluyendo las de sala, y el grupo entero —menos Samuel, ¿dónde andaría Samuel?— entró de nuevo al escenario a hacer la reverencia final. Ahora, Gabriela quedó entre el León y la Princesa, entre Teodoro y Marisol. Los demás estaban a los lados. ¡Ella había quedado en el centro! Tuvo tiempo de ver los rostros de quienes aplaudían. Había mucha gente joven, sin duda miembros de los otros grupos, pero también había otros, más mayores, que tal vez eran público de verdad. ¡Tal vez habían ido solamente a ver teatro! ¡Y lo que habían visto les había gustado!

Teodoro levantó los brazos y los demás lo imitaron. Luego los bajó, se inclinó hacia adelante y los demás lo siguieron.

Las veces que Gabriela había ido al teatro ella misma, la reverencia siempre le había parecido un momento muy emocionante, más todavía al empezar a ensayar con el grupo y todavía más el día anterior, al ver varias obras del festival una tras otra. El momento de volver a lo que había experimentado, sentada en la silla, después de abrir los ojos, aquella primera vez. De abandonarse —porque eso había hecho, salir de ella misma, volverse el conducto de algo más, todo eso era verdad, y era maravilloso— y luego regresar.

Pero ahora se sentía aturdida. Asustada. Sabía lo que estaba pasando, pero no era capaz de decírselo siquiera. Mucho menos explicarlo, hallarle remedio. Ya estaba notando que había un aviso, un precursor de las palabras que parecían suyas y no lo eran: movimientos, sensaciones en el cuerpo. En su cuerpo. Pero tampoco podía llamarlo suyo del todo cuando una pierna se desplazaba sin que ella se lo hubiera propuesto o un dedo de su mano se doblaba de pronto, sin explicación.

—Sí se siente bonito —dijo su boca.

—¿Verdad que sí? —le respondió Marisol, sonriente, y la abrazó.

—¡Grupo, vámonos! —ordenó Teodoro—. Ya le toca preparar a los que siguen.

—¿Sí salió bien? —preguntó José Carlos, mientras los demás empezaban a apartarse.

—Que sí, papá —respondió Ana Luisa—, ya le dijimos.

Todos se alejaron del proscenio y salieron del escenario para volver al pequeño camerino. Gabriela intentó detener a Marisol, decirle algo (decirle algo ella misma), pero no pudo. Iba demasiado adelante. Gabriela no quiso gritarle porque sabía que no debía hacerlo. Ahora debían desmaquillarse, cambiarse deprisa, y dejar el camerino.

—Teo —murmuró—, Teodoro.

Teodoro se estaba poniendo una chamarra que había dejado sobre una silla. Sí hacía frío. Al mirarla, le sonrió.

—¡Gaby! —murmuró— ¡Muchas felicidades! ¿Cómo sentiste tu debut? Yo digo que estuviste muy bien...

Aquel otro día, mientras ambos seguían mirando la cara de santa Teresa en el libro abierto sobre la mesa plegable, Teodoro había dicho:

—Aunque el éxtasis es también una especie de... Una forma más elevada de placer. Quien lo siente está vivo, pero no está del todo en el mundo. Se está yendo como a otra parte. Porque lo que siente lo llena y ya no deja espacio para lo trivial.

Gabriela seguía mirándolo y, ahora sí, él le devolvió la mirada.

Después de unos segundos, él se aclaró la garganta. Luego le preguntó:

—¿Has oído hablar de la historia de Paolo y Francesca?

—No —respondió Gabriela.

—Ah. Bueno, no importa —dijo Teodoro—. Es vieja. Otro día te la cuento.

Alzó la mano y tocó la mejilla de Gabriela.

Ella entendió lo que él esperaba. Se preguntó si lo quería también. Las dos veces anteriores se había dejado llevar y se había retirado, con miedo, con vergüenza, después de poco tiempo. Pero desde la primera había incumplido la única regla explícita que le había dado su mamá: nunca quedarse a solas, y a puerta cerrada, con un hombre. En el salón de ensayos/departamento de Teodoro iba a pasar lo mismo.

Y ahora, detrás del escenario, también iba a pasar lo mismo.

En su departamento, Teodoro interpretó la inmovilidad de Gabriela como un asentimiento. Acercó su rostro al de ella. Gabriela inhaló, apenas, súbitamente, como en un sobresalto o un estremecimiento. Teodoro se detuvo unos segundos más. Después, le tocó los labios con sus propios labios.

Ahora, en el Foro, Gabriela se adelantó. Le dio un beso leve, pero más fuerte que el primero de Teodoro. Un beso rápido, también. Casi de inmediato, ya estaba separada de él otra vez. Pero luego lo volvió a besar, más despacio.

En el departamento, Gabriela no respondió al primer roce, pero tampoco se apartó.

En el Foro, Teodoro entreabrió los labios. Gabriela sintió el picor de su barba sobre su piel, pero apenas le prestó atención. También sintió el calor de su boca entreabierta y abrió su propia boca. Al mismo tiempo lo abrazó con fuerza. No estaba dejándose llevar por la curiosidad, como el primer día, o por la charla acerca del placer. Quería sentir a alguien más, fuera de ella, sólido, real. Quería estar segura de que era ella quien lo estaba sintiendo, quien había decidido sentirlo.

Teodoro le correspondió del mismo modo en que había tomado la delantera, la primera vez. Besaba mejor, con menos brusquedad y vacilaciones, que las dos personas a las que Gabriela había besado antes. Probablemente se debía a que era mayor, más experimentado. Pero esta vez Gabriela no se permitió mirar solamente, como desde lejos, lo que su propio cuerpo estaba haciendo. No podía. No debía apartarse de sí misma de esa forma. ¿Cómo sabía que iba a poder regresar?

Más o menos, ¿eh?, dijo Sofía, adentro, y terminó con una risa. *¡De esto sí me acuerdo! Todos creen que besan muy bien y todos besan pésimo.*

Gabriela abrazó a Teodoro con más fuerza. No sabía qué iba a decirle luego, qué iba a hacer. Lina los sorprendió aún abrazados.

11

Lina no quiso esperar más para hablar muy en serio. Lo hizo a gritos. Ana Luisa y Rodrigo tuvieron que recoger deprisa las cosas que Teodoro y Gabriela habían dejado en el camerino, porque ninguno de los dos tuvo oportunidad de entrar a cambiarse. El grupo El Espacio Constante tuvo que dejar el Foro Isabelino del CUT por una puerta lateral, para no volver a estar cerca del público y distraer la atención de la siguiente puesta en escena del festival. Teodoro no se despidió de nadie. Ni siquiera la aparición de Samuel, que los encontró cuando salían, distrajo a los demás de lo que estaba pasando.

—Después nos cuentas por qué tardaste tanto —le dijo Rodrigo.

—Pero...

—Mira, ahorita ni te preocupes —dijo José Carlos—. La obra salió bien. ¿Tú estás bien?

—Sí.

—Con eso —dijo Fernando—. Ya veremos qué pasa cuando lleguemos a... No sé a dónde vamos. ¿A dónde estamos yendo?

Caminaban por la calle de Sullivan, detrás del Paseo de la Reforma y no lejos de los sitios que Gabriela y Marisol habían recorrido semanas antes. Iban hacia Insurgentes, divididos en dos grupos. El que iba delante estaba compuesto por Teodoro, Gabriela, Marisol —en plan de apoyar a su prima, aunque no había dicho una palabra— y Lina, que hablaba un poco más bajo que antes, pero no se había detenido.

—Nada más necesito que me contestes, Teodoro. ¿Por qué no me dijiste nada? ¿Por qué nunca me hablas claro? ¡Yo he estado contigo desde que empezó este grupo! Desde antes de que fuéramos novios. Y, por cierto, jamás he dicho que fue idea de los tres, ni cómo te portaste con ella, ni jamás he querido ser la jefa.

—Oye —quiso empezar Teodoro, pero Lina no lo dejó continuar.

—¡Tú eres el que siempre quiso dar la cara! El que siempre está de hablador. Mucho blablablá, que el compromiso, que la congruencia, que la liberación del hombre y el arte para todos, pero a la hora de la hora, ¿qué? ¡Igual que todos los demás!

—¿A cuáles tres se refiere? —le preguntó Gabriela a Marisol.

—No sé. Yo pensaba que…

—A mí me iba a bastar con ser tu primera actriz, ¿recuerdas?

—Tú *eres* mi primera actriz.

—¡Tengo que estarte rogando para que me des algo que valga la pena!

—Lo tienes —objetó Teodoro—. A nadie le he hecho más caso que a ti. Por nadie…

—No tendría que ser porque «me hagas caso» —dijo Lina—. ¿Qué no entiendes? Esto no es tuyo nada más. Es mío también. Es de todos. ¡Se suponía que íbamos a colaborar!

Teodoro se detuvo y gritó:

—¡Hemos estado colaborando! ¿No te fijaste? ¡Acabamos de estrenar una obra!

—¡Pero trabajaste con ella aparte!, ¿no? Por tu cuenta.

Gabriela sintió un escalofrío. Los demás integrantes del grupo, que también se habían detenido, estaban mirándolos. Teodoro vaciló.

Al fin dijo:

—¿Cómo lo sabes?

Lina le dio una bofetada y se rio.

—Hasta hace un segundo no lo sabía. ¡Infeliz!

—No lo hice —dijo Teodoro—. ¡No lo hice!

Marisol hizo a un lado a Gabriela y le dijo al oído:

—Gaby, oye. Dime nada más una cosa.

—Ahorita no —le pidió Gabriela.

—Animal —dijo Lina.

—No me siento bien —dijo Gabriela.

—¿Estás bien? —preguntó Ana Luisa, en voz alta, a unos metros de ella. Un coche pasó al lado del grupo y redujo ligeramente la velocidad para que el conductor pudiera ver un poco de la discusión.

—Yo creo que ya nos vamos —le dijo Marisol a Teodoro.

—Tú te quedas —le dijo Lina a Gabriela.

—¿Por qué?

No quería contestar ninguna pregunta, ni de Marisol ni de nadie más, y lo cierto era que, al mismo tiempo, sí se sentía un poco mal. Más que un poco. Estaba aturdida. El sentimiento de abandono que había tenido en los ensayos ya no le parecía feliz ni liberador. Algo la oprimía. La oprimía desde adentro. Y a la vez tenía la impresión de que algo más, alguna otra cosa, se le estaba escapando. Algo importante. Había olvidado, de pronto, una certidumbre, una verdad. Y hasta pocos segundos antes la había tenido presente todo el tiempo. Era muy molesto. Recordaba haberla sabido: haber estado con ella desde antes de que comenzara la obra, o tal vez incluso por más tiempo, durante las últimas semanas o los últimos meses. Tenía que ver con ella misma, con Gabriela, pero no solamente con ella. También con alguien más.

Y, por supuesto, tratar de decir *eso* a cualquier otra persona, de explicar lo que le estaba pasando en ese momento, sería una experiencia humillante. ¿Quién iba a tener piedad de ella si hablaba de ese modo tan impreciso, *algo*, *alguien*, *alguna cosa*?

«Hay que evitar la vaguedad —había dicho Fernando en un ensayo sabatino, mientras él y Teodoro revisaban notas de su libreto—. La vaguedad se ve muy mal en la página y se oye peor en el escenario».

Gabriela no quería verse mal, ni peor. Aunque sí necesitaba ayuda. ¿Por qué se había acordado de ese momento tan preciso, de lo dicho por Fernando, y no podía recordar...?

—Porque ahora vas a saber con quién te estás metiendo —le dijo Lina.

—¿Qué? —empezó a responder Gabriela.

—Niña, ¿no oíste?

—¿Qué? —la palabra sonó con la misma entonación que antes. Iban a pensar que era una tonta. Una *idiota*. Esa palabra tan espantosa. Ahora no le parecía tan fascinante. Ahora le daba miedo. Ahora, de hecho, tenía mucho miedo.

—El señor director acaba de soltar toda la sopa. ¿Qué te pasa? ¿Pensabas que eras la única, que eras especial? Nada más, por favor, dime que fue idea de este baboso. Que no fue tuya.

—¿De a cuánto? —les gritó un hombre que pasaba montado en una bicicleta.

—Pregúntale de a cuánto a la más vieja de tu casa, ¡tarugo! —le gritó Samuel, pero el hombre más bien se detuvo y lo miró con expresión de desafío.

—¡Tranquilo, chavito! Yo pensé, estamos en Sullivan, estas nenas vienen todas arregladas...

—Ya lárgate —dijo Germán, que era más alto y ancho que Samuel, y José Carlos–que por fin se había quitado el maquillaje– se puso a su lado. El de la bicicleta se largó.

Gabriela ya sabía de la fama que tenía esa calle, ya se había sorprendido de que allí hubiera un teatro y un centro cultural..., pero ahora apenas pudo apreciar lo que acababa de suceder. Tenía la impresión de que estaba oscureciendo, de pronto, deprisa, pero no. Solamente era su vista. Le daba la impresión de estar viendo por un catalejo, por un tubo de papel higiénico, como lo hacía cuando jugaba de niña. Miró a Marisol y su cara estaba en el centro de ese círculo de sombra.

—¿Mary...? Mary —Alcanzó a tomarla del brazo, pero no pudo continuar.

—¿O sí fuiste tú? —insistió Lina.

—Ni la conoces —intervino Marisol—, ¿cómo le dices eso?

—Sí fue ella —dijo Lina. Le hablaba a Teodoro—. ¿Verdad? Y tú de…, de idiota, de macho mexicano, nada más con que alguien te diga «mi alma» ya quieres ir y ponerle casa. ¿Verdad? —Apretó los dientes—. ¡Y con esta buscona, con esta mosca muerta!

—Ay, ya cállate, pinche puta.

Lina abrió la boca para hablar nuevamente, pero miró las expresiones de asombro de Teodoro, de horror de Marisol, y no habló.

Sofía soltó el brazo de Marisol y continuó:

—Bien que te lo has de haber estado cogiendo mientras te convenía.

—¡Gaby! —dijo Marisol.

—¿Qué te pasa? —dijo Lina, al fin, con cara de desconcierto.

—Me pasa —dijo Sofía— que las tipas como tú me zurran.

—¿Estás bien, Gabriela?

—No soy Gabriela —dijo Sofía—. Y tú, Teodoro, deberías defenderte. Si eres el jefe, deberías defenderte. Esperen un momento —Se apartó de ellos unos pasos y se dio la oportunidad de respirar el aire. Ya lo había estado haciendo, naturalmente, pero ahora era distinto. Ahora ocurría únicamente porque ella lo deseaba o porque al cuerpo le hacía falta.

¡Cómo había extrañado sentir el aire, intangible, fresco, entrando por su nariz o su boca, tocando su garganta, internándose en la carne! La gente no se daba cuenta de lo hermoso que era aquello hasta que lo perdía. Y entonces ya era muy tarde. Sofía respiró un par de veces más, sonriente, antes de regresar con los demás, que ahora eran un solo grupo y la miraban. Al llegar con ellos, uno (Germán) dio un paso atrás.

—¿Y ahora qué te pasa? —preguntó ella.

—Calma —le pidió Rodrigo.

—Estoy calmada —dijo Sofía.

—¿A qué hora le empezó a pasar esto? —preguntó José Carlos.

—Tranquilícese, papá, no me pasa nada —contestó Sofía—. Estoy bien. Estoy muy bien.

Ella jamás había hablado antes con José Carlos, pero recordaba la broma que compartía con Gabriela y el resto de los miembros del grupo. Eso también era una maravilla. Tener cosas que recordar. Nunca se había puesto a pensar en ese tema antes. A lo mejor también hacía falta tener un cuerpo para tener recuerdos. A lo mejor ahora empezaría a recordar más de su propia vida.

—¿Qué está haciendo? —preguntó Samuel.

—Creo que le dio algo —le dijo Lina.

—Un ataque de histeria —opinó Fernando.

—No es eso —dijo Ana Luisa.

—Oigan, están hablando de mí como si no estuviera aquí —dijo Sofía y se abrazó a sí misma. Los brazos, extendiéndose, desplazándose a través del aire, cambiando de posición ligeramente durante su vuelo para llegar a donde tenían que llegar. ¡Y sin que ella tuviera que guiarlos paso a paso! Y luego el golpe de la piel, de la carne, contra la ropa. La túnica, porque seguía llevando puesto el vestuario de la obra. Llamaba la atención de toda la gente, incluso la que solo pasaba por ahí—. Ya sé que me veo rara, pero es la ropa. Si llega otro pendejo pidiendo precios, yo misma lo mando a preguntar a su madre.

—¿Aurora? —preguntó Teodoro. Luego lo dijo otra vez—: Aurora, ¿eres tú?

—¿Qué? ¡No! —dijo Sofía— No soy Aurora. Aurora es un personaje de la obra. Si no estoy loca.

—¿Qué estás haciendo? —le preguntó Germán a Teodoro.

—Tú sabes que hay gente que se…, ay, vaya, que se pierde en el papel.

—Pero es muy raro. Y se ve cuando están yendo para allá. Una vez nos pasó en Xalapa, con un chavito, pero…

—¡Otra vez están hablando de mí! —dijo Sofía, pero estaba sonriendo. Eso también era maravilloso: tener la atención de otros, saberse vista, escuchada, presente—. No estoy «perdida» ni nada. Es al revés —dijo—. Al revés volteado. ¡Yo decía así! Al revés volteado.

—Oigan, ¿podemos…, la podemos tratar de ayudar? —pidió Marisol—. Ella no se comporta así —explicó—. Vaya, ustedes la conocen.

—Podría ser, cómo se llama, una crisis psicótica —dijo Samuel.

—¿Cómo es eso? —preguntó Rodrigo.

—No sé muy bien.

—Hay que llevarla a un doctor —dijo Ana Luisa.

—A La Castañeda —dijo Lina.

—¡Ay, cómo serás ojeta! —dijo Sofía—. Hasta yo sé qué es La Castañeda. Además ya la tiraron, pendeja. —Sacó la lengua y le hizo una trompetilla.

—A ver, tengamos calma —dijo Teodoro—. Oye…, no te queremos asustar, queremos ayudarte. —Y trató de tocarle el hombro. Sofía se hizo a un lado bruscamente.

—¡No me toques! O no… ¿Sabes qué? Sí, tócame. Se siente muy bien que la toquen a una.

Pero Teodoro ya no se atrevió. Gabriela despertó en aquel momento. Ya recordaba lo que se le había olvidado poco antes, pero no entendía lo que estaba sucediendo ahora. ¿Se había desmayado tal vez? Había perdido la conciencia. Y, sin embargo, ya estaba hasta de pie. En el mismo lugar sobre la misma banqueta. ¿En qué momento se había levantado? Y todos la miraban de una forma muy rara.

¿Por qué la miraban así?

—Oye —dijo Marisol—, ¿puedo…? —Se acercó y tocó los hombros de Sofía. Ella sintió el calor de sus palmas a través de la tela blanca. Gabriela también.

—Sí, sí, está bien. —Se oyó decir Gabriela; ella no estaba moviendo los labios ni eligiendo las palabras—. No te preocupes, que no voy a hacer ninguna cosa mala. ¡No se preocupen! —le dijo su boca al resto del grupo—. Es que tenía mucho tiempo en la otra parte. Es más, mira, Marisol, yo sé que la quieres mucho. Ella también te quiere a ti. Luego… Bueno, no sé si va a volver. Pero de que te quiere mucho, te quiere muchísimo. Ella dice lo que tú: además de su prima, eres su mejor amiga. Si regresa, seguro te lo dice.

Sí voy a regresar, quiso decir Gabriela, aunque no sabía de dónde. En cualquier caso, no pudo decir nada, porque no tenía boca. No tenía su cuerpo. Solo podía mirar, escuchar, sentir desde el interior. Le habían contado cómo se sentían los paralíticos. ¿Había tenido un accidente? No, no. Esto era mucho peor. El cuerpo se movía. Pero nada en el cuerpo le respondía a ella: Gabriela no elegía dónde poner los ojos, a qué sonidos prestar más atención, cómo cambiar el peso de un pie al otro…

—Qué bueno —dijo Ana Luisa—. Oye. —Caminó hacia Sofía, pero no hizo ningún movimiento para tocarla—. No te asustes. Es que todo ha sido un poco brusco. Vamos… ¿paso a paso? Vamos en orden.

Sofía, ¿qué hiciste?

—Vamos en orden —aceptó Sofía y le sonrió a Ana Luisa.

El sol empezaba a ponerse detrás de un conjunto de edificios. La ciudad se convertía en una silueta negra, quebrada. Los restos de un fuego que empezaba a apagarse. Pronto sería de noche. Sofía descubrió, o recordó, que no le gustaban las noches. Le daban miedo. Tal vez sería buena idea no quedarse ahí afuera hasta el siguiente amanecer.

¿Qué me hiciste? ¿Sofía? Sofía, contéstame.

Hizo un esfuerzo para ignorar a Gabriela y dijo:

—No nos dejan hablar mucho. Y creo que no es normal que alguien regrese, pero, cuando uno regresa, tiene que seguir obedeciendo. Por eso les sueno rara.

Sofía, suéltame.

—¿Ya le viste los ojos? —le murmuró Fernando a José Carlos. Teodoro lo hizo callar con un gesto. Sofía había visto los ojos de Gabriela en el espejo en más de una ocasión. ¿Se verían raros ahora? ¿Sería el maquillaje para la obra?

—Ahora nos lo cuentas todo —dijo Ana Luisa—. Pero necesitamos ir a alguna parte a que descanses. Ya es tarde.

—Ah, bueno, vamos —dijo Sofía.

Por favor, déjame ir.

—Mary, deberías llevártela al departamento —dijo Ana Luisa—. Yo me voy con ustedes.

—Está bien.

—Taxi. —Samuel empezó a hacerle señas a un coche que pasaba y siguió sin detenerse.

—Los demás estaremos al pendiente —dijo Teodoro.

—¿Tienen para acompletar? —les dijo José Carlos a los hombres del grupo—. Yo tengo para el banderazo, pero estamos un poco lejos.

—Qué lindos son —comentó Sofía.

Sofía, yo te dije que te iba a ayudar. No te voy a…

Poco después, otro coche sí se detuvo.

—¿A dónde va?

Hubo algo de problema para hacer que Sofía entrara en el taxi. Ella se demoró tocando la superficie metálica del coche, maravillada, y nadie se atrevía a apresurarla.

—Perdón —dijo al fin—. Es que ustedes no saben. Ah, y oye, Lina. Yo en realidad ni te conozco. No seas tan hija de la chingada con gente que ni conoces.

—Después vamos a tener que seguir hablando —le dijo Lina a Teodoro.

—Qué necia eres, carajo.

—Llámennos cuando estén en sus casas —dijo Ana Luisa.

—Cuídate, por favor —le contestó Rodrigo.

¡Sofía, suéltame!, gritaba Gabriela, adentro, mientras el taxi se ponía en marcha, acelerando sobre la última cuadra de Sullivan.

Ana Luisa le dio al conductor la dirección del departamento. Marisol abrazaba a Sofía, que volteó para mirar por la ventanilla trasera. Gabriela pudo ver con ella que alguien del grupo —¿Germán?, ya costaba distinguirlos— alzaba una mano para despedirse.

—Qué lindo —comentó Sofía.

Mamá, dijo Gabriela, sin que nadie la escuchara.

«Mi Alma»

(alrededor de 1972)

12

La luz del sol entraba por la ventana. Sofía despertó en su habitación. Abrió los ojos cuando quiso, después de unos momentos de disfrutar el calor bajo las cobijas, la tela del camisón contra su cuerpo y la certeza de que otra vez era de día.

Aún no se acostumbraba a comenzar así cada mañana, ni siquiera a la conciencia de que había algo llamado «mañana»: un periodo de tiempo perceptible en el mundo material, distinto de la «tarde» y de la «noche", y a la vez repleto de pequeñas etapas y cambios.

Se había olvidado de todo aquello en el otro tiempo: el tiempo sin tiempo, entre su primera vida y esta. Seguía sin recordar mucho, pero ya había decidido que no le interesaba saber más de lo que ya sabía. La felicidad no es un estado constante, una recompensa de Dios, o de la vida, por hacer cosas buenas o vivir cumpliendo las reglas. Ella había creído eso, en otro momento. Ya no, ahora sabía que la felicidad es un estado pasajero, capaz de llegar por algo tan sencillo como la ausencia de dolor o de angustia, y que en general llegaba y se iba tan rápido que una solo se daba cuenta de que había ocurrido hasta *después*, cuando ya estaba de vuelta en la desdicha o la resignación.

Y ella había sido feliz muchas veces en los últimos días. Ahora, ayer, antier, cada día desde el de la función. Y eso debía ser milagroso, casi imposible. Algo que le sucedía a una persona en un millón, en mil millones. O quizá, incluso, algo que solamente podía experimentar alguien que hubiera muerto, que hubiera estado en lo oscuro y luego regresara a la vida.

—Lázara —dijo Sofía en voz alta, recordando la historia del resucitado. La conocía, qué interesante, aunque ni Marisol ni nadie de sus conocidos actuales se la hubiera contado. Y Gabriela también la sabía, pero Sofía no la había sacado de allí, del depósito intangible de esa otra memoria.

Se incorporó un poco y se desperezó, lentamente, sintiendo con el cuerpo entero las diferencias de temperatura que ocurrían con cada desplazamiento. A medida que doblaba las rodillas, sus pies pasaban de zonas tibias a otras más frescas. La luz tocaba el pie de la cama, parte del suelo, y en su viaje entibiaba el aire. Sofía, al fin, hizo a un lado las cobijas y quedo sentada. Miró las motas de polvo, escaso, siempre en movimiento, que eran brevemente capturadas por la luz y luego se volvían a escapar. ¡Qué cosa maravillosa era el tiempo verdadero! Bajó de la cama y se puso las pantuflas que la esperaban en el suelo. Bostezó largamente con la boca abierta y levantando los brazos. Se puso de pie.

Dio unos pasos y giró sobre sí misma, una vuelta, otra vuelta.

Salió de su cuarto y pasó al baño del departamento. Se levantó el camisón, se bajó los calzones y orinó en el excusado. Qué sensación, qué sensacional, era tener un interior: sentir movimientos de su cuerpo sin poder verlos.

Se limpió, arregló su ropa y bajó la palanca del excusado. Se quedó escuchando el caer del agua que llegaba y el gorgoteo de la que se iba hasta que los dos cesaron.

Luego se miró en el espejo. Hasta ahí llegó su momento de perfección matutina. No recordaba su propia cara, pero no era la que se veía en el cristal. Y ahora ya entendía lo que había dicho Fernando acerca de sus ojos. Había algo raro en ellos. No habían cambiado de forma ni de color, desde luego, porque eso era imposible, pero tal vez ella los abría más que Gabriela. O tal vez bizqueaba un poco, casi nada, aunque no tenía la impresión de ver doble. Había visto varias veces esa misma cara desde adentro, por voluntad de Gabriela, y definitivamente no se veía así.

Entonces se hizo consciente de un grito de ella, adentro. Le pareció igual al que había silenciado el día anterior. Tal vez era, incluso, el mismo grito. Tal vez Gabriela llevaba todo el rato desde que se había ido a la cama, o más aún, con el mismo aullido, la misma nota de pánico. Podía sostenerla, mantenerse en el horror, porque no tenía garganta que pudiera cerrarse, pulmones que llenar de aire, cuerpo capaz de llegar al agotamiento.

Volvió a ignorarla, a echarla al fondo de su mente viva.

Luego se lavó las manos, con jabón, en el lavabo (había que hacerlo). Lo siguiente era desayunar en el comedor. Ya sabía que Marisol la estaría esperando, pero no quién sería su acompañante esta vez. Varios miembros de El Espacio Constante —por el momento en receso, le había dicho Marisol— se turnaban para ir a verlas: a veces eran Ana Luisa y Rodrigo, a veces Teodoro, a veces José Carlos, que parecía tomarse muy en serio su apodo de «Papá». Gabriela había tenido otros amigos, entre los alumnos de la Facultad de Contaduría, pero a Marisol no se le había ocurrido preguntarle por ellos y Sofía prefería no ofrecer ninguna ayuda. Mejor que Marisol le pidiera tal o cual cosa, y entonces ella podía decidir.

Al abrir la puerta del baño, oyó tres voces. Una no hablaba con las otras dos y le hizo recordar el otro lado: las muchas palabras que siempre se escuchaban allá, viniendo de lejos, de toda la gente muerta, siempre contando sus historias espantosas o tristes, o ambas cosas a la vez. Pero el tono de la voz era distinto, amable, vivo. Sofía se quedó escuchando desde donde estaba y después de un momento se sintió aliviada. La tercera voz venía de la radio, nada más: era Héctor Martínez Serrano en la W. Eso estaba bien, pensó, porque, si aún estaba su programa, era señal de que había mucho día por delante.

—¿Nada? —dijo una de las voces que sí estaban allí.

—No —respondió la voz de Marisol.

—Mary, me da mucha pena, pero esto ya fue mucho. Hay que llevarla con un doctor. No sé qué le haya pasado, pero definitivamente no es como alguien que se haya quedado en el papel. O en el viaje.

—¿Para qué me dices eso? Ella jamás le ha entrado a ninguna cosa. ¿O tú le has dado?

—¡No, claro que no!

Sofía reconoció a Teodoro. Ahora era Teodoro quien había venido.

—Perdón —agregó él.

—Me asusta lo del doctor.

—Pero no se pueden quedar así. También habría que avisarles a sus papás, a tus tíos.

Marisol se rio sin ganas.

—Eso me da más miedo. Ya sabes cómo son.

—¿Segura que no quieres que la vayamos a buscar?

—Ella llega. Ya la oí salir. Creo que todavía está en el baño.

—¿Y cómo estás tú, Mary?

A Sofía, primero, le había dado la impresión de que todo lo que Teodoro quería era ligarse y luego cogerse a la alumna nueva. Tal vez se había equivocado. O tal vez él todavía tenía esperanzas.

—Igual —dijo Marisol—. Sigo sin saber qué hacer. Casi no he salido desde que la trajimos. Y más bien he salido a comprar cosas. A sacar la basura. Una vecina me preguntó el otro día por qué mi hermana ya no salía, toda muy preocupada, supuestamente. Pero me dijo «Gabriela». A mí.

Teodoro se rio un poco esta vez.

—No, no parecía muy atenta.

Sofía encontró el recuerdo de la señora Sánchez, la del 101. De habérsela encontrado, pensó, ella hubiera sido mucho menos amable que Marisol. ¿Cómo seguía sin poder distinguir quién era quién?

—Oye —siguió Marisol. Sonaba todavía más seria que antes.

—Dime.

—No te vayas a disgustar —hizo una pausa—. Por favor, júrame que no pasó nada cuando ustedes…

—Ay, por el amor de Dios. —Teodoro alzaba la voz, ofendido—. ¿A qué viene eso? El otro día me preguntaste y el otro día te lo dije. *Nos besamos.* Y ya. Debí hablarlo con Lina desde el principio, pero eso fue todo. ¡No pasó nada más! Ni en el teatro ni en mi casa.

—Cálmate, por favor. —Marisol bajaba la voz para obligar a Teodoro a hacerlo también—. Ella es muy sensible, muy frágil. Tú sabes quién dice que es.

—¡Sí, sí, ya lo sé!

Sofía decidió que podían empezar a pelear y no quería que lo hicieran, así que salió del baño y saludó:

—¡Hola! —Y caminó hasta ellos.

Marisol y Teodoro estaban sentados a la mesa, con tazas de café sobre el mantel.

—Hola —respondió Marisol. Nunca la llamaba por su nombre, ni por ningún otro. Teodoro devolvió el saludo con la mano—. ¿Cómo amaneciste?

Teodoro estaba recién bañado, su barba y su cabello aún no terminaban de secarse. Sí le gustaba, pensó Sofía.

—Muy bien, gracias. Oigan, ¿por qué no pusieron música en el radio? Yo pensé que les gustaba más.

—Ah, este… Estábamos de humor como para otra cosa —dijo Teodoro.

—Héctor me cae bien —dijo Sofía—, pero me cae mejor el de la XEX, ¿cómo se llama? —Y empezó a girar el dial de la frecuencia.

—¿Lo apagas mejor? —le pidió Marisol.

—Ah, bueno, sí —dijo Sofía y lo apagó—. ¿Me puedo servir café?

—Ay, por favor —respondió Marisol—. Estás en tu…

—¡Gracias!

Sofía fue a la cocina y regresó con una taza llena. Le puso mucha azúcar y bebió. Gabriela apenas endulzaba su café y ella no podía entender cómo le gustaba beberlo así. Dulce, dulcísimo como a ella le gustaba, era otra felicidad, algo casi tan bonito como su despertar un rato antes.

Tras el primer sorbo, vio las caras del hombre y la mujer, y tuvo que recordar que ambos le tenían miedo. Había miedo *por* Gabriela, naturalmente, preocupación por su bienestar. Pero lo otro era bien visible.

—Oigan —dijo—, no les voy a hacer nada. ¿Eh? ¿Qué día es hoy?

—Este…, viernes —dijo Teodoro.

—Entonces ya pasaron cinco días. ¿No han visto ya que no soy mala? Ya hemos platicado.

Ninguno de los dos respondió. Sofía notó que Teodoro, a pesar de que se había arreglado, tenía ojeras y Marisol se veía aún peor. ¿Ya la había visto con la misma pinta en días anteriores? A lo mejor sí. Qué desatenta. Ahora se le ocurría que Marisol debía estar muy angustiada. Con razón. Ella llevaba cinco días viviendo, muy contenta, pero para Marisol esos cinco días debían haber sido de angustia. Porque lo que ella veía, probablemente, era a su prima Gabriela comportándose como si fuera otra persona. Como si estuviera loca.

Y los locos terminaban mal. En un manicomio como La Castañeda (aunque ese, sí, ya no existía). O muertos en alguna parte, si no tenían quien los cuidara. O, por lo menos, convertidos en un horror y una vergüenza. Era comprensible que Marisol no quisiera ver a su prima en esa situación. La quería. Le tenía cariño.

¿Por qué no se le había ocurrido antes? Al preguntárselo, le vino un recuerdo. No de Gabriela, ni de la segunda vida que estaba viviendo, sino de la otra.

Sofía le había tenido cariño a alguien. Una niña. ¿Su hija, su hermana? La veía pequeña, con una rebanada de pan en la mano y el pelo arreglado en dos colitas, atadas con listones. Luego la veía sentada al lado de una pileta llena de agua, con el pelo trenzado. Luego se había enfermado. Entonces ya nadie la peinó. Únicamente la volvieron a peinar para el velorio, en el patio de una casa. No pudo recordar qué nombre había tenido la niña y esto le dolió.

Así que hubo dos dolores: el nuevo y el de entonces, el de la muerte de alguien más.

Marisol y Teodoro seguían sin hablar y mirándola. Sofía quiso que abrieran la boca, que dijeran cualquier cosa. También quiso olvidar lo que había recordado, porque no era un saber feliz. Su cara se torció de un modo que le pareció, desde dentro de su cuerpo, nuevo; era (supo) otro signo de dolor.

—Mira —empezó Marisol, al fin—. Nunca nos había pasado algo como esto. La verdad. No sabemos qué hacer. Yo no sé qué hacer. Yo pensaba que en un día, dos cuando mucho… No quería meterte en problemas. Es decir, no quiero. No quiero llamar a un doctor. No quiero llamar a mis tíos, a tus papás. Porque va a ser mucho peor. ¡Y no me digas que no son tus papás!

—No quiero dolor —dijo Sofía.

—¿Qué?

Pero Sofía prefirió no decir más. Bebió un largo sorbo de café y volvió a poner la taza sobre la mesa. Teodoro cruzó los brazos y los descruzó después de un momento.

—¿Qué dijiste? —preguntó.

Sofía no quería mirarlos. Miró el fondo de la taza vacía. No lo estaba del todo, en realidad, había un poco de restos de café. Unas gotas.

—Gabita —dijo Marisol—, ¿qué dijiste hace un momento?

—Yo soy Sofía. No Gabriela. No les quiero mentir. No sé si Gabriela vaya a volver. No creo. Pero… a lo mejor he sido desconsiderada. He estado muy contenta de este lado. No les puedo explicar todo porque no nos dan permiso. Pero lo que sí es que me dejaron pasar. Ella me quería ayudar.

—Ya, no, ya —dijo Marisol—. Ya basta. —Y comenzó a llorar.

—Mary, Mary —dijo Teodoro, acercó su silla a la de Marisol y la abrazó. Sofía no supo qué hacer y optó por mantener la vista en sus manos y seguir mirando la taza vacía—. Espera un momento —le dijo Teodoro.

Abrazó a Marisol hasta que se calmó. Entonces volvió a apartarse.

—Ya pasó, ya pasó. Mary, necesitas desayunar.

—¿Cómo?

—Algo más que café. Para empezar. Yo me encargo.

Se metió en la cocina. Sofía lo escuchó rebuscar en cajones y abrir el refrigerador.

—¿Sabe cocinar? —le preguntó a Marisol.

—No lo creo —respondió ella, tomada por sorpresa. Sofía se levantó.

—Te ayudo —dijo.

Terminaron cocinando los dos. Teodoro tenía buenas intenciones y algo sabía, pero Sofía descubrió que era no solo mejor, sino mucho mejor que él. Mucho mejor que Gabriela. Aunque terminaron por obedecerla, sus manos no estaban acostumbradas a moverse con tanta velocidad y certeza como las que Sofía empezó a exigirles.

Sirvieron huevos rancheros con salsa recién hecha, dos quesadillas (que serían para Marisol, con el queso y las tortillas buenas que quedaban), una jarra nueva de café. Sofía ofreció quedarse comiendo en la cocina, sentada en un banquito, donde Marisol no pudiera verla. Marisol aceptó.

—Ah —dijo Sofía—. Bueno. —Y se fue. Por un instante sintió molestia. Luego reparó en otro detalle de los últimos días que no había tenido en cuenta. Tanto ella como Marisol habían estado comiendo de forma errática, a veces sí, a veces no, y casi siempre sacaban cualquier cosa de la cocina cuando pasaban cerca y no podían evitarlo. A Sofía no le molestaba, cada rebanada de pan o tortilla fría le había parecido maravillosa. Pero tal vez se había estado perdiendo de algo, de la misma manera en que lo había hecho al no darse cuenta del cariño que Marisol sentía por Gabriela.

Y los huevos rancheros, con tortilla caliente y frita, estaban muy buenos.

Teodoro habló en voz más baja que antes. No quería que Sofía lo escuchara. Ella no quiso decirle que el departamento era demasiado pequeño.

—Mary, tienes que salir. A dar una vuelta. A hacer alguna cosa por gusto. No te digo nada más, no te quiero convencer de nada. Pero de eso sí. Esto no te hace bien a ti. Si vas a ayudar a Gabriela, necesitas estar bien.

—¿Y ella? No la puedo dejar sola.

—Vamos a hablarle a Ana Luisa. O si no, yo mismo me encargo. No le hace. Vete ahora, respira un poco de aire.

Marisol prefirió llamarle primero a Ana Luisa, pero no la encontró. En su casa no pudieron darle razón de dónde estaba. Mientras se ponía de acuerdo con Teodoro, Sofía encendió la consola otra vez y giró el dial hasta encontrar música. Se entretuvo escuchando hasta que Marisol se le acercó.

—¿Te gusta? —le preguntó.

—Esa es Virginia López, ¿no?

—Creo que sí.

—Ella me gusta mucho y también Roberto Jordán. Pero esa canción no la conocía.

—¿No es *Volverá el amor*?

A Sofía se le ocurrió que, si la canción era nueva, podía haber aparecido mientras ella estaba...

No lo dijo. Realmente Marisol se veía mal.

¿Cuándo había sido la primera vez que la había visto? Le costaba poner en claro su tiempo con Gabriela: sus primeros ¿días?, ¿meses? Muy al comienzo, había sido como despertar, como aquella mañana, pero muy poco a poco. Mirar sin saber que miraba. Volver a hablar, a entenderse como alguien diferente de la muchacha, de la figura iluminada que se internaba a buscarla en el lugar oscuro. Que una vez le permitió volver con ella a los sitios con luz.

En cualquier caso, la primera vez que había tenido conciencia de Marisol, de su cara bonita, de su modo de ser —y aunque no recordaba nada más de ella, nada de antes—, no se veía así.

—Esa canción no la había oído —dijo Sofía—. Oye, ¿sí vas a salir? De verdad no pasa nada. Te prometo que me porto bien. Y a lo mejor luego podemos platicar con un poquito más de calma.

Ella alzó las manos y las puso en sus mejillas. Luego la miró a los ojos. Sofía tuvo la impresión de que estaba buscando algo, de que estaba ansiosa por encontrarlo.

—Tú y yo somos…, éramos… familia, ¿no? —preguntó Sofía—. Hay cosas…

Marisol no dijo nada y se apartó.

Teodoro se despidió de ella en la puerta con un beso en la mejilla y regresó a sentarse a la mesa. Sofía fue a su cuarto a vestirse. Eligió un vestido que a Gabriela no le gustaba, pero a ella sí. Era amarillo, estampado con flores, y se veía bien, pensaba, con unas sandalias. También se peinó. Igual que Gabriela, prefería atarse el cabello, pero se hizo un chongo —pequeño, asegurado con pasadores— en vez de la cola de caballo o la trenza que Gabriela solía usar. Regresó a la mesa y se sirvió más café con mucha azúcar.

Teodoro la miró beber casi la mitad de la taza antes de preguntarle:

—Dime una cosa. ¿Tú te has sentido bien?

—¿Cómo «bien»? —preguntó Sofía.

—De salud. ¿No has tenido mareos, desmayos, dolores de cabeza…?

—No. ¿Por qué?

—A lo mejor no debería hablarte como lo estoy haciendo. Me habían dicho que, en caso de duda, no hay que seguirle la corriente…

—A la gente que está loca. ¿No? Yo no estoy loca.

—Tienes que admitir que esto no pasa todos los días. La mayoría de los del grupo no sabe qué pensar. Por eso muchos no han venido. Y la verdad es que yo tampoco sé qué pensar.

—No es tan complicado. Yo soy Sofía.

—¿Sofía qué?

—No sé, no me acuerdo de mucho de cuando estaba viva, es decir, antes de ahora.

—¿Cómo me llamo yo?

—Teodoro Campa.

—¿Quién soy?

—El director del grupo. Un maestro de la facultad.

—¿Qué estudiabas tú antes? Tú.

—Pues… Iba en la facultad también, ¿no? La de Filosofía y Letras, supongo. Así que supongo que estudiaba teatro. No me acuerdo.

—¿Cómo se llama la carrera? El nombre oficial.

—¿Por qué me estás haciendo tantas preguntas? —dijo Sofía, desconfiada—. No me crees, ¿verdad?

—Sofía no estudiaba en la facultad.

Ella frunció el ceño. Esto era aún más molesto que el no participar en una conversación.

—¿No te estoy diciendo que no me acuerdo? —le preguntó. Se puso de pie y fue a sentarse a un sillón, con los brazos cruzados.

Teodoro no se movió. Sofía esperó un momento. Teodoro seguía sin dar la impresión de que fuera a moverse.

—Piensas que soy Gabriela —dijo Sofía, alzando la voz, con la vista fija en el techo— y que tengo un ataque de histeria o algo así. ¿Verdad?

Teodoro se levantó de la mesa y caminó hacia ella. Se sentó junto a ella, pero no en el mismo sillón. A Sofía le pareció que nunca antes lo había visto así, pero no entendió qué le estaba pasando. Teodoro cruzó los brazos, pero no como ella, sino tocándose los hombros con los dedos. Como si se abrazara. Luego puso las manos sobre sus rodillas.

—Te voy a explicar una cosa. Pero no quiero que se la cuentes a Marisol. ¿Puedes hacerme el favor de no decirle nada?

—A ver —dijo Sofía, sin comprometerse.

—Bueno. Mira. No te enojes, pero si de casualidad estás enferma…, si de casualidad, ojo, aunque tú misma no te des cuenta, sí estás enferma, decirte «Sofía» o discutir acerca de lo que tú misma crees no te hace bien. ¿Por qué crees que Marisol no te llama por ningún nombre? Por lo tanto, no debería decirte esto. Pero…

Ahí se detuvo, en la palabra pero, e hizo uno de sus gestos típicos con las manos. (¡Cómo le gustaban hablar, que hasta en un momento así se dejaba llevar!).

—Pero si tienes conciencia de algunas de las cosas que digo cuando trabajamos —siguió—, sabrás que yo creo que el teatro sí tiene algo mágico. Porque todo el tiempo lo estoy diciendo.

—El «sí» mágico —dijo Sofía. ¡Lo había escuchado tantas veces desde el interior de Gabriela!

—Ese mero. Yo creo que hay cosas más allá de lo que dice la ciencia. He tratado de mantener la mente abierta a este respecto. Y he tenido oportunidad de aprender. Por ejemplo, poco antes de empezar a trabajar en la facultad estuve unos meses en una comuna jipi. De verdad. Fue duro. Plantábamos nuestra propia comida, no teníamos ni luz ni agua corriente ni nada parecido, vivíamos todos juntos en el cerro con un maestro… Para no hacer el cuento largo, me acabé yendo, pero gracias a él pude estudiar algo de Gurdjieff, de Ouspensky, de Leary. No sé si te hablé de ellos alguna vez.

—¿Me estás preguntando si se lo dijiste a Gaby? —Pensó que no debía revelar todo, ni siquiera lo que no tenía prohibido decir, y siguió—: No lo sé.

Teodoro se quedó en silencio. Sacó la punta de la lengua por entre los labios, para humedecerlos, y Sofía recordó su tacto.

—La cosa es que me convencí. De que hay sucesos, fenómenos, como se llamen, que no podemos entender, que no estamos hechos para entender.

—¿Cómo le haces para hacer tanto viaje? —preguntó Sofía, de pronto—. Te fuiste a vivir a una ¿comuna, dijiste?, que no sé qué es, pero de estar viviendo al raso te pudiste regresar para acá. O sea, que te fuiste como de vacaciones. Y luego te has ido a Europa varias veces. Y tienes un lugar donde vivir, supongo, y además tu propio lugar aparte para los ensayos…

—¿Eso a qué viene? —dijo Teodoro. ¡Ahora él parecía ofendido!—. Otro día te cuento toda esa historia. Lo importante es… ¿Te puedo pedir que me hagas caso? En serio, por favor. Puede que hasta te convenga.

Sofía esperó un momento antes de volver a decir:

—A ver.

Teodoro suspiró.

—Ahí te va. Desde el principio, desde que la conocí, me di cuenta de que Gabriela era muy sensible. Reprimida, por su educación religiosa, pero muy sensible. Y cuando se animó a hacer su primer ejercicio, fue realmente sorprendente. Nunca había visto a nadie hacerlo tan bien. Realmente parecía alguien más. Se transformó en otra persona. Como si alguien más se le hubiera metido adentro. ¿Me entiendes?

Sofía inclinó un poco la cabeza, pero prefirió no responder.

—Y ahora —siguió Teodoro— se me ocurre que… Que el ejercicio, el entrenamiento que hacemos, sí tuvo un efecto más allá de lo natural. La afectó de alguna manera. Como a una médium. Una mística. Algo hizo que su alma…, o su mente…, viajara a otro lugar. Que se pusiera en contacto…

—Conmigo.

—Contigo, sí.

—Debería decirte que el que está loco eres tú.

—Deberías decírmelo, pero no me lo quieres decir.

Teodoro sonreía. Sofía no quiso hacerlo. Se levantó a encender la consola. Se sentía incómoda. Además, la canción que comenzó a oírse era *Cariño,* de Los Baby's. Le gustaba.

Después de un momento, bajó un poco el volumen.

—¿Qué quieres? —dijo, sin acercársele—. Yo soy Sofía. De muchas cosas no me acuerdo, pero no soy Gabriela. Se me hace que sí llegué entonces, cuando ella estaba sentada en la silla. No estoy segura.

No podía estar segura. Y ya no quería hablar del pasado. Ya empezaba a darse cuenta de que no iba a poder seguir así para siempre. Esos días de larga felicidad, de muchas felicidades una tras otra, se iban a acabar. Y no iba a haber más.

—¿No te acuerdas? —insistió Teodoro.

—Siento…

—¿Qué?

—Siento que no fue el teatro. Que fue algo que hizo Gabriela.

—¿Cómo lo sabes?

—No sé. ¿No te estoy diciendo que lo *siento*?

—Perdón, perdón. —Teodoro se levantó, pero no se acercó a ella. En cambio, fue hasta la puerta de la cocina y se quedó allí, en el umbral—. Cambiemos de tema. Dime una cosa. ¿Cómo es allá?

Sofía tardó en entender.

—Allá…, allá —dijo luego de un momento, apuntando hacia arriba y luego hacia abajo, con un dedo.

—Sí.

—¿Eso qué te importa?

—¿Cómo? Oye, me importa mucho. Le importa a todo el mundo. Al hombre siempre le ha importado saber qué hay después de la muerte.

—¿Te quieres hacer famoso como Uri Geller, el de las cucharas? —Teodoro la miró con desconcierto—. Es chiste. Ya me estaba imaginando que me llevabas a *Siempre en Domingo* a hablarles de dónde andaba.

La cara de Teodoro no se relajaba. Sofía pensó que algo pasaba, algo que no estaba entendiendo.

—Donde yo estaba —dijo— es oscuro. A Gabriela le parecía distinto de lo que le enseñaron. Creo que a mí también. Y me da la impresión de que no lo vemos igual, ella y yo.

—¿Y lo demás?

—No sé. Y hay cosas que sí sé, pero no te puedo decir. Está prohibido.

—¿Por quién?

Sofía tardó en responder. Aquí, de este lado, sentía los pensamientos más claros, menos estorbados por voluntades o presencias o leyes que no comprendía. Pero igual había cosas que nunca iban a ser para la gente como Teodoro. Para la gente.

Como no encontró un modo de explicarse con palabras, intentó un gesto al estilo de los de él. Un gran ademán, abriendo ambos brazos para abarcar una gran extensión.

—¿Por... Dios? —preguntó Teodoro. Sofía no se movió—. O hay cosas que simplemente no me puedes decir. —Sofía asintió—. ¿Qué cosas *sí* me puedes decir, entonces?

¡Ah, era listo!

—Muchas. Nomás de otros temas. Por ejemplo, me da la impresión de que yo era católica. Como Gabriela, aunque no me preocupaba tanto la iglesia o los pecados...

—Nunca supe si Sofía iba a la iglesia.

—¿Todavía no estás seguro de que yo soy quien soy?

—No sé. No sé nada. Creo que..., que tú no crees ser Gabriela. Al menos.

—No.

—¿Dónde está Gabriela?

La canción de Los Baby's se terminó y comenzó otra más que Gabriela no conocía. Era de El Pirulí, pero nunca la había escuchado.

Verónica,
extraño tu voz
cuando no estas junto a mí

No era nada más que a Gabriela le gustaran otros artistas. El mundo había seguido existiendo sin Sofía después de su muerte. El mundo no iba a dejar de existir si ella moría otra vez. Si las dos morían. No. Cuando las dos murieran.

Sintió un escalofrío. No quería morir. No quería regresar.

—Sofía —dijo Teodoro—. Dime. ¿Sabes dónde está Gabriela? ¿Está bien?

—No te puedo decir —respondió Sofía.

—¿Está viva?

—Este era su cuerpo.

Aquí estoy, gritó Gabriela, desde adentro.

No te oye, le respondió Sofía, sorprendida. Al menos ya había parado el aullido eterno de hacía rato. ¿Se le vería en la cara, afuera, la sorpresa de haber escuchado a Gabriela?

> *Verónica,*
> *te quiero decir*
> *que te extraño tanto que no puedo más,*
> *que te quiero tanto,*
> *amor*

Teodoro no dio la impresión de darse cuenta de lo que había pasado.

—Cuando Sofía... o tú... Cuando desapareció aquella persona. La que tenía aquella cara, aquel cuerpo. La que yo llamaba Sofía. Déjame decirlo así.

Teodoro, dijo Gabriela. ¡Teo!

—Sí.

> *Quiero*
> *tus ojos mirar*

—Yo me volví loco —dijo Teodoro. Estaba recargado en el marco de la puerta. Sofía pensó en el Dragón, en el de la obra—. Yo la quería muchísimo. Como no he querido a nadie. Yo creo que si ella me hubiera visto entonces, se habría dado cuenta. La busqué por toda la ciudad. Pregunté en todas partes. Fui al Campo Militar Número 1...

—¿Qué es eso?

Quiero
tu boca besar

—No importa. Me metí en un problemón al querer entrar.

Teodoro, siguió Gabriela, *no sé si fui yo, no sé si fui yo o si fue So-*
fía, pero por favor, por lo que más quieras, ayúdame. ¡Ayúdame!

—Ya —murmuró Sofía. Teodoro no la escuchó.

—Creo —dijo— que no soy el único que ha ido ahí a buscar
a gente desaparecida.

Verónica,
extraño tu voz

Por favor, por favor, por favor, dijo Gabriela, *no me dejes aquí.*

—Sofía nunca le contó a su familia de mí, así que ni siquiera
los conozco. Investigué y sé dónde viven, pero nunca…

cuando no estas junto a mí

Teodoro empujó con el hombro, otro de esos movimientos her-
mosos y raros que hacía, el marco de la puerta. Con ese impulso
caminó hasta Sofía.

—Imagínate que fueras tú. Que les pudiera contar de ti, lle-
varles la buena noticia.

Verónica,
te quiero decir

—Te digo que…

Teodoro tomó la cara de Sofía entre sus manos. Luego la besó.

que te extraño tanto que no puedo más

Luego Sofía correspondió al beso, como las otras veces. Lo abrazó con fuerza. Sintió ganas de tirar de su ropa, de quitársela, como…, como lo había hecho con alguien más. Antes. Lo hizo. Descubrió su pecho y lo besó. Teodoro lo tomó como una invitación.

que te quiero tanto,
amor

Su mano, de pronto, estaba debajo de la falda amarilla.

Qué haces, Sofía, Teodoro, no, no, espera. Esperen.

Cállate de una vez, gritó Sofía, adentro, mientras afuera abría la boca, pero no decía nada.

Gabriela empezó a gritar, otra vez, sin palabras. Un aullido que solo era posible ahí donde estaba, adentro. Sofía lo empujó hasta el fondo de ella misma, de la percepción y del cuerpo que ahora eran suyos. El cuerpo mismo no tenía memoria de mucho de lo que Sofía y Teodoro estaban haciendo. Tal vez Gabriela estaba alterada por eso o tal vez (alcanzó a pensar Sofía) era realmente una de aquellas mujeres: cobarde, mojigata, a la espera del príncipe azul…

La cabeza de Sofía quedó apoyada en el suelo. Estaba mirando hacia arriba, al rostro enrojecido de Teodoro, que se inclinaba otra vez hacia ella para seguir besándola.

Y, a la vez, Sofía estaba en otra parte.

No, estaba recordando. Una imagen. Otro momento. No pertenecía a los recuerdos de Gabriela ni a los del tiempo que las dos habían pasado juntas. No era de día, sino de noche. No era adentro, sino afuera. No se escuchaba música, sino truenos. Estallidos.

Un momento de su propio pasado. Había estado así, tendida de espaldas. Con el cuerpo de un hombre sobre el suyo.

Un hombre que la miraba, jadeante.

Gabriela seguía gritando, gritando, gritando, pero ahora

Sofía comenzó a gritar también. Ahí se acababa para siempre la felicidad de vivir. Ya no podía escapar. Así había muerto, exactamente así.

Así la habían matado, y ahora iba a morir otra vez.

13

—¿Por qué estás aquí? —preguntó Gabriela.

Sofía la escuchaba, pero apenas conseguía verla. La oscuridad era casi total. Había un techo, muy en lo alto, pero no se veía nada que lo sostuviera y además era un techo negro, sin estrellas fijas en él. Aunque se parecía, aquel no era del todo el sitio en el que ambas se habían encontrado tantas veces.

O tal vez lo que le había dicho a Teodoro era cierto, y cada persona ve la frontera —la región donde se encuentran los vivos y las sombras— de manera un poco diferente.

Cambiante. Sofía no estaba segura de haberla visto siempre como ahora. Chispas, o llamas diminutas, aparecían y desaparecían, amarillas aquí, verdes allá, blancas más arriba, más abajo, siempre a diferentes distancias y alturas, y permitían vislumbrar una silueta, un borde, de pronto el brillo de un ojo o de una cabellera, pero solo por un instante. Aquí realmente no había luz para ver con claridad a nadie. Gabriela estaba de pie, a pocos pasos de Sofía, más cerca de lo que nadie había estado de ella en aquel sitio, pero apenas estaba perfilada contra el resto de las sombras.

—¿Estás dormida? —insistió Gabriela—. ¿Estás soñando?

—No. Creo que no —respondió Sofía. El recuerdo le vino—. No. Ahora como que me privé. Por el susto. Pensé que me iba a matar otra vez.

—¿Teodoro te iba a matar? ¿Teodoro te mató la vez anterior?

—No lo sé. No. A lo mejor no. A lo mejor alguien más me mató así. Recuerdo cómo, pero no quién.

—¿Qué ha pasado? Yo no puedo ver nada desde aquí.

Las otras voces se escuchaban muy cercanas, más potentes que antes. Pero Sofía eligió ignorarlas.

—Yo ya tampoco veo. ¿En qué te quedaste?

—En que me aventaste para acá —dijo Gabriela—. ¿Sabías que, cuando me echas del cuerpo, vengo a dar aquí? La primera vez creí que no iba a regresar. —Su tono de voz cambió—. Aunque también pensé que me iba a volver loca del horror, y no. ¿A ti te pasa? No me siento como cuando estaba despierta. Más bien como cuando soñaba. Antes. Sé cosas que se me olvidan cuando regreso al cuerpo. ¡Y hablo distinto! ¿Oyes cómo hablo distinto?

En algún momento, pensó Sofía, *ella* podría regresar al cuerpo. Y luego, tal vez, no regresar jamás a la frontera. Tal vez era posible. Como cerrar una puerta. Dejar a Gabriela aquí, con las sombras, durante todos los años que le restaran de vida. Ya lo había imaginado varias veces en los últimos días: quedarse con su sitio y pasar todo el tiempo posible en él, bajo el sol, con la felicidad de la comida entre los dientes, de las vísceras dentro del cuerpo, del aire y de la piel. ¿No podría encontrar a la familia de Sofía, su familia? Podría vivir con ellos. Convencerlos de que era un milagro. O mejor aún, podría vivir sola, en algún sitio diferente, con un nombre que no fuera Sofía ni Gabriela. Todo esto pensaba.

Pero ahora sintió vergüenza.

—Además —siguió Gabriela—, puedo hablarte sin enojo. Sin caerte encima a golpes y sin decirte que te odio ni nada por el estilo. Creo que eres la primera persona a la que he odiado de verdad, pero mira.

Sofía no supo qué responderle.

Algo estaba pasando lejos, en el mundo. Lo sentía aunque aquí no hubiera cuerpo alguno que pudiera sentir. Tal vez el de Gabriela, tirado en el piso, se recobraba.

—No te vayas a querer ir —dijo Gabriela.

—No quiero —respondió Sofía—. Aunque tal vez pronto podamos ir las dos.

—Antes dime una cosa. ¿Quiénes son ellas?

Su brazo derecho se levantó en la penumbra. Sofía entendió que su gesto abarcaba a todas las otras sombras: las que se podían entrever y las que no, las que Gabriela no llegaría a alcanzar ni aunque caminara cien años. Eso es actuación, pensó Sofía.

—Ya sabes quiénes son —dijo—. Las que han matado.

—¿Por qué nada más ellas?

—Quienes no son mujeres, y no se han dejado ir todavía, están en otras partes. Ya sabes cómo son.

—¿Quiénes?

—Los que mandan.

—En realidad no sé cómo son —dijo Gabriela—. Pero creo que te entiendo. Es algo más de lo que sabemos cuando estamos aquí, ¿verdad?

Sofía asintió.

Las otras mujeres seguían hablando.

—Y me ibas a decir qué había pasado.

Sofía se lo dijo. Marisol había vuelto mucho antes de lo previsto. Al entrar al departamento, sin ver aún lo que sucedía, había comenzado a decir que se sentía culpable por dejar a su prima, por salir como si no estuviera pasando nada, hasta por abusar de las buenas intenciones de Teodoro.

Y se había encontrado el cuerpo de Gabriela casi desnudo en el suelo, sacudiéndose, chillando, mientras Teodoro, él sí desnudo del todo, trataba de sujetarla.

Marisol había empujado a Teodoro para separarlo del otro cuerpo.

Luego había querido hablar con Sofía, con la que ella seguía llamando Gabriela. Pero el cuerpo mismo era incapaz de hablar. Estaba engarrotado, ahogado en su propio terror, no podía comprender que la sensación de morir, que lo llenaba, era un recuerdo, un vestigio, proveniente de algún otro cuerpo. Un fantasma que el fantasma de Sofía había traído con ella.

—Ahora mismito no sé qué estará haciendo Mary, pero lo último que vi fue que nos hablaba. A tu cuerpo y a mí. Estábamos mal. Por eso vine a dar aquí —explicó Sofía—. Aunque creo que ya se está aflojando la carne. Cuando esté lo bastante tranquila, podremos regresar.

—Yo no sé cómo hacer eso. Ir y venir.

—Te tendrías que haber muerto primero —explicó Sofía— para aprender.

—También me podrías haber enseñado.

—No se me ocurrió.

Gabriela hizo otro gesto, ahora con su brazo izquierdo. La mano, tendida, abierta, se elevó hasta quedar un poco más arriba de su cabeza. Fue más extraño, pero Sofía pudo interpretarlo. Era un signo de rabia, una rabia enorme por justa, por nueva para quien la sentía, y a la vez de hartazgo. Pero una y otro estaban atemperados por una gran tristeza.

—No digas eso porque no es cierto. No quisiste. De haber sido por ti, me hubieras dejado. Te quedarías con mi cuerpo y no regresarías nunca.

Sofía pensó que debía negar esa verdad.

No lo hizo porque la mano derecha de Gabriela se alzó hasta juntarse con la izquierda y luego ambas se separaron, dibujando una curva precisa. Aquello era un signo más. Aun si ella misma no se daba cuenta, Gabriela tenía una certeza absoluta, de las que no hay en el mundo de la vida. Sabía que decía la verdad y la existencia entera la respaldaba. No tenía sentido discutir.

Pero el signo era algo bello de vislumbrar y algo que solamente podía ocurrir ahí, en la frontera. Era más sutil y a la vez más claro que cualquier movimiento que pudiera haber hecho Teodoro. Pero tal vez él tenía un poco de razón en todo lo que decía acerca de la magia de la actuación, los rituales y todo lo demás que repetía en los ensayos. Tal vez el teatro era un intento —muy poco exitoso— de llevar al mundo material el movimiento de los espíritus.

Algo sucedió en su conciencia: una sensación, clara, rotunda, pero diferente de las de un cuerpo vivo.

—Creo que la carne ahora sí se está destrabando —dijo Sofía.

—Me voy contigo. No me vas a dejar aquí.

—¡Gaby, Gaby! —gritó Marisol y era como si hubiera gritado el mismo nombre muchas veces. Así debía ser: su voz se oía ronca, áspera. De pronto, Sofía miraba su cara, ansiosa, con los ojos enrojecidos y rastros de lágrimas que llegaban hasta su boca. Tras ella estaba… el techo. El techo del departamento. No estaba detrás, sino arriba. Sofía estaba tendida. Sofía estaba de nuevo en el cuerpo tendido de Gabriela.

Trató de incorporarse y lo logró.

—Ay —dijo—. ¿Mary? ¿Qué pasó?

Una toalla que llevaba sobre el pecho se deslizó hacia abajo. Sofía la levantó.

—¿Gaby? —dijo otra voz, un poco más lejos. Sofía alcanzó a ver a Teodoro, sentado en una silla del comedor, desgreñado y muy pálido. Otra vez estaba vestido. Solo le faltaba ponerse los zapatos.

Qué vergüenza, dijo Gaby.

—Teodoro —dijo Marisol, sin mirarlo—, ya te dije que te vayas. Vete, por favor.

—Necesito hablar con ustedes. Con las dos. ¡Esto no es lo que parece!

—Ah, no, nunca es lo que parece.

Teodoro se levantó de la mesa.

—No te acerques —dijo Marisol, aún sin mirarlo—. Ven, Gaby, levántate. Vamos a tu cuarto —y otra vez a Teodoro—: ¡No te acerques!

En el cuarto, Marisol le puso un camisón y la acostó. Luego le alisó el cabello, como a una niña. Sofía disfrutó el tacto de sus dedos. ¿Traería a un doctor? Tal vez no necesitaba más que un poco de descanso, no sentía dolor ni había sangre.

Le vino otro recuerdo: había habido dolor y sangre en una ocasión anterior. Quizá no la de su muerte.

—Gaby —empezó Marisol.

—¿Sí, Mary? —dijo Sofía.

—Estate aquí. Descansa. Tengo que…, tengo que sacar a Teodoro. Pero ya no te va a hacer nada. Te lo prometo. Voy a poner la llave del cuarto.

—Está bien —dijo Sofía.

—Ay, Dios, ay, Dios —suspiró Marisol y Sofía entendió que se esforzaba para no volver a llorar.

Abrió la puerta y Teodoro estaba en el umbral. Marisol lo empujó para salir y cerró la puerta tras ella.

—Ya te dije que te vayas —escuchó Sofía.

—Por favor, Mary…

—Lárgate, ¿qué no entiendes?

—No estaba pasando lo que tú crees…

—Ah, no, seguro que no. Hazte para allá.

—En serio no hice nada.

—No te atrevas, Teodoro. No me vayas a salir con que ella…

—Mary, aquí está pasando algo que no comprendo, pero que es real. Es un fenómeno…

Los dos se alejaron. Sofía se levantó de la cama y se acercó a la puerta para escuchar.

No puede ser, dijo Gabriela. ¡Mi mamá me dijo que esto iba a pasar! *Le va a decir que yo quería o una cosa por el estilo.*

Déjame oír, la regañó Sofía.

—Teodoro, ¿de qué chingados estás hablando?

—Te digo que sí se siente como Sofía.

—«Se siente». ¡Ay, maldito! Hijo de tu…

—¡No, no, entiende! Yo estoy, estoy convencido de que sí es Sofía. ¡No me preguntes cómo! Tú sabes que hay cosas que la ciencia no entiende. ¿Qué tal que sí es ella, la conciencia, el *alma* de Sofía, como se llame? ¿Qué tal que vino al cuerpo de Gaby? Gaby es sensible, siempre vimos que era sensible. Como una médium…

Los dos quedaron en silencio.

Luego Marisol empezó a reírse.

Ah, caray.

—¿Qué te pasa? —se quejó Teodoro—. No seas cerrada de criterio.

—Ay, Teodoro…

—Marisol, yo sé lo que parece. Porque sabes cuánto la estuve buscando. Cómo sufrí. Cómo sufrimos todos, claro. Pero después de que desapareció…

—Teodoro, Sofía no está muerta. Y no desapareció. Nada más se fue y no te dijo.

Otro silencio.

—¿Qué? ¿Qué estás diciendo?

—Se escapó, Teodoro. El día de la manifestación aquella, cuando empezaron a dispararle a la gente, ella la libró. No sé bien cómo lo hizo, pero se escondió en alguna parte y a la siguiente semana me buscó. Nos buscó a mí y a Lina. Nos dijo que se iba. Tiene familia en un estado del norte, en Chihuahua, me parece, y se fue a vivir allá.

—Pero ¿cómo?

—Tú sabes que hay gente que ha hecho eso. Se quieren esperar a que se calmen las cosas. O ya no quieren vivir aquí. ¡Yo lo pensé también! Nomás porque soy muy terca…

Nunca me contó nada de eso, se quejó Gabriela.

—Pero ¿por qué no me dijo? —se quejó Teodoro—. ¿Por qué les dijo a ustedes?

—No sé.

—Yo era su novio. Soy su…

—No sé, Teodoro, te digo que no sé, ¿cómo voy a saber?

—¿No le preguntaste? ¿No le preguntaste por qué no me quiso decir a mí? —insistió Teodoro.

—Ya, Teodoro —dijo Marisol—, ya basta. Te estoy diciendo esto nada más para que entiendas. Gabriela está enferma. Te aprovechaste de una mujer enferma. Eres un animal. Y a lo mejor va a pasar lo que siempre pasa, o sea, nada…

—Ya no sé de qué putas estás hablando.

—¿Qué tal que la dejas embarazada? ¿Te vas a casar con ella? ¿Le vas a salir con lo que le decías a Lina o a Sofía?

—¡Marisol, por el amor de Dios, no alcancé a meter…!

—Lárgate. Ya lárgate. ¡Lárgate, con un carajo!

Marisol siguió gritando, pero su voz se alejaba. Sofía entendió que estaba empujando a Teodoro. La puerta se abrió y se cerró con fuerza. Marisol empezó a llorar. Sofía no se movió.

—¿Por qué me dijiste que yo era Sofía?

No lo sé, contestó Gabriela.

Teodoro llamaba a la puerta. Marisol le gritó algo que las otras dos no entendieron. Sofía se alejó de la puerta del cuarto.

—No soy Sofía. ¿Quién soy?

Pensé que sí eras. Pensé que… Estábamos allá, ¿te acuerdas? ¿La frontera, así se llama?, dijo Gabriela.

—Pensé que me conocías. Que la conocías a ella.

¡Nunca la conocí! ¿No oíste lo que me dijo Marisol cuando le pregunté? Pensé que podías ser ella. ¡Tú luego luego dijiste que sí!

Las dos mujeres siguieron discutiendo. No prestaban atención cuando Marisol fue de vuelta al cuarto de Gabriela y abrió la puerta con su llave.

—¿Gaby? ¿Estás bien?

Sofía, sobresaltada, volteó a mirarla. Marisol se veía un poco más serena que antes. Tal vez estaba fingiendo.

—¿Gaby? Te paraste. ¿Quieres salir, ir al baño? ¿No crees que te haría bien dormir un poco? Le voy a hablar a una doctora de confianza para que te revise…

—Ya oí que no soy Sofía.

—¿Eh? —dijo Marisol— ¡Sí! Es decir, no. Ese no es tu nombre. —Ella y Gabriela la vieron sonreír.

—¿Y entonces…?

—¿Entonces qué?

—¿Cómo me llamo? —preguntó Sofía.

Marisol la miró sin que la sonrisa desapareciera.

No te ha entendido, dijo Gabriela.

—Ella ha de saber quién soy —dijo Sofía, apartándose de Marisol—. ¿No? Ella lo está escondiendo. Ella te dijo que yo era alguien más. —Y caminó hacia la puerta.

Eso es una tontería, le respondió Gabriela. *Ya, estate tranquila. No hagas sufrir más a mi prima.*

—Yo voy a hacer lo que yo quiera —se burló Sofía. Marisol seguía sin entender lo que pasaba... o tal vez se había quedado sin fuerzas. ¡Qué poca cosa era esa mujer, qué cobarde! ¿No se suponía que había sobrevivido a una balacera del ejército? Iba a salir ahora mismo. No, tenía que vestirse primero. Y tal vez encontrar dinero. Y tal vez, antes de vestirse y de sacarle dinero a Marisol, podría sacarle la verdad. Aunque también podría sacársela a Teodoro. A lo mejor tenía que salir, después de todo, pero solamente al recibidor, a abrirle la puerta. Seguía allá afuera, gritando. Alguien más le gritaba a él, quizá. Un vecino. A lo mejor él sabía algo.

Nadie sabe, dijo Gabriela, *¿qué eres tonta? ¿No entiendes?*

Se dio cuenta de que había vuelto de la puerta al centro del cuarto y había dado media vuelta sobre sí misma, y ahora estaba yendo otra vez hacia la puerta, mientras Marisol la miraba con la boca abierta. Quiso detenerse y lo logró, pero sintió mareo. Las paredes, el suelo, daban la impresión de moverse.

Ya estuvo bueno, dijo Gabriela.

—¿Qué haces? —dijo Sofía, tambaleándose—. A ti también te quiero ayudar.

¡No mientas!, le contestó Gabriela.

El mundo desapareció como había reaparecido, de inmediato, sin aviso. Y otra vez Sofía estaba en la frontera, en la oscuridad vuelta penumbra por las luces con colores de mansedumbre.

—¿Por qué son colores de mansedumbre? —preguntó. No lo sabía.

—Así nos llegan las cosas que sabemos aquí, acuérdate —le contestó Gabriela, que estaba otra vez ante ella, entre todas las mujeres muertas.

—¿Y ahora qué pasó?

—Además de lo que estabas pensando, también me llegó la manera de regresarnos —le contestó Gabriela y a Sofía le pareció, por un momento, que ahora ella era la que estaba sonriendo, aunque no tuviera razón alguna para sonreír—. De aventarte para acá, como tú dices.

Sí. Gabriela sonreía.

—*Idiota* —agregó y se echó a correr, y en un instante Sofía la perdió de vista entre las otras sombras.

14

Sofía estaba sola en la penumbra.

No fue de inmediato tras Gabriela. El tiempo pasa de modo raro en la frontera, a veces igual que en el mundo, a veces más rápido o más despacio, pero Sofía no estaba acostumbrada a percibirlo así. Ahora lo sentía como si soñara, como Gabriela debía haberse sentido en muchas ocasiones. Como una mujer viva.

Le costaba actuar, reunir la voluntad suficiente para no solo quedarse donde estaba, viendo los destellos de la luz entre las sombras.

Gabriela no volvía.

—Gaby —alcanzó a decir luego de un momento. En realidad ya no podía verla.

—No la pierdas —le dijo una voz.

Sofía se volvió despacio, despacio, como si pudiera gastar todo el tiempo en ese movimiento. Tras ella estaba otra sombra. Por una coincidencia de varias luces en lo alto, Sofía alcanzó a ver que tenía el cabello blanco y peinado en un chongo, y que vestía un camisón, como una señora recién sacada de su cama de matrimonio o de enferma.

Aunque el camisón era negro… En los sueños podía pasar todo, pero ¿a quién se le ocurre ponerse un camisón negro?

—¿Por qué no la puedo perder? —le preguntó Sofía.

—Tú sabes por qué no la puedes perder, florecita —respondió la vieja. *Era* una vieja.

—No me han dicho.

—Sí te han dicho, pero nada más haces caso de lo que te conviene.

—¿Porque sin ella no puedo regresar? —preguntó Sofía.

—Eso. ¿Ya viste cómo sí sabías?

—No se me hace justo —objetó Sofía, pero ya estaba empezando a caminar. O a desplazarse. No sentía el movimiento de sus piernas. No sentía esfuerzo alguno. Solamente veía que las otras mujeres se apartaban de ella al verla acercarse. Pasaba a un lado de una, a un lado de otra; alcanzaba a ver un poco más de sus caras y ninguna era Gabriela. Y la vieja, la mujer del camisón negro, seguía a su lado.

—No me veas a mí.

—Usted es como un fantasma —dijo Sofía.

—Ay, no seas tonta… Para allá, mujer —dijo la vieja—. Mira para allá. Para adelante.

Sofía obedeció. Vio los rostros incontables de las mujeres, de las sombras entre las que había estado y ahora volvía a estar. Tras cada una se adivinaban dos más, y más y más y más a medida que la vista quería alcanzarlas y abarcarlas a todas. Al final, la oscuridad vencía y no era posible ver más allá de cierta distancia, pero era una gran distancia, alumbrada siempre con esas lucecillas del aire. Miles de siluetas, millones de sombras que no tenían cuerpo, que habían sido arrancadas de sus cuerpos, pero retenían el aspecto que habían tenido sobre la Tierra.

Ella sabía por qué no se dejaban ir, no se disolvían en la oscuridad que no era aire, ni espacio ni vacío. No quiso pensar en ello. Para acompañar su movimiento, se le ocurrió comparar la muchedumbre con el mar: alguien, Samuel, Ana Luisa, lo había dicho en algún ensayo. «Mar de gente». Pero a las palabras que medio recordaba, quizá a alguna imagen de la televisión, una foto de revista, se sobrepuso un recuerdo. Uno clarísimo: sus propios pies sobre la arena mojada, compacta, mientras una onda, como una mano cristalina adornada con burbujas los acariciaba y jugaba a enterrarlos un poco. Ella era una niña. Olía la sal del agua:

de tan intenso, el olor pasaba a su boca y se volvía un sabor acre y fresco. También sentía el frío de olas un poco mayores que lamían sus piernas, el calor del sol sobre la cabeza, la aspereza de la arena en sus plantas. Y el rumor que se oía en ese recuerdo era el del mundo entero: las olas, gaviotas, voces humanas que jugaban y reían, el rumor de lo que iba quedando más y más lejos y se confundía, en el horizonte, con el silencio.

Sofía tenía ahora una certidumbre: en su primera vida había visto el mar. Podía no recordar su propio nombre, ni quién la había matado, pero ahora tenía esa verdad. Apenas pudo disfrutarla. Esta, en la que estaba ahora, corriendo todavía, mirando el sinfín de las caras muertas, era una inmensidad mayor que cualquier mar, que todos los mares y todos los días de todos los mares: una extensión que no hubiera cabido en ninguna parte, que hubiera cubierto las aguas de un mar verdadero y sepultado a las ciudades más grandes, a los bosques y los desiertos, a la noche y el día. Pero no era parte del mundo y todas las sombras que la habitaban hubieran hecho lo que ella: saltar de vuelta a la vida, aferrarse a la carne. ¿Cómo era posible que algo tan miserable, tan pequeño, tan lleno de padecer y de dificultades, las atrajese tanto?

Ella lo había sabido. Después, el final de su primera vida, al llegar a la frontera, lo había entendido perfectamente.

—Yo no me quería morir. Sí, la verdad es que no tenía ganas ni de que me tocara porque estaba muy cansada. —Alcanzó a escuchar a una de las mujeres, al pasar a su lado—. Y él estaba muy urgido y se enojó y…

—Cuando me bajé del coche —decía otra, más alta, un poco más adelante, y siguió sin mirar a Sofía—, no supe para dónde irme. Entonces vi luz, a lo lejos, y me fui en esa dirección. Había un edificio, más lejos de la carretera. No es justo…

—Yo no soy de aquí —se quejaba una más, con una voz trémula y llorosa—. Yo soy del estado de Durango. Una prima me habló y me fui a verla, y lo último de lo que me acuerdo es que estaba saliendo y alguien me tapó la boca…

Algunas mujeres, muy pocas, callaban. Pero el resto decía y decía —quién sabe a quién, a nadie, a Gabriela que había pasado por allí, a Sofía que llegaba ahora— lo mismo: lo tristes, lo absurdas que habían sido sus muertes, y lo mucho que deseaban no haberlas tenido así. Ni así ni de ningún otro modo. Estaban disgustadas, ansiosas, aterradas. No habían podido hacer la paz con el fin. No se habían convencido de la enormidad invencible de la muerte, que se da en porciones infinitamente pequeñas aunque venga de un depósito inagotable. Su propia muerte, la de Sofía, o quien quiera que fuese, había sido así.

(¿Estaría allí la niña que ella recordaba, la del pelo trenzado y el trozo de pan, la de la pileta y el velorio?).

Otra certidumbre llegó hasta ella, sin avisar. *Ahora Gabriela lo entendía todo también.*

Gabriela, que seguía huyendo de ella, corriendo, cada vez más lejos, también sabía ahora lo que significa haber muerto, y haber muerto como las mujeres que estaban ahí, en esa porción limitada del infinito.

—Oye —dijo una de ellas—, espera.

Sofía se detuvo, pero no alcanzó a distinguir quién le había hablado. Miró para un lado y para el otro. Algunas de las otras mujeres voltearon para mirarla; otras, no.

—¿Qué haces? —le dijo la vieja— No te quedes ahí.

—¿Quién es? —preguntó Sofía.

—Soy yo —le contestó otra voz. No era la que había hablado primero.

—Ya estás muy metida de este lado —le advirtió la vieja—. No te me distraigas o no la vas a alcanzar.

—¿A usted qué le importa si la alcanzo o no? —se quejó Sofía.

—Ya te dije y ya sabes: si no la sacas de aquí, no sale ninguna de las dos.

—Adriana, soy yo, tu mamá —dijo otra mujer y ella sí se movió para alcanzar a Sofía y tocarla. Sofía la sintió: un contacto helado que le dio la impresión de propagarse por el cuerpo que ya no tenía, de atravesarla y salir de ella, de enraizarla en esa tierra que no era tierra.

—Yo no me llamo Adriana —dijo Sofía, con trabajos.

—Tú no sabes cómo te llamas —dijo otra mujer más. Estaba justo delante de Sofía, como cerrándole el paso. A ella pudo verla un poco mejor: llevaba un vestido largo y sucio, el cabello revuelto, y algo, un collar de cuentas, hacía ruido sobre sus hombros y su cuello.

—Hazte para allá —dijo la vieja, Sofía no supo a quién.

—Hazte tú —dijo otra mujer más, una muchacha más esbelta y más joven, que estaba desnuda y venía de un poco más lejos, caminando hacia Sofía—. Ella viene de afuera.

—¿Verdad que sí? —dijo una niña, que caminaba detrás de la muchacha desnuda y que llevaba un vestido de manta—. ¿Verdad que se nota? ¿Verdad que huele?

—Por eso no te tenías que detener —se quejó la vieja—. Babosa.

—¡Ora! —dijo Sofía, apartándose, pero no pudo alejarse mucho. Las otras mujeres estaban más cerca ahora. Sofía tocó a dos a la vez con un brazo y el frío de ambas fue un dolor espantoso.

¡Y ella nunca había sentido frío ni dolor de este lado! De este lado ya no había nada, ya estaba perdido todo, y por lo tanto esos sufrimientos ya no tenían cabida. Otros, sí. Desolación. Arrepentimiento. Rencor. Todos los que podían alimentarse del pasado, de lo ya irremediable, de lo que había quedado sin resolver ni compensar.

Pero, ahora, Sofía ahora estaba sintiendo miedo. Más y más mujeres la rodeaban a ella y a la vieja. No es que dieran la impresión de estar enojadas o deseosas de hacerles daño. Al contrario, ellas mismas parecían atemorizadas, aunque también ansiosas, intrigadas. Deseaban estar cerca de ella. Los instantes de luz que revelaban sus caras descubrían expresiones de asombro y (cosa absurda en la frontera, cosa imposible) de esperanza.

—¿Se puede regresar? —dijo una de ellas.

—¿Es cierto que se puede regresar?

—Esta huele a que regresó.

—Pero está aquí.

—¿Qué están diciendo? —se quejó una desde más lejos.

—Que alguien vino, se fue y regresó.

—Que nos van a regresar.

—¿Quién nos va a regresar?

Y más y más escuchaban, y no entendían y se acercaban.

—Gaby nunca cruzó la frontera y por eso no le pasó esto —gruñó la vieja, que estaba más cerca de Sofía que todas, pero tampoco la tocaba.

—Ahora sí la cruzó.

—Ahora eres tú la que huele a viva, zonza. Cállate y obedece. No grites.

—¿Por qué voy a…? —empezó Sofía y entonces la vieja la tomó de la mano.

Dolió tal como había dolido su muerte. Otra verdad que llegaba a ella de su primera época en el mundo. Sofía gritó un poco, pero pudo recordar lo que había escuchado y se obligó a callar.

La vieja tiró de ella y las dos echaron a correr, o no, a volar, a lo que fuera que hacía la vieja para desplazarse. El círculo de mujeres quedó atrás. También quedaron atrás mujeres que se acercaban al círculo, con expresiones un poco menos ansiosas, un poco más resignadas. Más rápido, más rápido. Sofía tenía la impresión de estar siempre a punto de chocar, de atropellar a cientos o a miles de aquellas mujeres, pero no tocaba a ninguna. Y por fin estuvieron en una gran planicie de sombras que no habían escuchado siquiera el alboroto y no sabían nada de Gabriela ni de Sofía, ni de la protectora de las dos.

—Qué bueno que sí te callaste. —La oyó comentar. Sofía no respondió, seguía guardando sus gritos, porque el dolor no cesaba—. Ahora escucha. Me tienes que escuchar porque Gabriela no me escuchó. Cuando me enteré de lo que podía pasar, luego luego se lo quise decir y me equivoqué. Se lo dije estando ella muy chica. No me entendió, la pobre.

Más y más gente, más y más mujeres, muchachas, niñas muertas que aparecían y desaparecían delante de ella. La multitud era siempre igual de enorme, de espesa, de oscura…

—Escucha —siguió la vieja—. Lo que me mandan decir es esto. La sacas de aquí y que te ayude. Ella te puede ayudar. Ven qué falta por hacer y así justificas tu salida. Y entonces se verá qué pasa y dónde te toca. ¿Me entiendes?

—No —alcanzó a decir Sofía, con gran esfuerzo.

—Presta atención y verás.

El dolor empezó a debilitarse. La mano de la otra muerta estaba soltando su propia mano. Le dio la impresión de que se tardaba una eternidad. Sofía pensó que ahora sí iba a poder gritar, pero su boca solo dejó escapar un gemido.

Las dos estaban detenidas en un borde. Una parte de la frontera donde realmente había un poco menos de gente. Las luces alumbraban menos rostros y menos cuerpos. Y más allá de cierto punto, solamente a uno. Y luego, nada.

—Ya no hay más —se quejó la mujer sola. Les daba la espalda—. Me tardé un montón en llegar hasta acá y resulta que no hay nada. Ni siquiera se puede seguir.

—La nada que imaginas siempre será más grande —dijo Sofía, sin entender exactamente a qué se refería.

—Gabriela —llamó la vieja—. Gaby. Niña. Mi niña.

Gabriela se volvió hacia ellas.

—¿Quién es usted? —dijo—. A ella no la quiero ver. De ella me estaba escapando. Que se regrese ella sola, a ver si puede.

—Ya se arrepintió —dijo la vieja. Sofía quiso contradecirla. No pudo. No quería quedarse allí, pero *sabía*: sabía que necesitaba la ayuda de Gabriela. Sabía que esa necesidad era ineludible. Las leyes y los caprichos de aquel lugar venían a ella y se asentaban en su memoria como en los sueños, pero también como en la vida, porque venían de autoridades que no conocía, que no podía ver ni cuestionar, y que no toleraban la desviación.

Se dio un momento para imaginar una gran luz en la frontera de las muertas: un sol rojo, recién nacido, hecho de pura rabia encendida. Iba a aparecer. Iba a alumbrar la oscuridad, a hacerla desaparecer, y todas, todas las que ahora veía como sombras, se mirarían unas a otras. Podrían verse las caras despacio mientras escuchaban sus historias. Podrían mirar las partes vacías, las líneas divisorias. Podrían cruzarlas, todas juntas, una multitud interminable.

Pero, ahora, Sofía tenía que mirar a Gabriela, que se negaba a mirarla, y escuchar a la vieja, que decía:

—Y yo soy tu abuela, niña. ¿Qué no te acuerdas de mí?

—¿Mamá Azucena?

Gabriela dio un paso hacia ellas.

—Usted la conoce —dijo Sofía. Era obvio, pero estaba confundida. ¿Cómo las habría encontrado? ¿Qué quería?—. ¿De qué privilegios goza? —preguntó, pero la vieja, la abuela, no le hizo caso. Le pareció ver que le sonreía a Gabriela. También le tendió los brazos y Sofía sintió miedo—. Tú no la toques.

—Esto ya había pasado —dijo Gabriela—. ¿O lo soñé? Tú no estabas cuando la vi la otra vez —le dijo a Sofía—. Mamá Azucena, ¿me morí?

—No.

—Pensé que sí estaba muerta —dijo Gabriela—. Pero me siento rara. A lo mejor estoy soñando.

—Vengan acá las dos —dijo la abuela—. Tengo que hablarles y se tienen que acordar de lo que les diga.

En la frontera pasó un tiempo no sin medida, pero sí muy largo, difícil de apreciar incluso para quienes ya tenían experiencia en la muerte. Se dice entre las mujeres que, si caminan en cierta dirección, están yendo en realidad hacia el pasado. Y que otra dirección lleva al futuro. Lo que está a su alrededor se ve siempre igual. Ni en este tiempo, ni en un tiempo encima del tiempo, ha cambiado nada todavía. No ha llegado el sol deslumbrante que algunas esperan. No hay otro destino que esperar y todo es la misma penumbra, visible de muchas formas distintas, fija y eterna a su propia manera.

En el mundo de la vida pasaron horas y después Gabriela abrió los ojos.

15

No me llamo Sofía, se quejó.

Los padres de Gabriela estaban llegando. Era viernes, apenas había pasado un día desde lo de Teodoro, desde la última visita de ambas a la frontera.

Pero tampoco te acuerdas de tu nombre, le recordó Gabriela. *De algún modo te tengo que llamar.*

Estaba sentada en la salita, vestida con una blusa blanca, un suéter ligero de color rosa y una falda larga. Un atuendo discreto y correcto. Se había trenzado el cabello y se veía bien. Tranquila y sana. Sofía podía mirar y hablar desde su interior, pero no iba a hacerla a un lado. No iba a moverse siquiera.

La discusión de Gabriela con Marisol había sido muy desagradable:

—¿Por qué los llamaste? ¿No te podías esperar un momento? Veme, estoy bien.

—Estabas desmayada.

—¡Me iba a despertar! Y mira, soy Gabriela. Sé que soy Gabriela. No sé qué me pasó, pero… ¡Ya se me pasó! ¡Mary, te digo que ya se me pasó!

Pero ya no había remedio. Para cuando Gabriela estuvo de acuerdo con Sofía, y ambas pudieron volver juntas del otro lugar, Marisol ya había llamado a los papás de Gabriela. Ahora estaban a punto de llegar.

Tenemos que saber qué me pasó, dijo Sofía.

Ya lo sé.

—¿Me puedes esperar tantito? —le dijo Marisol desde la puerta de entrada—. Creo que ahí están.

—Ay, Mary, sí. No voy a hacer ninguna tontería. Te lo juro.

Marisol no respondió. Salió, cerró la puerta por fuera y dio dos vueltas a la llave.

—¡Mary! —se quejó Gabriela. Escuchó los pasos de su prima, que bajaba las escaleras.

Sí han de ser, le dijo a Sofía.

¿Y ahora?

No sé, no sé.

No nos podemos salir.

¡Pues no! Peor lío íbamos a hacer. Y además, ¿por dónde? ¿Por la ventana?

¿Crees que nos vayan a meter a un loquero?

Gabriela ya lo había pensado. No tenía claro si Sofía podía ver esos pensamientos, pero estaban incluso ahí, ahora, entre sus manos entrelazadas y el frío que se acumulaba sobre su estómago, como si fuera a entrar a un examen o a recibir una reprimenda de su papá.

Si es un loquero, dijo con amargura, *va a ser a mí a la que metan. Tú te vas y ya. Me tendrás que ir a ver de vez en cuando para platicar. Para que me digas cómo es México en el año 2000.*

La voz de Sofía no se escuchaba. No era un sonido. Tampoco podía verla, sentir su contacto, nada. Pero supo que se agitaba, muy adentro.

Tu abuela nos dijo que no me puedo ir, dijo Sofía. *Me tengo que quedar contigo. Solo así me vas a poder ayudar.*

La puerta del departamento se abrió. Antes de verla, Gabriela pudo escuchar la voz de su mamá:

—Ay, hija, íbamos a llegar antes, ya ves que te había dicho, pero tu tío se sintió un poco mal en la mañana…

—No me sentí mal —replicó su papá y Gabriela lo vio entrar primero. Tuvo una impresión extraña, se veía como lo recordaba, con su suéter de lana, su sombrero negro (como el de James Bond, decía siempre) y sus pantalones grises. No estaba notablemente más viejo. Y no tenía por qué estarlo. Lo había visto apenas unas semanas antes.

Solo tenía la impresión de haber pasado muchos años fuera porque había estado *afuera*, allá, expulsada por Sofía.

—Papá —dijo. Él la miró brevemente, pero no se detuvo. Fue directo al baño. Su mamá llegó hasta el sillón, se sentó y la abrazó antes de que Gabriela pudiera levantarse.

Gabriela se sintió como una niña otra vez. Por un momento. Abrazó a su mamá y sintió su aroma debajo de la tela de su blusa, igual que toda la vida. Pensó que iba a llorar de felicidad, realmente se sentía alegre de verla, alegre como hacía semanas, como años antes. En esto el tiempo había hecho menos mella aún.

—Ay, hija, hija —dijo su mamá, sin dejar de apretarla—, ¿qué te pasó?, ¿qué hiciste?

—¿Cómo que qué hice? —se quejó Gabriela, todavía con el rostro apoyado sobre la tela.

Y se apartó. Su mamá la miró con sorpresa.

—¿Y ahora? Ay. Gabriela, bueno… —Miró hacia la puerta del baño y se inclinó hacia Gabriela—. Mira, en lo que tu papá sigue adentro… Explícanos qué pasó, pues.

—¿Qué les dijiste, Mary? —preguntó Gabriela. Marisol, todavía en el umbral, se sonrojó.

—No te enojes con ella, Gabriela. La verdad es que ni le entendí bien —empezó su mamá— y además yo me había quedado en lo de las «actividades extraescolares» de las que nos hablaste la otra vez. ¿Te acuerdas? Tú sabes que a mí estas cosas de gente joven… Mira, con esto te digo todo: cuando nos acabó Mary de decir, yo pensé en tu primo Checo, ¿te acuerdas de Checo?

—Mi primo Checo, el que se murió de borracho —dijo Gabriela, ofendida.

Qué bárbara, comentó Sofía. El excusado empezó a dejar caer agua y el papá de Gabriela salió del baño.

—Nada más una cosa les digo: que no me sentía mal —insistió él—. Gabriela, ¿dónde está tu maleta? No me vayas a decir que no la hiciste.

—Nacho, ven tantito —dijo su mamá—. Siéntate.

—Mujer, tenemos que regresarnos ya.

—Gabriela quiere contarnos qué pasó.

—Que nos lo cuente en el coche.

—Papá —pidió Gabriela—, espérate. No sé qué les habrá dicho Marisol…

—Oye, Gabriela, no les dije nada que no fuera la verdad —respondió Marisol, disgustada, mientras avanzaba hacia ellos.

La discusión no comenzó siquiera. El papá de Gabriela se sentó en el otro sillón y cruzó los brazos. Marisol no fue capaz de explicar qué había dicho por el teléfono y solo habló de que el tío Enrique, sin saber más detalles, había llamado en la mañana. Mandaba saludos y buenos deseos. Gabriela y su mamá terminaron haciendo una maleta deprisa, llenándola casi al azar con ropa y unos pocos objetos personales. Los discos de Marisol, algunos libros. Las fotocopias de *La calle de la gran ocasión*, que Gabriela no le había devuelto a Ana Luisa, se quedaron sobre la cama, sin que nadie las mencionara. Tampoco se habló en absoluto del grupo de teatro ni de Teodoro, ni del semestre que estaba a punto de comenzar. Gabriela no había hecho trámite alguno para inscribirse en las nuevas clases.

—La gente no tiene ni que enterarse de que andas en casa —fue lo único que comentó su mamá.

Marisol no quiso regresar con ellos a Toluca. Los papás de Gabriela no quisieron discutir, así que ellos y Gabriela subieron al Chevrolet Impala blanco que esperaba ante la entrada del edificio y se fueron sin ella. Nadie salió a mirar lo que sucedía ni se asomó por las ventanas.

Durante el viaje, el papá de Gabriela se concentró en tomar con cuidado las curvas cerradas de la carretera México-Toluca.

—No me hablen porque no quiero que salgamos en las noticias —dijo.

—No seas exagerado, Nacho —dijo la mamá de Gabriela—. Nada más ve despacio. Ni que fueras chofer de Flecha Amarilla.

—¿Son —preguntó Gabriela— los que dicen «Primero muertos que llegar tarde»?

Nadie le respondió.

Creo que sí son ellos los que dicen eso, dijo Sofía. *Pero todo el tiempo están chocando y cayéndose en barrancas. ¿No?*

—Ya te estás acordando de más cosas —dijo Gabriela en voz alta, sin darse cuenta.

—¿Qué dices, hija? —preguntó su mamá.

—Ay, no, nada, estoy pensando en voz alta.

—¿De qué te acordaste?

—De más cosas que les quiero contar. Por favor díganme qué les dijo Marisol.

—En la casa —gruñó su papá.

A mis papás no les gusta hablar de muchas cosas, dijo Gabriela, ahora sí sin hablar.

A mi mamá tampoco le gustaba, respondió Sofía. *Tuve una mamá. Ahora me estoy acordando.*

¿Y los demás? ¿Tu papá, tus hermanos?

Creo que papá no. A lo mejor nos dejó. Me suena a eso. Estas cosas nos pueden servir, ¿no? Para ir viendo qué me pasó.

Ya no te voy a poder ayudar, respondió Gabriela. *No me van a dejar salir. Ya me puedo imaginar. Van a esconderme en la casa porque deshonré a la familia. Eso va a decir mi papá. Deshonré a la familia con lo que me pasó, con haberme metido de actriz, haber dejado los estudios..., habérmele echado encima a Teodoro...*

No dejaste los estudios. Y no te le echaste encima a nadie, dijo Sofía.

Pero tú sí, le recordó Gabriela.

A la altura de Ocoyoacac, cerca del Centro Nuclear, la carretera se volvía más recta. El papá de Gabriela apretó un poco el acelerador. Aún había luz, pero el cielo del oeste ya era rosa y rojo en su borde más remoto.

La mamá de Gabriela encendió la radio del coche, pero no pudo sintonizar ninguna estación. Estaban lejos de una ciudad y de la otra. Apagó el aparato.

Oye, dijo Sofía. *¿Estás segura de que te quieren encerrar? ¿No podremos hablar con ellos?*

¿Podremos?

¡Bueno, podrás, lo que sea! Yo no me meto si no quieres, pero... Ya habíamos quedado. Con tu abuela. Tú no quieres que me quede.

No. Pero ya te dije lo otro que puede pasar: que me manden con un doctor, con el loquero.

Tú no estás loca, objetó Sofía. *Además, oye, ¿te das cuenta de lo que está pasando...?*

¿Qué?

¡Es un milagro, Gabriela! ¿No será un milagro? ¿No será Dios quien le habló a tu abuela? ¿No deberíamos más bien decirle todo a tus papás, a todo el mundo?

Ay, Sofía. Yo no soy el papa. A mí no me toca hablar de milagros. ¿Sabes qué es alguien como yo cuando se pone a hablar de milagros?

No. ¿Qué?

Una loca.

Las dos se quedaron calladas por un rato.

No sé, continuó Gabriela, de pronto, *si hay un hospital psiquiátrico en Toluca. Pero imagínate que me internaran. ¿Cuándo iba a salir? Si eso pasa, nos vamos a tener que acostumbrar a estar juntas. A lo mejor llegamos a ver el año 2000 y toda la cosa...*

Eso ya lo dijiste. Yo no quiero ver el año 2000. ¿Por qué te importa tanto el año 2000?

—¿Porque es el futuro? —otra vez Gabriela hablaba en voz alta.

—¿Qué? —preguntó su mamá. Ya estaban avanzando por el Paseo Tollocan, cerca de la zona industrial.

—Nada, mamá. Pero tenemos que platicar. Les tengo que…

—Al rato —la cortó su papá. Encendió la radio y de inmediato sintonizó un programa de noticias. El programa terminó media hora después, cuando ya estaban en plena ciudad.

—¿Qué pasó ahí? —dijo Gabriela, asombrada. Estaban en el límite de un fraccionamiento. Una casa en una esquina, pequeña, cuadrada, de color blanco y con un borde anaranjado decorando la parte alta, tenía un agujero enorme en su fachada, en lo que probablemente había sido su sala. El agujero estaba tapado con una lona. Delante, el pasto de su pequeño jardín estaba arrasado, como aplastado y hecho trizas por algo de gran tamaño y peso.

—Fue un coche, ¿no, Nacho? Ayer en la tarde.

—Sí. Se les fue encima hasta su sala —dijo su papá, como si hablara del clima—. El conductor ha de haber estado borracho.

—Por suerte no se murió nadie —dijo su mamá—. Creo.

—Me decía Fer, el de la papelería —dijo su papá—, que no son gente… Bueno. Son como ocho o diez en esa casita. Y una de las hijas no se ha casado, pero ya tiene como siete meses.

Ya en casa, estacionados en la cochera, Gabriela bajó su maleta y la llevó a su cuarto. El mismo de siempre. Como si no hubiera salido de la ciudad, mucho menos del mundo. Como si no hubiera pasado nada. Se sentó en su cama, que tenía el mismo sarape de siempre sobre la colcha. Quiso mirar por la ventana y vio el pequeño trozo de jardín, el rosal y el helecho, la barda exterior que daba a la calle. Como siempre. Como si nunca le hubiera pasado nada.

—Haz de merendar, ¿no? —Oyó pedir a su papá.

Creo que no soy del D.F., dijo Sofía.

Entonces seguro no eres esa Sofía, respondió Gabriela. *Ella sí es de allá.*

Me morí allá. Eso sí lo sé. Y tú me tienes que ayudar. Tú dijiste que sí. Por favor, me tienes que ayudar.

Durante la merienda, la familia Méndez habló un poco más.

—Como vas a perder el siguiente semestre —sentenció su papá—, te puedes meter a alguna clase acá de aquí a fin de año. Y luego ya vemos.

—¿Pero qué vemos? —preguntó Gabriela—. No entendí.

La mesa, también, aún era la misma: cuatro piezas de cedro brillante, aunque un poco desgastado, que formaban un diamante en su centro. Las cubría el mismo mantel blanco de ganchillo. La vitrina seguía donde siempre, a un lado y pegada a la pared, y las altas copas, las figuritas de Lladró y los recuerdos de bodas y bautizos seguían en su interior, sobre los estantes de vidrio transparente, protegidas por las puertas de madera con paneles de vidrio verdoso.

—Vemos si te metes a la universidad acá —respondió él— o a una carrera técnica... Si por mí fuera, no te meterías a ninguna otra cosa, aunque digan que «tronaste», o como digan ustedes ahora...

—¡Ignacio!

—... pero, vaya, ya me dijeron que soy un viejo anticuado.

—Nadie te dijo eso, Ignacio —objetó su mamá—. Te dijimos que las cosas son distintas. Tu tía Rosa —le explicó a Gabriela— y yo hablamos con él el otro día. Fíjate que tratamos de ser modernas, como dice Mary.

—Ah, sí, Socorro —se burló su papá—, bien modernas.

—Pero ¿entonces también mis tíos ya saben?

—Y nadie más se va a enterar. Ya quedamos de acuerdo. Tu tío Claudio también.

—¿No van a...?

—¿A qué? —preguntó su mamá.

Gabriela no pudo más y preguntó:

—¿Qué fue lo que les dijo Marisol? Ya, díganme. Por favor. No me tengan así. ¿Qué están pensando que pasó?

¡No te quieren meter a un manicomio!, intervino Sofía. *¿No ves? Nomás quieren que no se sepa. Que la gente no piense mal.*

—¿Qué fue exactamente lo que dijo ella, Socorro? —preguntó su papá. Luego, despacio, haciendo un gran esfuerzo para pronunciar palabras que obviamente no quería decir—: ¿Cómo se llama? ¿Un ataque de histeria?

—¡No, nunca dijo «histeria»! Lo que dijo fue crisis nerviosa —Su mamá volteó para mirarla—. Nos dijo que te sentiste mal por la presión. De tantas cosas que llevabas encima. Que estabas frágil. Y sí, eres una persona frágil. Cómo me acordé de cuando se murió tu abuela Azucena, cómo te pusiste.

—Descubrió el agua tibia la Marisol— gruñó su papá.

—¿Y lo de mi primo Checo? —preguntó Gabriela—. ¿Lo que estabas haciendo, de compararme con mi primo?

—¿Cuándo le dijiste eso?

—¡Ay, Ignacio, no! Hija… Perdón. Me acordé de él porque también él era frágil. Pero él se fue por el mal camino. No hay comparación. Tú nada más te distrajiste de los estudios, te echaste encima todo ese otro compromiso.

—Si te hubieras hecho novia de alguno de esos, ¡uy, ahí sí ardía Troya! —dijo su papá y luego, con expresión desconfiada, añadió—: Porque no te fuiste a meter con ninguno de esos, ¿verdad?

Gabriela se quedó con la boca abierta.

Su papá comenzó a reírse a carcajadas.

—¡La cara que pones!

La mamá de Gabriela les sirvió de cenar. Café y leche con pan. Tenían de los polvorones que más le gustaban a Gabriela, con el interior hueco, la superficie que se desmoronaba casi al tocarla y el sabor concentrado a azúcar en el polvillo de la harina. Su mamá llegó a platicar del final de *Las gemelas*, que le había parecido absurdo y Gabriela no había visto siquiera. Su papá quiso hablar de futbol y lo hizo pese a que ninguna de las dos estaba enterada de que Nacho Trelles, el entrenador de los Diablos Rojos, no lo estaba haciendo tan bien como en la temporada anterior. De cualquier forma habló un rato de él, de Roberto Silva (portero) y Albino Morales (delantero). Después prendió la televisión que estaba en la sala, entre los sillones amarillos de toda la vida, porque ya iba a comenzar *24 Horas*.

Y Gabriela se dio cuenta de que no, no deseaban hacerle mal a su propia hija, ni encerrarla por estar manchada o ser una deshonra, pero tampoco iban a hablar en serio de lo que Marisol les había dicho, de lo poco que sabían. Nunca iba a haber manera de decirles nada más. Mucho menos de empezar a contar la historia de Sofía…, o de cómo había vuelto a ver a su abuela, después de tanto tiempo…

En otro momento, tal vez, ella misma hubiera preferido callarse todo. O si le hubiera pasado a alguien más, a alguna de sus amistades en la facultad o en El Espacio Constante, a la propia Marisol. Era lo mejor para todo el mundo. Hacer como que nada había sucedido y, con suerte, tener la suficiente confianza en quien había ¿sufrido? (dado el mal paso, perdido la razón, lo que fuera) para poder seguir viviendo con él o ella cerca. Convencerse, con el tiempo, de que no había sido para tanto.

Pero alrededor de la mesa no había tres personas, sino cuatro.

Y por la noche, cuando se fue a dormir, Gabriela soñó. Primero creyó haber vuelto a la frontera, pero no, aquello era el mundo. El mundo de noche. Un campo abierto, o no, no: una calle, un exterior. Había edificios a un lado y al otro. También había truenos. Estallidos. Caían chispas del cielo, como en el otro mundo, pero eran chispas de verdad, provenientes de las explosiones.

Explosiones de cohetes. Fuegos artificiales.

Y Gabriela miraba a una mujer tendida en el suelo, sobre tierra apisonada, de espaldas. La mujer no se movía. En cambio, un hombre, jadeante, se apartaba con torpeza de ella e intentaba levantarse del suelo. Gabriela miró la cara de la mujer y reconoció a Sofía: la cara que había entrevisto de Sofía, tantas otras veces, en sus otros sueños. También entendió qué eran las manchas en su vientre y su pecho.

Sangre.

Se despertó. Su corazón latía deprisa. Hizo un gran esfuerzo y logró quedarse quieta. Miró el techo de su cuarto, muy oscuro, pero visible a pesar de todo, con su único foco apagado, y se concentró en respirar despacio, en calmarse. Entrevió las cuatro paredes, la cortina corrida, su tocador. Cerró los ojos. Sentía las lágrimas detrás de los párpados, pero no quería llorar. Tanteando, logró hallar el borde de las cobijas y taparse nuevamente. La sábana olía apenas a blanqueador. Sus piernas se tocaban dentro de su propio camisón. Era de madrugada y el silencio de la casa se oía: un rumor que estaba en todas partes y no venía de ninguna. Ahora no silbó ningún tren, pero el silencio de la ciudad seguía allí, afuera. Como siempre.

Gabriela se mantuvo despierta durante un rato, respirando, escuchando, sintiendo su parte pequeñita del mundo.

Entonces escuchó un grito adentro. Sofía había tardado un poco más que ella en despertar y ahora trataba de serenarse. Era difícil. Gabriela sabía que era muy difícil.

La que viste era yo, le dijo.

Sí, lo sé.

Algo más que estaba en el mismo sitio de siempre era la bolsa con el guardado de su mamá. Al fondo de la alacena de abajo, del lado derecho, dentro de una bolsa de mandado que a su vez estaba en una vieja olla exprés. Nadie en la casa había entendido nunca cómo usarla.

Gabriela, sin hacer ruido, fue hasta la cocina, abrió la alacena y sacó la bolsa. Su mamá guardaba billetes y monedas, sin mucho orden, con la idea vaga de que algún día podrían serles de utilidad y era mejor tenerlos allí, a la mano, que en un banco.

Gabriela tomó todo y regresó a su cuarto. Allí lo guardó en un pequeño portafolio de piel que había usado por un tiempo, durante la preparatoria. Pesaba, pero no tanto como para no poder cargarlo.

Al día siguiente, después de desayunar, Gabriela se ofreció a ir al mercado. Salió sin que su mamá o su papá voltearan para mirarla. Se llevó el portafolio. Lo metió, con algo de esfuerzo, dentro de su maleta más pequeña, que no había abierto siquiera desde su llegada a Toluca.

En vez de ir al mercado, caminó en sentido contrario hasta la avenida Morelos y tomó un camión urbano. Cuando pudo sentarse, revisó su boleto. Era el número 0499: la suma era 22. Algo ya había ocurrido.

Gabriela se quedó mirando el boleto por unos segundos y luego lo dejó caer.

En la siguiente parada sintió vergüenza, lo levantó y lo guardó.

El camión la llevó hasta la terminal de la avenida Juárez. Allí compró un boleto de Flecha Roja para el Distrito Federal. Se negó a revisar el número.

En la casa, en su cuarto, bajo la almohada (cuánto le había costado escoger el lugar donde dejarla), estaba su nota para su papá y su mamá, en la que les prometía volver pronto y les aseguraba que no pasaba nada malo: simplemente tenía que terminar con un asunto, y además uno personal, sin relación con el teatro ni la universidad ni ninguna otra cosa del mundo.

16

Tu tarea es hacer memoria, le dijo a la mitad del viaje. *Tienes que acordarte de más cosas.*

Ella misma pensaba que no sabía cómo hacer lo que estaba haciendo, que tenía miedo y probablemente no iba a terminar bien. Pero tampoco tenía idea de cómo podría terminar. Se había internado por una ruta oscura, cuyo final no se veía.

Y tal vez Sofía, en donde estaba, podía ver ese pensamiento. Pero, aunque estaba permanecía, estaba callada.

Salió de la terminal de autobuses y caminó hasta la entrada del bosque de Chapultepec. Ahí se sentó en un banco. El peso de la maleta le dolía en los dedos. Pensó en llamar a alguno de sus compañeros de la facultad, de los que no sabían nada, pero decidió que no quería atreverse. Al tío Enrique tampoco, porque no era realmente su tío. Pensó en el pobre Billy y sonrió sin querer.

Luego pensó si debía comprar un periódico, tal vez para encontrar... ¿Qué? ¿Dónde? No tenía a dónde ir. Solo sabía que quería evitar la colonia Roma.

¿Y qué iba a hacer si, al final, resultaba que a Sofía la habían matado en la Roma?

¿Sofía?, preguntó, pero no hubo respuesta.

Paró un taxi. Le pidió que fuera por Reforma hacia Insurgentes y de allí hacia el norte. Mientras el coche avanzaba, miraba el taxímetro en vez de la calle.

—¿De dónde nos visita, damita? —preguntó el conductor al ver su maleta.

—De Toluca —respondió Gabriela sin pensar.

—¿De vacaciones? —¿Por qué no había dicho Morelia, Puebla, cualquier otro lugar?

—Este… Sí, sí. En realidad, fíjese…Ando buscando un hotel que no sea muy caro… Me quedaron mal en donde me iba a quedar.

—Ah, qué barbaridad… Ahorita le encontramos uno. Que no vaya a ser de paso.

—¿Qué?

—Su hotel, ¿no?

—Ay, no, no, claro que no —dijo Gabriela.

—Sí, ni que fuera usted… —dijo el taxista, pero no terminó la frase.

Cuando llegaron a Insurgentes, el conductor le señaló un hotel y Gabriela le pidió que se detuviera.

—¿Sí, segura, le queda cerca?

Gabriela le pagó. Entró en el hotel. La encargada del mostrador la vio de forma rara, pero Gabriela le explicó que venía de vacaciones de Toluca (otra vez) y le pagó cuatro días por adelantado mientras le explicaba que le habían quedado mal en otro sitio. Para rematar, se registró con el nombre de Marisol porque no se le ocurrió ningún otro. De agente secreto no iba a trabajar nunca.

La habitación era más fea de lo que había esperado. Había una cama matrimonial mal tendida, una silla pintada de rosa y una cómoda de madera que había sido verde. Sobre ella había un teléfono que había sido negro. En el baño había un rollo de papel higiénico y una barrita de jabón de color rosa. *A lo mejor sí es un hotel de paso*, comentó Sofía.

¿Por qué no habías hablado?

Porque estoy tratando de acordarme de cosas.

Gabriela abrió su maleta, puso a un lado el portafolio, dispuso la ropa sobre la cama y pensó que debería comprar algo de ropa interior y quizá un camisón, en especial si iba a pasar más de unos pocos días en la ciudad. Y también debería salir en las mañanas, al menos una hora o dos, incluso si no había ninguna «pista» que investigar, solo para mantener las apariencias. Hasta ahí llegaban sus planes. Estaba allí para tratar de ayudar a Sofía a que recordara. Y después...

Después, no sabía. Tendría que cuidar mucho el dinero. No sabía cuánto podía (podían) tardarse.

Está bien, dijo Gabriela.

Miró por la ventana hacia un pozo de ventilación y una pared de ladrillos. Fue hasta la cama de nuevo, se sentó en una esquina, al lado de la ropa, y sintió bajo ella el crujir de los resortes. Imaginó que sonaba el teléfono, que oía la voz angustiada de su mamá o la disgustada de Marisol, o la suplicante de Teodoro. Era ridículo porque nadie sabía dónde estaba. Aunque, por supuesto, sí debían saber ya que se había ido. Ya habrían llamado a Marisol. Marisol ya les estaría avisando a los demás.

¿O no habían encontrado su carta? Tal vez no habían encontrado su carta. Tal vez su mamá estaba demasiado nerviosa, demasiado desesperada para encontrarla..., o tal vez la había dejado demasiado bien escondida...

¿No quieres que salgamos un momento?, le preguntó Sofía.

Gabriela salió del cuarto, bajó las escaleras y salió del hotel. Iban a dar las seis de la tarde. En la esquina más cercana encontró un puesto de periódicos y compró una revista *Claudia*. Sonrió al imaginar la cara de disgusto que Ana Luisa o Fernando pondrían si la vieran leer *eso*.

Siguió caminando por Insurgentes. En la siguiente cuadra encontró una cafetería y entró. No había comido desde la mañana y tenía hambre. Pidió un café con leche y un plato de huevos con jamón. El mesero la miró extrañado, pero aceptó el pedido.

No se me viene nada, se quejó Sofía.

Una familia llegó a cenar y se sentó a tres mesas de Gabriela. Luego llegó una pareja. Luego, un hombre solo, vestido con un traje barato y con cara de angustia. En la radio se oía una canción que Gabriela no conocía.

¡Ah, es No tengo dinero!

¿Así se llama?

Me gusta, dijo Sofía. *Es de un cantante que se llama Juan Gabriel. Jovencito. Muy guapo. Debe haber salido antes de que me muriera. ¿No? Para que la tenga presente.*

Esa fue la única cosa que Sofía logró recordar en aquella salida.

De regreso al hotel, Gabriela se quitó la ropa que llevaba y se puso una playera sobre la ropa interior. Descalza, caminó a un sitio despejado del cuarto y empezó a hacer calentamiento, como si estuviera en un ensayo del grupo de teatro. Primero, flexiones. Después, correr sin moverse del sitio.

¿Qué haces?

¿No te acuerdas, Sofía?, preguntó Gabriela.

Pero ¿para qué?

¿Ya no te acuerdas de cómo llegaste tú?

En la frontera, su abuela le había dicho algo de cuando estaba viva. Una frase: «Eres muy sensible».

Gabriela recordaba haber escuchado esas palabras en alguna ocasión, aunque entonces había creído que sensible era lo mismo que frágil o delicada. Ya entendía que no. Tal vez sí era frágil, sí, pero además tenía *algo*: una especie de habilidad o de talento.

Gabriela no sabía cómo usarlo. Pero lo había sentido, sin saber qué era en realidad, dentro de su cuerpo, cuando ensayaba con El Espacio Constante.

Grotowski, el maestro que tanto admiraba Teodoro, era quien había inventado lo de que el teatro era como un ritual, una cosa muy antigua. Marisol lo había tomado de Teodoro. Gabriela no había terminado de leer *Hacia un teatro pobre* —que Teodoro le había prestado en algún momento—, pero había una parte que hablaba de los actores. Decía, o así lo recordaba ella ahora, que quien actuaba debía considerar su cuerpo como la herramienta más importante y llevarla hasta sus límites. Ponerse en un estado físico diferente, en un estado mental más receptivo. Teokdoro había dicho cosas parecidas en muchas ocasiones.

Empezó a saltar en su lugar, primero con ligereza y luego con más y más fuerza, doblando las rodillas mientras subía en el aire. Las visitas de Sofía habían comenzado a suceder mientras ella estaba cansada, absorta en lo que hacía, un poco aturdida tal vez, concentrada únicamente en lo que Teodoro esperaba de ella y de los demás.

Siguió durante un rato. Se sentía pesada, pero no como en los ensayos. Empezó a sudar.

Tal vez no debiste cenar, comentó Sofía.

Cállate.

No está sirviendo.

Tengo que seguir tratando.

¿No es una ridiculez?

Que te calles, Sofía, insistió Gabriela y se distrajo, y cayó al suelo sin estirar del todo las piernas. Cayó hacia un lado y se golpeó la cabeza contra el suelo. Se golpeó muy fuerte. Se quedó tirada, incapaz de levantarse. Por un instante no tuvo claro cómo había caído, cuál de los lados de su cuerpo tocaba las losas del piso y cuál no. Luego sintió los otros dolores en uno de sus brazos, en la cadera, en un pie, que se le había torcido un poco. Después de un momento sintió que podía levantarse, pero no lo hizo. Una frase hacía eco en su cabeza y la reconoció como algo que no venía de ella misma. *Una ridiculez. Una ridiculez.* Abrió un ojo, que casi tocaba las losas sucias, y las vio como si fueran una planicie enorme, un plano cartesiano —¡como los de la escuela primaria!— que se estrechaba hasta casi tocar un horizonte bajo la cama.

Se dejó estar ahí, en la misma posición, hasta que el dolor empezó a disminuir un poco por sí solo.

Luego se levantó. Una sien le punzaba. Ahí debía haber sido el primer golpe, el peor de todos. La tocó. No parecía estar sangrando.

Decidió que podía tenderse en la cama. No era necesario destenderla aún más. Bastaba con quedarse sobre la colcha. No tenía frío. Tal vez si volvía a aquietarse, el dolor terminaría más rápido. Cerró los ojos.

Volvió a abrir uno solo (¿o era el que había abierto antes?) y vio la luz de un foco entrando por la ventana, las paredes oscuras. Había anochecido. Se había quedado dormida.

No me llamo Sofía.

Gabriela no se levantó ni respondió. Todavía se sentía mal a causa del golpe. Pensó que no, en efecto, Sofía no se llamaba Sofía.

¡Gabriela! ¡No me llamo Sofía! Hazme caso. Te he estado hablando. ¿Gaby?

Qué, se quejó Gabriela y al mismo tiempo lo dijo en voz alta:
—¿Qué?

Gaby, no me llamo Sofía. ¡No me llamo Sofía! Pero ahora sí ya sé cuál es mi nombre.

¡Ay, eso no lo sabías antes…!

Pues no.

¿Cómo te llamas?

Margarita. La voz seguía sin tener un timbre, una entonación que ella pudiera reconocer, más allá de que lo que decía venía de algún otro lado, ajeno a su propia voluntad. Pero ahora se sentía aún más distinta.

Margarita, repitió Gabriela.

¡Sí!

Ay, ¿estás segura?, preguntó.

¡Sí, sí!, respondió Margarita, la otra persona, su… ¿Qué?

¿Visitante, pasajera, compañera de viaje?

Gabriela recordó las otras cosas que su abuela les había dicho. Su abuela, que había sido tan religiosa, tan estricta. Pero en la frontera nadie hablaba del Cielo, el Purgatorio o el Infierno. Nadie era buena cristiana, pero es que la frontera no estaba en la Biblia. El mundo, y sobre todo el Otro Mundo, no era como decían las monjas y los curas. Quién sabe en cuánto más estarían equivocados.

Toda la vida de Gabriela, todo lo que había creído durante su vida, le daba miedo ahora, porque la hacía sentirse culpable de lo que le estaba pasando, de lo que había vivido y lo que ahora estaba obligada a creer.

Pero, sí, lo que ahora entendía, lo que estaba sucediendo ahí, la hacía tener esperanza. Sofía (no, Margarita, Margarita, Margarita) estaba con ella por razones que más o menos podía entender, y en algún momento podría irse. Pasar a algo mejor. Darle la oportunidad de continuar con su propia vida.

Gabriela se incorporó un poco en la cama y sonrió.

¡Ay, Margarita!, dijo. *¡Qué bueno! Eso está mejor que lo de Juan Gabriel.* Se rio, sola. O no, no sola. *¿Margarita qué?*

La voz no respondió de inmediato.

No sé.

Ah…

Hasta ahí llegué. Me llegó y lo sentí, pero…

Está bien, dijo Gabriela. Margarita no contestó. *Está bien, en serio. Es algo. ¡Es mucho! Es… Todos los otros nombres que pudieras haber tenido, ¡ya sabemos que no los tienes!*

Recordó una escena de muchos, muchos años antes. Marisol se había peleado con una compañera de la primaria y las dos habían terminado castigadas en la dirección de la escuela. A la hora de la salida, la mamá de Gabriela fue por ella y a recoger a Marisol. Segundo regaño del día. Y cuando su propia mamá se enterara, habría un tercero.

—No llores, Mary —le había dicho Gabriela, en voz baja, de camino a sus casas—. Podría haber sido peor. Imagínate que los papás fueran más de dos.

Margarita dijo:

Lo que sí es que me decían Mago. ¡Ahí va la Mago!, decían. Hola, Mago. Mago, dame una de jamón.

¿De jamón?, preguntó Gabriela. *¿De qué estás hablando?*

Ah, qué chistoso, respondió Margarita.

Hubo una risa adentro. Era la primera vez que Margarita, que la otra, se reía.

Yo hacía tortas, dijo Margarita. *De jamón. De pierna. De quesillo. De jamón con quesillo.*

Eso es otra cosa más, dijo Gabriela. *¡Síguele!*

De salchicha, siguió Margarita. *Salchicha con huevo. Huevos con jamón. Frijoles. ¡Yo hacía muchas tortas!*

Trabajabas en una tortería, sugirió Gabriela.

Pues claro, Mi Alma.

¿Qué?

Así se llama la tortería, niña. Tortas Mi Alma.

¿Niña?

Margarita volvió a reírse, aunque ahora fue una risa desconcertada, menos alegre.

Se me salió, dijo. *Me estoy acordando de muchas cosas. Como que se me abrió la puerta. Y tú eres una niña.*

Tengo diecinueve años.

Y yo tengo treinta y cuatro. ¡Ay, ay, ay! Si te hubiera conocido estando viva, hubiera pensado que eres una loca. Hubiera dicho que tú y Teo y todos eran unos malvivientes...

En el cuarto a oscuras, el cuerpo de Gabriela se quedó inmóvil, reclinado sobre el colchón, con la cara a veces muy seria y concentrada, y otras veces con aspecto de asombro. De pronto sonreía o incluso dejaba escapar una carcajada. Alguien que la hubiese visto hubiera pensado, sí, que estaba loca. Pero en el espacio que compartían las dos, donde nadie más podía verlas, Gabriela y Margarita pasaron un rato largo conversando, trayendo recuerdos de otro lugar, todavía más remoto.

Con todo y lo demás que ya había sucedido entre las dos, aquello se sentía realmente extraño. Gabriela se había imaginado a Sofía, a la mujer que había llamado Sofía, como alguien muy parecida a ella misma, a Marisol, a las otras universitarias que conocía. Ahora se daba cuenta, incluso, de que la había imaginado como una de sus compañeras de la carrera de contaduría, una chica de Michoacán que se llamaba Diana. Menuda, rellenita, de pelo rizado, siempre con cara lavada y vestida con ropa azul.

Pero Sofía no era Sofía. Sofía no había muerto en la masacre del año anterior. Sofía nunca había estado en el grupo de teatro El Espacio Constante. Sofía nunca se había llamado Sofía. Sofía no había tenido la vida de Gabriela, ni la de Marisol, ni la de Diana ni la de la verdadera Sofía.

Sofía se llamaba Margarita. Había vivido en el Distrito Federal, proveniente de algún otro sitio...

¿Cuál?, preguntó Gabriela.

No me acuerdo.

¿El estado al menos? ¿No? A ver, te los voy diciendo a ver si te acuerdas.

¿A poco te los sabes? ¿Los 31 estados y un Distrito Federal?

¡Claro que sí! Aguascalientes, Jalisco, Estado de México, Michoacán, Durango, Tabasco, Yucatán, Chiapas... Jalisco. No, ese ya lo dije. Guerrero, Michoacán. ¡No!

No me suena ninguno de esos.

Después de un rato de seguir intentándolo, Gabriela se dio por vencida. Margarita se rio por tercera vez en una sola noche.

Estoy como cuando era chica, se quejó Gabriela, *y tenía que aprenderme los doce apóstoles. Según yo quería ser muy aplicada y estaba necia con que quería aprendérmelos en orden alfabético...*

Andrés y Simón Pedro, que eran hermanos, dijo Margarita, *Juan, Santiago el mayor, Santiago el menor, los dos Judas, Iscariote y Tadeo, Tomás, llamado el Dídimo, Mateo... ¡Bartolomé y Felipe!*

Gabriela aplaudió en el cuarto, que ahora estaba aún más oscuro.

En la frontera, en aquella conversación con su abuela, ella les había dicho aún más cosas. Junto con sus palabras, había pasado un tiempo largo.

—Eres muy sensible —le dijo, pero también—: No nos dan mucho. No nos dicen mucho. Las que podemos hacer esto de pasar a verlas, de mandarles avisos, sabemos un poco más que las demás, pero bien poquitito. Y no todo lo podemos decir. Por eso sueno así. Seguro que ya les pasó, darse cuenta de que aquí sonamos así.

Las dos asintieron. Su abuela apenas hizo una pausa antes de continuar:

—Yo fui un poco mala. Parece que fue ayer. Tal vez fue ayer. Ya ven ustedes cómo es la cosa. Le quise avisar a mi nieta que algo malo iba a pasar, a ver si de casualidad lograba que no pasara. Si ella toma sus precauciones, pensé, la libra. Porque por muy cercanas que sean las almas de las dos, pensé también, si ella no te recibe, pues no te recibe. Si no acepta recibirte. Si no se pone para recibirte.

—¿Cómo que «ponerme»? —preguntó Gabriela.

—¿Nuestras almas son cercanas? —preguntó Sofía (o Margarita)—. Es decir, ¿señora?

—¿Mamá Azucena?

—Ya les dije que no todo se puede decir. Yo supe que tú ibas a llegar. —Y señaló a Margarita—. Y llegaste. Porque ya se sabía que mi nieta iba a estar cerca de la frontera y tú la ibas a sentir y a pasarte al otro lado.

—No me acuerdo de nada de eso.

La abuela de Gabriela hizo una mueca de desprecio. No, de impaciencia, como si la mujer hubiera dicho algo obvio y que todo el mundo debía dar por sentado.

—Pues claro que no —dijo—. Pero no me distraigas. Lo otro que supe es que sus almas se parecen, y pues por eso. Son cercanas. A alguien le iba a tocar tener que recibirte, y supe que le iba a tocar a mi nieta. Y por eso fui a verte, mi niña.

—No me acuerdo. ¿Cuándo fue? —preguntó Gabriela, pero su abuela no le respondió. En cambio, dijo:

—Lo que pude sacar en claro es que lo que le pasó aquí a Sofía, o como te llames en realidad, no estuvo bien. Eso sí está claro. Nadie lo ha podido negar. Nadie ha podido decir que fue tu culpa, que debiste haberte vestido de otro modo, que estabas en el lugar equivocado o con la persona equivocada. Alguien más te mató, a la mala, y fue un mal. Y como fue tan feo, y además raro, se puede hacer algo de arreglo.

Otras mujeres se habían estado aproximando, hasta allá. Gabriela no estaba segura de poder reconocer a ninguna. Podían no ser aquellas que había visto ya. No se acercaban demasiado. Se quedaban a varios pasos de ella. Pero las miraban hablar, de todas las edades, con rostros y figuras distintos, pero todas atraídas por el aire de la vida. Como la propia Sofía (o Margarita) lo había sido, al abrirse aquella otra puerta.

—No vas a poder regresar a la vida. Ya no hay cuerpo donde puedas regresar —dijo la señora Azucena—. Para eso ya es tarde. Pero se puede hacer un arreglo, me dicen, si lo encuentras. Saben dónde está, claro que saben, pero no me dicen. Es como una prueba. Las dos pueden hacer eso, tratar de encontrarlo. Para que sepa que no se va a salir con la suya. Porque ahora va a ser así, para variar. Si ustedes lo encuentran, si pasan la prueba, él va a tener su castigo.

—Es un «él», entonces —interrumpió Gabriela—. Un hombre.

Ahora fue ella la que recibió una mueca de impaciencia.

Y luego su abuela les dijo mucho más. Les explicó que Gabriela tendría el mando del cuerpo y ahora sería muy difícil que llegara a perderlo. Les habló de las que había llamado puertas y de otras cosas que también recibían ese nombre. Les contó de los hilos que se tejen entre las estrellas, de varias palabras adecuadas para varios fines y de varias mujeres que estaban más allá.

—¿Dónde más allá? —preguntó Margarita.

—¿No es esto ya el más allá? —preguntó Gabriela.

—Eso nomás. No tiene que ver con la tarea de ustedes dos. Pero es algo que me hace feliz y me da mucho orgullo. ¡Así que no me interrumpan! Es una historia que debería conocerse más. Oigan bien. Hay varias mujeres que deberían estar aquí, que según la autoridad deberían estar aquí, pero no están. Que se han podido ir. Ellas son las que están ahora más allá. En otra parte. Otra parte que es distinta de esta y del mundo de los vivos. No son felices, pero son libres, y al mismo tiempo tienen una tarea que nadie más la hará nunca, en todo el tiempo de aquí o del otro mundo. ¿Está claro?

Margarita calló. Gabriela también.

—Pero ya está bueno de chisme. Ahora sí vamos a hablar de ustedes dos —dijo la abuela, mucho más tarde—. Oigan bien. Van a regresarse. Es decir, a pasar otra vez de acá para el mundo. Y en el paso, a lo mejor se les olvidan cosas. No es tan raro. Pero ustedes necesitan hacer un esfuerzo. ¿Me oyen? Se deben de acordar. No como la otra vez, ¿eh, Gabriela? La justicia se va a hacer si lo encuentran a él. Y a él lo encuentran si la encuentran a ella.

Y señaló a Margarita, que ahora, en el hotel, se ponía a repasar los estados de la República para ayudar a Gabriela. No venía al caso, pero le daba gusto y orgullo.

17

Pasaron tres semanas sin otro avance tan grande como el de esa noche. No dejaban de venir nuevos recuerdos, pero nada alrededor de la muerte de Margarita o de quién la había matado.

Ya sabían sus apellidos: Ramírez Ramírez. Y también que su vida no había sido fácil. Había nacido en 1936. Venía de Puebla —de un pueblo llamado Santa María Xonacatepec, muy cercano a la capital del estado— y de familia pobre. Había dejado sin terminar la secundaria y empezado a trabajar para contribuir con un sueldo a la casa. Por alguna razón había dejado su trabajo como sirvienta de la familia de un ingeniero poblano (*A lo mejor él me hizo algo, pero no me acuerdo*) y se había marchado al Distrito Federal. Tal vez no había llegado sola y quizá había tenido más de un trabajo en la capital, pero ninguno de sus recuerdos en la tortería incluía amistades o parientes cercanos, y había un gran espacio en blanco entre una tarde lluviosa que ella miraba desde un autobús de pasajeros, traqueteando despacio por una carretera sinuosa, piedra mojada tras piedra mojada en los bordes del terraplén, más allá de la cinta de asfalto, y una brusca impresión de calor, de humedad pegada a todo el cuerpo, de un foco desnudo y encendido que casi tocaba su cabeza, de sus manos abriendo una telera con un cuchillo, poniéndole el relleno deprisa, acercándola a un comal sobre un quemador encendido.

De tanto hacer tortas, comentó Margarita, *me dejaron de gustar*. *¿Y qué comías?*

Pues tortas. Qué otra cosa iba a comer. Trabajaba todo el día allá. Nomás que no me las comía con gusto.

Esa mañana salieron recuerdos de dinero. Muy poco, pero muchas imágenes a su alrededor. Margarita estaba muy entusiasmada porque a partir de recordar su monedero, hecho de tela con un broche de metal, y unas pocas monedas de pesos y centavos en su interior, pudo recordar una calle sin pavimentar, un mercado en el que compraba comida, el pequeño cuarto en el que pasaba las noches y en el que ella se hacía un desayuno rapidísimo cada mañana, entre las cinco y las seis, y una taza de té antes de ir a la cama. Margarita era muy consciente del precio del té, del café en polvo, de las tortillas y de los camiones.

Gabriela, por su parte, no quería pensar en el dinero, que cada vez era menos. Su mamá no había ahorrado tanto. Y eso que por años se había sentido de lo más orgullosa de su constancia. Gabriela se había cambiado ya, con Margarita, a una casa de huéspedes, más humilde y barata que el hotel, pero el problema solo se alargaba, no se resolvía.

—Va a hacer falta ir a otro sitio aún más barato —le comentó a Margarita una mañana, mientras bajaba de un camión cerca de la estación Hidalgo del Metro—. ¿No? A lo mejor ir pasando de una casa a otra, de colonia en colonia, para ahorrar en transportes.

Mejor no digas las cosas en voz alta, la regañó Margarita. *Van a decir que estás hablando sola.*

A Gabriela le inquietaba estar tan cerca, a una sola estación de distancia, del departamento de Teodoro, pero la verdad era que había elegido mal la ubicación del hotel desde el principio y la de la casa no era mucho mejor. Si Margarita no estaba olvidando aún una porción enorme de su vida en la Tierra, ella nunca había estado en Santa María la Ribera. Ni siquiera le sonaba el nombre del barrio. Así que Gabriela había tenido que desplazarse cada vez más lejos desde su «base» en busca de la tortería Mi Alma —que no estaba en la Sección Amarilla ni en el servicio de información de Teléfonos de México— o de cualquier otro signo que Margarita pudiera reconocer.

Peor todavía, la tarde anterior, luego de que Gabriela comiera en una fonda, las dos habían pasado ante el aparador de una mueblería y habían visto la cara de Gabriela en varias pantallas de televisión. No se podía oír la voz que hablaba sobre la imagen, pero las dos entendieron que la estaban buscando: era una alerta de personas extraviadas.

Yo pensaba que no avisaban de gente que se perdía en provincia, comentó Margarita mientras Gabriela se alejaba de la mueblería caminando deprisa, haciendo su mejor esfuerzo para no correr. *Nunca van a acabar si hablan de toda la gente que desaparece.*

Han de haber dicho que me perdí aquí, respondió Gabriela, esta vez sin hablar, porque a pesar de sus esfuerzos estaba sudando frío y le faltaba el aliento. *A lo mejor les ayudó el* tío Enrique. *El de Marisol.*

Ahora, mientras pasaba al andén de la estación para ir hacia el sur de la ciudad, Gabriela sentía que alguna persona —entre los hombres en mangas de camisa, las mujeres de vestido o uniforme, los muchachos que debían haber estado en alguna escuela y sin embargo estaban ahí, a esa hora de la mañana, todos los que estaban esperando que el tren apareciera por la boca negra del túnel—, alguien podría mirarla, reconocer su cara, acercarse para ofrecer su ayuda o hacerle preguntas en cualquier momento. Y ella no iba a ser capaz de mentir o de sacudirse de encima a ningún buen samaritano.

Y la otra opción, aún más probable y triste que la primera, era simplemente que el dinero se terminara sin que encontrasen nada y ya no hubiese más que hacer.

¿Estás pensando otra vez en lo del dinero?, le dijo Margarita. *Podríamos buscar trabajo,* le propuso. *Para seguirle. Si hace falta. Entre las dos sí sabemos hacer varias cosas.*

Gabriela no respondió. Hizo un esfuerzo por no pensar siquiera en una respuesta. Ella no quería dedicar su vida entera

235

a *esto*, fuera lo que fuera. Le resultaba más fácil imaginarse de vuelta en Toluca, con el rabo entre las patas, como decía su prima, vencida.

Y al mismo tiempo, sí, hacer eso. ¿Cómo iba a ayudar a Margarita? ¿Cuándo iban a encontrar al tipo ese, fuera quien fuera? ¿Qué iba a suceder si no cumplían el encargo, la prueba que les habían impuesto?

Pero Gabriela no quería ni pensar en esas cosas porque no sabía qué tanto se enteraba Margarita de lo que ella pensaba. No era como antes, que no parecía haber barrera alguna entre las dos, y Margarita, sin proponérselo, había impulsado a Gabriela en más de una ocasión. Ahora, ella no tenía la impresión de ver, o de sentir, a la otra mujer absolutamente en todo momento, pero lo cierto era que su voz, lo que ella «decía» expresamente para hablar con ella, se escuchaba siempre igual de claro en su conciencia. Ella estaba ahí. Aquí, dentro del cuerpo. No iba a desaparecer y tal vez estaba al tanto de los miedos de Gabriela, aunque lo opuesto no fuera cierto. Estaban más cerca que las dos mejores amigas, que un marido y una esposa.

¿Se quedarían las dos así, para siempre, realmente hasta el año 2000 o más allá? ¿La tregua que tenían, la paz, les iba a durar tanto tiempo? ¿Qué iba a pasar si Margarita se hartaba? ¿Qué iba a pasar si trataba de conducir el cuerpo otra vez, de tomar la iniciativa, de…?

Gabriela entró en el vagón y encontró un asiento para sentarse. En la bolsa barata que llevaba traía una libreta, una pluma, una Guía Roji. A su lado se sentó una mujer que cargaba a un bebé de pocos meses.

Oye, ¿y si la tortería estuviera dentro de un mercado?, preguntó Margarita.

Mira, mientras no te acuerdes de otra cosa o no nos encontremos con algo más que nos sirva…, empezó Gabriela. Luego se quejó: *Si te hubiera pasado en Toluca, sería todo mucho más simple. Es una ciudad más chica.*

Pues sí, dijo Margarita secamente. *Y mejor todavía si me hubiera quedado en mi pueblo. ¿No?*

Se alejaban del Centro porque Gabriela ya lo había recorrido durante varios días y Margarita tampoco recordaba nada de él. Ni siquiera edificios, como el Palacio Nacional, la Torre Latinoamericana o el Palacio de Bellas Artes. (*Aunque no los vieras todos los días, de haberlos tenido cerca ya te hubieras acordado, ¿no crees? O el Zócalo. Ya entramos a Catedral y a todas las otras iglesias. Ya llegamos hasta la Merced*). Esa última semana estaban yendo, poco a poco, hacia el sur. Un día para cada estación de la línea 2 del Metro. Gabriela bajaba de la estación y, ayudándose con los mapas de la guía, recorría la zona en círculos, primero de un lado de la calzada de Tlalpan —sobre la que estaban tendidas las vías— y después del otro. Regresaba al anochecer, exhausta, asoleada, hambrienta, con apenas un par de nuevos sucesos anotados en su «cuaderno de investigación». Peor aún, sucesos vagos, sin fecha ni ubicación claras.

Al tipo ese le decían el Wendy. Nunca supe por qué. Ni su nombre. Un día me regaló un sencillo de Roberto Jordán, porque trabajaba en una tienda y luego los podía conseguir, y yo se lo acepté, pero saliendo del trabajo lo tiré a la basura porque no podía llegar a mi casa con un regalo de otro hombre… ¡Ah, mira, vivía con alguien! ¿Habré estado casada? Y además no teníamos un tocadiscos.

Gabriela bajó en la estación Ermita y caminó siguiendo la calzada. Por esa zona había muchos hoteles de paso y sintió desagrado al verlos. Recordó lo que le había dicho el taxista el día de su llegada a la ciudad. Llegaron a la esquina de una calle llamada Pirineos y Margarita dijo de pronto:

Date la vuelta.

¿De regreso?, preguntó Gabriela.

No, no, para la izquierda. Aquí, en esta calle.

El letrero dice Avenida…

¡Ay, como sea, da vuelta!

—¡Ya voy! —se quejó Gabriela y un hombre que pasaba a su lado volteó para mirarla. Gabriela se sonrojó y se apresuró a seguir la ruta que Margarita le había indicado.

¿Cuánto tiempo?

No sé. El nombre, algo, alguna cosa me parece... Ay, Diosito. ¡Mira!

No hacía falta que Margarita se lo dijera porque Gabriela lo estaba viendo. Un pequeño local, a tres o cuatro casas de la esquina, tenía una cortina de metal levantada, un toldo extendido, tres mesas en el interior al lado de una estufa y sobre el toldo un letrero pintado que decía TORTAS «MI ALMA».

Gabriela entró en el local y vio a un hombre y una mujer detrás del mostrador. La mujer cocinaba mientras el hombre destapaba una botella de Orange Crush para un cliente.

¡Aquí es, aquí es, aquí es!

—Buenas tardes —dijo Gabriela.

—Pásele, güerita. ¿Qué le damos?

—Una de jamón con queso, por favor —pidió Gabriela—, y un agua mineral.

Después de que le dieran su pedido, y de pagarlo, se animó por fin a hablar otra vez:

—Disculpen.

—¿Qué más se le ofrece?

A lo mejor al hombre lo conozco, dijo Margarita.

—Este..., mire, sí, le voy a pedir otra cosa ahora que me acabe la torta, yo creo...

¿Habrá sido él?

—Espérate —dijo Gabriela en voz alta—. ¡Perdón! Es que... también necesito hacerles una pregunta. ¿De casualidad alguien de ustedes conoció a una persona llamada Margarita Ramírez?

La mujer levantó la vista de la estufa, que había estado limpiando (un foco encendido casi tocaba su cabeza) y puso cara de perplejidad. Ella no. Pero el hombre miró a Gabriela con desconfianza.

—¿Por qué pregunta?

—Ella trabajó con mi familia en Puebla —dijo Gabriela, recordando una mentira que ya habían ensayado y que salió mucho más fácilmente de lo que esperaba—. Me llamo Gabriela Méndez.

El hombre —Jesús Herrera, se llamaba— le dio la mano.

—¿Su mamá la mandó?

—¿La mamá de ella? Sí. —Esto era más arriesgado, porque Margarita no recordaba si su mamá aún vivía o no.

—Cuando vino, no nos enteramos.

—¿Cuándo fue eso?

—¿Cómo cuándo? Cuando se murió la Mago. Me dijeron que vino, la reconoció en el, ¿cómo se llama?, ¿el forense?, y se la llevó para enterrarla allá en su tierra.

¡Dile la otra parte que quedamos!

—Ay, señor Herrera —siguió Gabriela—. Fíjese que antes de lo de Mago... Ella y su mamá no se llevaban bien. Se habían peleado en ocasiones. Y ahora que ha pasado más tiempo, ella está muy arrepentida. Quiere saber más de su hija, de cómo vivió, ¿usted cree? Y yo me ofrecí...

Gabriela siguió explicando. No hacía caso de sus propias palabras, y menos de las de Margarita, que de pronto se sentía frenética (*¿Cómo se llama mi mamá? ¡Todavía vive! ¿Tengo hermanos? ¿Dónde me enterraron? ¡El panteón de mi pueblo es chiquitito!*). Ahora ella misma estaba abrumada, llena hasta el borde de algo que era alegría, una felicidad simple, precisa y enorme.

Hasta aquel momento, no había tenido ninguna prueba de la existencia de Margarita. Y ella, lo sabía ahora, sí había existido. Este hombre había hablado con ella...

¿En serio todavía pensabas que podías estar loca? Déjame hablar con él.

¡No!, respondió Gabriela. Y terminó de decirle al tortero:

—En fin, por eso me mandó.

—¿Ya fue a ver a su marido? —preguntó Herrera.

Gabriela sintió un gemido de Margarita. O tal vez algo parecido a un sollozo.

Daniel, se llama Daniel. Daniel... Peña.

¿Estás segura?

—¿Sabe usted dónde vive?

¡Sí, sí estoy segura!

—Donde mismo, donde vivían Mago y él.

—Ah, es que... Espere... —dijo Gabriela y sacó su libreta. Fingió revisar las primeras páginas—. Es que no me pasaron una dirección, ¿usted cree? Se les olvidó cuando hablamos la última vez, y a mí también. Él se llama Daniel Peña, ¿verdad?

—Daniel, seguro que sí —respondió Herrera—. Peña, no sé. Yo sé que le dicen el Oso, por grandote.

—¿Es el tipo este del camión, Chuy? —preguntó la cocinera, desde atrás de la estufa.

—Ese mero —contestó Herrera.

—Es mala persona —dijo la mujer—. Tenga cuidado si de verdad lo quiere ir a ver. Yo lo conocí cuando nos vino a amenazar. Que no habláramos con nadie, que no nos metiéramos en lo que no nos importa...

—Chela —dijo Herrera, como para hacer que la mujer se callara.

—Todo el mundo decía que fue él, pero como no se lo pudieron probar ahí se quedó la cosa.

—Chela.

—¿Qué tiene? Ya va como medio año de que pasó.

Medio año, dijo Margarita.

—Qué va a decir la señorita —insistió Herrera.

—No se preocupe —dijo Gabriela, tratando de que no se le viera la ansiedad—. Ya me contaron, pues, buena parte de todo lo que pasó. No sabíamos, ¿usted cree?

—¿Sí le habían dicho que la mataron? —dijo Chela.

—Sí.

—¿Y lo de que la fueron a botar?

—¡Chela!

Así supo Gabriela (y Margarita con ella) que el cuerpo había sido encontrado, apuñalado, en una milpa cerca del cerro de la Estrella, en los primeros días de enero. Que habían tardado en identificarlo. Él mismo, el marido, lo había hecho primero y luego la mamá y los hermanos de Margarita llegaron de su pueblo para la confirmación y llevárselo. El Oso insistía en que no la había visto desde el 31 de diciembre del año anterior. Que a lo mejor había salido por la noche a divertirse y entonces alguien la había atacado.

Ay, maldito, dijo Margarita.

Gabriela pensó sin querer en las veces que había escuchado historias semejantes. Mujeres que se ponían en peligro, decía la gente, que no se daban cuenta...

Yo no hice eso, se quejó Margarita. *¿Cómo iba a hacer eso? Yo estaba...*

No continuó.

—¿Se siente bien? —le preguntó Chela a Gabriela.

—¿Me pasa la dirección de esa persona? Es decir, la del lugar donde vivía Margarita. Por lo menos quiero ir a ver.

—No lo vaya a semblantear a ese señor —dijo Chela. Margarita seguía sin decir nada.

—No se preocupen, no lo haré. Más bien quisiera ver a sus vecinos...

Anotó la dirección en la libreta. Luego comió su torta y bebió su refresco, despacio.

—¿No va a querer otra? —preguntó Herrera.

—Yo creo que siempre no —respondió Gabriela—. No estaba enterada de todos los detalles de... bueno.

—Ay, Chela, te dije.

—¿Yo qué? Tú fuiste el que estuvo hablando de eso.

Margarita, dijo Gabriela. Pero Margarita no respondía. Gabriela dejó una propina, salió de la tortería y regresó a la estación del Metro. No sabía cómo llegar hasta la dirección que le habían dado y le costó orientarse incluso con los mapas de la guía.

Después del trayecto en tren le haría falta tomar al menos un taxi o un camión. ¿Margarita?

Otra vez no hubo respuesta y Gabriela recordó algo más de lo que les había dicho su abuela:

—Cuando la mataron, rompieron algo. Como si rasgaran una tela. Y eso se quedó en el mundo y se le quedó a esta pobre. Como una señal. Con eso se quedó menos amarrada acá de lo quedamos todas, y por eso, en cuanto tú pasaste cerca, Gabriela…

—¿Cerca de dónde?

—No me interrumpas. Oye. Cuando tú pasaste cerca de ella, le abriste camino. Y por eso pasó todo lo que ha pasado. Pero tiene arreglo. Yo no sé quién fue el que la mató, ni cuándo ni cómo, y aunque supiera, estoy acá. No me dejan ir con ustedes. Pero cuando *ustedes* lleguen a donde deben ir, con eso va a ser suficiente. No tienen que hacer nada más. Ni hacer el remiendo les va a tocar. Eso lo va a hacer quien lo tenga que hacer. Y una vez que se haya hecho, todo se va a arreglar. Así me dijeron y yo se los digo. Con que se haga eso, todo va a salir bien.

—Con esto se va a arreglar todo, Margarita —dijo Gabriela, en voz alta, mientras entraba en la estación—. Vas a ver que sí.

18

Cuando mi mamá no me quería tener cerca, me decía: «Ve y pídele a tu abuela un ramito de tenmeacá». Tenme acá. ¿Entiendes? Yo de niña era bien tonta, bueno, no, bien inocente, y ahí iba con mi abuela. Mi abuela podía estar en su casa al lado de la nuestra. O si no, en la de la vecina, doña Chayo, que ya era grande también y era ella sola, porque el esposo y los hijos se le habían muerto todos. Ahí iba yo, caminando, hasta donde estuviera mi abuela. Entraba por la puerta, que casi siempre estaba abierta porque a mi abuela le gustaba tomar el fresco ahí, luego luego, en su casa o en la de su amiga, y yo la saludaba jalándole el borde de la falda. Y le decía: «Abue, abue, que dice mi mamá que si me puede dar usted un ramito de tenmeacá». Y yo nunca entendía por qué no me daba el ramito. Me sonreía, me apretaba el cachete, jugaba conmigo, me contaba una historia, o si no le pedía a doña Chayo que me entretuviera, si es que ella estaba haciendo alguna cosa. Luego me daban alguna golosina o si no me ponían a ayudarlas con una costura. Pero, total, nunca me daban el ramito. Y yo no entendía. Yo no sabía por qué no me lo daban y pensaba que a lo mejor era algo muy difícil de conseguir, o algo de esas cosas que no les gusta que tengan las niñas. Aunque entonces no se podía saber por qué mi mamá siempre estaba dale y duro pidiéndome que se lo consiguiera. Le debí haber dicho: «Mamá, mamá, mi abuela no me lo quiere dar a mí, vaya usted a pedírselo». Pero nunca se lo dije. No me atrevía. Mejor una vez me fui a buscar el tenmeacá, ¿tú crees? He de haber pensado que ya era suficiente, que si no me lo daba mi abuela, algo tenía que hacer para que mi mamá no me estuviera pide y pide siempre lo mismo, pobre. Allá en el pueblo pues hay mucho monte. Un día en la mañana, después del desayuno, me le escapé a mi mamá y me fui. Me salí de donde están las casas, que es un camino empedrado, y me seguí por otro de tierra. Para el cerro. Yo pensaba que si el tenmeacá era tan difícil de encontrar, seguro que no iba a haber en el mercado, que había que buscarlo allá. Y no sabía muy bien cómo podía ser el tenmeacá, porque jamás lo había visto, pero si estaba en ramito, tenía que ser una flor o una hierba. Creo que me sabía los nombres de las plantas… Ahora se me pierden muchos. Me acuerdo del chinduco, por ejemplo. De la caxanca. El chipile, el guayabillo. Y si los veo, te digo: «Este es este, este otro es ese». Pero otros, nada. Y aquí, ahora, creo que estoy más confundida que entonces. Pero, total, que me fui. Me seguí hasta donde el camino de tierra dejaba de ser del pueblo y empezaba a subir. Por ahí se iban los pastores o la gente que iba por leña. O también otras gentes. ¿Pero una niña sola y zonza como yo era? O bueno, ingenua. Inocente, te digo. ¿Una niña? Pues no. Por ahí una niña sola no tenía nada que hacer. Y menos una niña del pueblo y no de las familias que sí viven en el monte. La gente puede ser brava por allá. Me han contado una de cosas muy feas, pero me las contaron después de mi zonzera, no antes, así que ahí iba yo, la-la-la, bien contenta, o no, bien decidida, bien valiente, según yo, a buscar eso que tanto quería mi mamá. Creo que no subí mucho esa vez, por el cerro, pero se me hizo un montón. Porque yo era chica y no tenía la costumbre. Después de un rato estaba bien cansada, pero no había encontrado ninguna planta que no conociera ni a nadie a quien preguntarle. Porque ese era mi plan: si alguien por ahí me podía señalar cuál era el tenmeacá, ya con eso. Con mi mamá había ido por ese rumbo y sabía que había gente. Pero ese día no, nadie. Y yo me estaba empezando a desesperar cuando vi algo. Algo a lo lejos. Algo que se movía entre la hierba. Fui a ver, porque no sabía qué podía ser, y cuando estuve más cerca pude ver que era alguien sentado al lado de unos arbustos, como escondido, pero no mucho. Parecía de esos gatos que meten nada más la cabeza detrás de las patas de una silla, pensando que ya con eso nadie les ve la cola que traen atrás. A él se le veían las piernas, que era lo que había movido y que yo había visto.

Era un señor, o yo pensé que era un señor, porque ahora creo que era un muchacho, nada más. Pero es que todos los que no eran niños me parecían ya grandes y yo creo que muchos de los niños también. Y le dije: «¡Oiga!» y él no dio un grito porque Dios es grande, pero sí dio un brinco, ahí en el suelo como estaba, y se puso pálido, palido, pálido, y se me quedó viendo, y cuando ya entendió que nada más era una niña, me dijo: «¡Qué susto me has dado!». Y como que se paró tantito, porque con el susto se había caído de espalda. Y yo le pregunté: «Oiga, ¿sabe usted cuál es la flor del tenmeacá?», pero él como que no me hizo caso. Ahora pienso que estaba muy nervioso, pero entonces pensé que no me había oído, así que se lo volví a decir. Y él me dijo: «¿Has visto al Simón, al hijo de don Lupe?». Y yo no sabía quién era ese Simón, y don Lupe, menos. Nomás me le quedé viendo. «Si lo ves, ¿le dices que no me viste?». No sabía de qué me estaba hablando, pero igual le dije que sí, porque qué más le iba a decir. Y entonces él hizo algo que ahora no entiendo, porque yo me imagino que estaba escondiéndose del tal Simón, que le querría pegar o a lo mejor hasta algo peor, ve tú a saber por qué. Lo que hizo fue que se inclinó otra vez, cortó unas flores y me las dio. Nunca he entendido por qué hizo eso. Ni sabía quién era yo ni había modo de que supiera qué andaba haciendo por ahí. Y pues era muy chiquita. Ni modo que me estuviera queriendo enamorar, ¿no? Me dio las flores y yo pensé que a lo mejor era mi recompensa, mi tenmeacá que andaba buscando. Me dio las flores, las tomé y me fui corriendo, corre y corre de regreso a mi casa. Y cuando llegué, estaba toda acalorada y con el vestido sucio, y a mi mamá no le hizo gracia que en vez de decirle dónde había estado le estuviera ofreciendo las florecitas esas que tenía, que eran blancas y chiquitas, y ahora no me acuerdo de su nombre, pero desde luego no eran de tenmeacá. Sí me dio unas nalgadas. Y luego ya no quise volver a buscar su ramito cuando me lo pedía, y al final me lo dejó de pedir.

Y de vez en cuando pienso en el chavito ese. Quién habrá sido, qué le habrá pasado, porque nunca lo volví a ver. Y las florecitas ahí siguieron, creciendo en diferentes lados, pero tampoco las llegué a recoger yo misma, ni nadie más me las dio, terminó Margarita.

245

—Qué chistoso —comentó Gabriela, murmurando. Lo volvió a decir de otra manera: *Quién sabe quién habrá sido ese que te encontraste. ¡Pero qué bonito que te acordaste de tanto! ¿*Todo esto te vino ahora?

Ahora está viniendo muchísimo, respondió Margarita. *Es como un río. Me recuerda un río que vi por allá, también cuando era chica. Luego te cuento si quieres. Todo se siente como claro, como ahí...*

Margarita había comenzado a hablar otra vez, de pronto, cuando Gabriela subía al segundo camión de pasajeros. Gabriela había decidido no interrumpirla. Y ahora, al parecer, estaban muy cerca de donde debían estar.

También me estoy acordando de que tuve una hermana que se murió chiquita. La velamos en el patio de la casa. Hace tiempo que me llegó su cara, otros detalles..., pero no quién era.

El camión se detenía. Había recorrido un trecho largo por Río Churusbusco y ahora llegaba a una parada sobre la misma avenida, que daba a calles disparejas, casi todas sin pavimentar y salpicadas de construcciones de diferentes tamaños. Era la colonia Escuadrón 201, tal como Chela y el señor Herrera le habían indicado en la tortería. Gabriela no tenía idea de por qué se llamaría así.

¿No sabes qué fue el Escuadrón 201?, le preguntó Margarita. *¿No te enseñaron en la escuela?*

Después me cuentas, le pidió Gabriela y bajó del camión. De pronto estaba nerviosa. Le preguntó a un hombre en la parada, quien le indicó en qué dirección estaba la calle José Espinoza. Gabriela la encontró después de caminar un trecho —se llamaba Teniente José Espinoza Fuentes, de hecho— y se internó por ella en la colonia. Eran cerca de las dos de la tarde, había gente en un par de fondas cerca de la avenida, pero el resto de los edificios parecía desierto. Había un canal poco profundo, abierto al lado de la banqueta, por el que corría un hilo de agua sucia. De entre los hierbajos de un terreno baldío, un perro amarillo se unió a Gabriela y caminó con ella durante un par de cuadras, pero luego se aburrió y se fue quedando atrás.

Gabriela se detuvo. Sacó la Guía Roji, la volvió a guardar sin haberla abierto y se dio cuenta de que aún tenía los boletos de los camiones que acababa de tomar. Tampoco ahora se sintió con ánimo de revisar los números.

La calle terminaba en la esquina con Hugo O. González y Gabriela dobló a la derecha. Un poco después encontró lo que buscaba: la puerta metálica, entreabierta, de una pequeña vecindad.

Ay, ay, ay, aquí es. Lo estoy viendo, dijo Margarita. *A lo mejor nunca lo hubiera visto de no haber venido hasta acá, pero aquí es…*

Gabriela miró para un lado y para otro.

¡Espera! Vuelve a hacer eso.

Gabriela lo hizo. No sabía qué mirar y no prestaba atención a nada en especial.

Más para abajito, le pidió Margarita. Gabriela estaba mirando la banqueta. *Ahí*. Había una rotura: un trozo de cemento que faltaba.

Por ahí me mató. Ahí estaba yo. Creo que ahí me pegué. Y luego vi para arriba.

Ese recuerdo, quién sabe por qué regla o circunstancia de las que se ponían en el otro mundo, sí llegó hasta Gabriela. Tal vez era que ya lo había visto y ahora lo experimentaba con una claridad todavía mayor.

Estaba tendida, boca arriba, con un brazo oculto bajo el torso y el otro extendido, las dos piernas abiertas, la ropa alborotada y sucia, sobre la calle sin pavimentar, al lado de la banqueta rota. No era ella, era Margarita, Margarita Ramírez Ramírez, de Santa María Xonacatepec, estado de Puebla, tirada en la calle. Muriéndose de frío.

No, tenía mucho frío, un frío terrible que se le metía en el cuerpo, pero si se estaba muriendo era por otra cosa. Algo que estaba sobre su pecho, entrando en su carne. El frío entraba por ahí.

Hubiera podido moverse, levantarse, tal vez. Pero no, en realidad no podía. Estaba aturdida. ¿Se habría golpeado la cabeza?

No podía ser (pensó Gabriela; pensó Margarita, ahora, entonces) que se hubiese resignado a morir. No era justo. No era justo que se fuera a morir por nada. Por algo así. Por alguien así.

Quizá tenía miedo de morir aún más rápido, de que el dolor creciera. Quiso mirar a su alrededor porque mirar no dolía. Un camión estaba estacionado cerca de ella. Un camión rojo, sucio, con una lona cubriendo su parte trasera.

Y sobre ella estaba el cielo, que tronaba y se abría en incontables luces de colores. Cohetes. Alguien estaba encendiendo y tronando cohetes. Se oían voces alegres desde el interior de las casas. Gabriela no distinguía las palabras, pero supo que era el Año Nuevo, la medianoche del primero de enero de 1972. La gente estaba celebrando y ella se estaba muriendo. Algo oscuro se interpuso entre ella y las luces. Era una cabeza. La cara de alguien.

La cara de alguien que la levantó del suelo y la llevó, cargando, hacia el camión.

Margarita no pudo gritar entonces, pero ahora sí lo hizo, a través de la garganta de Gabriela.

Ya me acordé, dijo. *Ya me acordé de todo.*

Gabriela sintió el dolor de su propia garganta. Recordó su ejercicio sobre la silla, el otro grito con el que había comenzado todo.

—¡No hagas eso! —dijo. Esperó un momento. Miró hacia un lado y otro de la calle. No había nadie alrededor.

Nadie te está viendo. No me vengas con tu miedo. Estás viva. Ya me vas a echar. Vas a vivir feliz para siempre. ¿Qué te pasa?

¿Qué me va a pasar? Estoy asustada. ¿Qué tiene?

¿Quieres que lo haga yo?

No. Gabriela se sintió molesta. *Ya nos dijeron que no lo puedes hacer.*

Lo acabo de hacer.

No, repitió Gabriela y entró por la puerta. Ya conocía vecindades y esta no era terriblemente peor ni mejor que cualquier otra. Era pequeña, un solo patio se abría para dejar ver las puertas de doce departamentos, seis en el nivel del suelo y otros tantos subiendo un tramo de escaleras. Tres niños, de pantalones usados y zapatos viejos y raídos, jugaban a perseguirse en el centro del patio. Un hombre estaba caminando hacia ella.

—Buenas tardes —dijo Gabriela. El hombre la miró de reojo, pero no habló ni se detuvo. ¡Qué grosero!

Ese no era, comentó Margarita. *No sé quién es. A lo mejor ni vive aquí.* Síguete.

Gabriela se acercó a los niños.

—Oigan…, oigan —dijo. Un niño volteó para mirarla—. Hola. ¿Sabes dónde vive el señor Daniel Peña?

—¿El Oso? —preguntó otro niño.

—Sí.

El Oso vivía en el 11. Arriba y hacia un lado. Gabriela subió por las escaleras. Se detuvo en el pasillo elevado. *No me conoce*, pensó. *No me conoce. No me conoce.*

Aunque te conozca, le dijo Margarita.

¡Cállate!

¡Ya camina!

—Estoy caminando.

—¡Oiga!

Gabriela se volvió. Al pie de las escaleras había un hombre grande, gordo, con la cabeza rasurada, mirándola.

—¿A quién busca?

—A usted.

El hombre puso cara de extrañeza y empezó a subir las escaleras. Gabriela retrocedió.

—¿Qué quiere?

—¿Usted es Daniel Peña? ¿Es… chofer? ¿Le dicen el Oso?

—¿Usted quién es? —El hombre estaba ahora en el extremo del pasillo.

—Yo me llamo Gabriela Méndez. Soy… Soy amiga de la mamá de Margarita Ramírez. ¿Era usted su…?

—¿Quién le dio mi dirección? ¿Qué quiere?

—Quiero que confieses.

Esto lo dijo Margarita, usando la boca de Gabriela.

¿Qué haces? ¿Qué pasó?

—Quiero que digas que tú fuiste.

El hombre, el Oso, palideció. Su cara se volvió blanca. Su calva también.

Suéltame, dijo Gabriela.

—No —respondió Margarita, que ahora miraba al Oso con rabia. No. Rabia no. Odio, tal vez parecido al que Gabriela había sentido en ocasiones parecidas a esta. Gabriela sentía los músculos de su cara, que ya no podía controlar, desde adentro—. Dilo. No mientas.

—Váyase de aquí —le pidió el Oso, que era ahora quien retrocedía.

—Ah, no. No me voy. ¿No me querías tener aquí todo el día? «Cargada y arrinconada», como escopeta, ¿no era eso lo que decías? ¿No me querías dejar encerrada cuando te ibas? —Caminó hacia él—. Yo porque no me dejaba. Porque te contestaba. Porque no me importaba que anduvieras pedo o moto.

Dio un paso más y el Oso se hizo a un lado y la empujó. Luego se apresuró hacia su puerta. Margarita trastabilló, pero volvió a levantarse de inmediato.

—No te vas a ir, maldito.

Ya lo estás viendo, dijo Gabriela. *Ya lo tienes delante. Ya lo encontramos. ¿Qué quieres?*

Margarita miró de reojo hacia el patio de la vecindad, donde un par de adultos se habían unido a los tres niños y los miraban.

Quiero que se muera también, respondió Margarita. *Qué más voy a querer.*

—Ya vete —volvió a decir el Oso. Metió la mano en el bolsillo de su pantalón y sacó una llave. Con algo de esfuerzo la metió en la cerradura—. ¡Ya vete! Yo no te conozco.

—Claro que me conoces, pinche malnacido, cabrón. —El Oso logró abrir su puerta. Entró, pero Margarita entró con él—. ¿No te querías largar a no sé dónde el día del Año Nuevo y yo te dije que ni madres, y entonces te me fuiste encima? —Y aprovechó para tomarlo por los brazos y empujarlo sobre la cama. Gabriela tardó unos segundos en percibirlo todo claramente. El departamento era pequeñísimo, una cama en el centro; al lado, una mesa con algunos enseres y un quemador; al otro, un espacio tapado con una cortina. No era un baño, sino una especie de armario, chiquitito, a lo mejor la vecindad no tenía drenaje. Y Margarita conocía perfectamente la colocación de todo lo que había allí. Estaba cerrando la puerta con el pie de Gabriela mientras el Oso caía y golpeaba la cama, que era un colchón sostenido por ladrillos apilados y un marco improvisado de madera, y lograba desplazar la frágil base y terminar en el suelo.

Gabriela se dio cuenta de que su cuerpo era mucho más débil que el del Oso. Probablemente más débil que el que había tenido Margarita. La única razón por la que el hombre había caído era la sorpresa.

¿Tú te portabas así cuando vivías con él?, preguntó.

Sí, ¿y qué?, replicó Margarita. *¿Por eso estuvo bien que me matara?* Y en voz alta dijo:

—Me alcanzaste saliendo. Me diste la vuelta y me clavaste el cuchillo. Me subiste a tu camión. ¿Te acuerdas? Y cuando me sacaste, viste que aún no me acababa de morir y me empezaste rematar, ¿te acuerdas?

El Oso gemía de terror. Margarita se había montado sobre él y le pegaba con los puños, débiles, de Gabriela. Rugía:

—¡Y cada vez que me volvías a clavar el cuchillo le volvías a pedir a Dios que ya me llevara, que por favor, que te tuviera piedad…!

De pronto, el Oso atrapó a Margarita, sus manos la agarraron por las muñecas. Mientras ella se resistía, se levantó del suelo y al mismo tiempo fue levantándola a ella. Luego la aventó contra la pared y empezó a golpearla.

Gabriela se desmayó un poco después que su cuerpo y alcanzó a ver sangre en uno de los puños del hombre.

Luego pasó el tiempo.

Luego pasó el tiempo y el bebé nació muerto. Pero Margarita ya vivía con él, y además hasta allá, hasta Santa Cruz. Se tenía que levantar aún más temprano todos los días para ir hasta Tlalpan a trabajar en la tortería. Él nunca volvió a hablar de casarse y ella ya estaba embarcada. Ya no tenía ningún otro sitio a donde ir. Los dos sabían que él había sido el primer hombre en su vida. ¿Qué más iban a hacer?

Gabriela entendió, apenas, que aquella no era su existencia. Pero igual la estaba recordando. La memoria de Margarita era un caudal inmenso, atronador, lleno de sensaciones y de pensamientos, y de un agobio que no parecía tener medida. Un caudal que la arrastraba. ¿Cómo se había caído en él? ¿Cómo había aguantado Margarita? La pasaba llore y llore, encerrada siempre que él podía encerrarla. El Oso cerraba por fuera cuando se iba a hacer sus entregas. Una vez se pasó casi una semana así y los otros vecinos le tuvieron que echar comida a ella por la ventana. El Oso regresó cuando le estaban dando, se enojó y le pegó, porque ahora todos iban a decir que él era un limosnero, que no podía ni mantener a su mujer…

Gabriela notó que había vuelto en sí. Estaba en un sitio oscuro. Los recuerdos de Margarita se apartaron de ella.

¡Ay, regresaste!, la sintió decir.

¿Qué pasó?

No sabía si ya habías despertado. Estabas como lejos. Perdóname, perdóname. Yo misma no me acordaba que habíamos acabado así. ¿Tú cómo te hubieras sentido? Yo me sentí pendeja. Tanto me había emocionado al conocerlo, cuando se fijó en mí… Primero yo solita me hice como él. Hablaba como él. Hacía lo que él me decía. Y hasta entonces supe quién era. Y al final, para cuando el bebé se murió… Yo llegué a pensar que qué bueno que se había muerto, porque qué vida hubiera llegado a tener. Pensaba que yo también me tenía que morir. Y cuando él me mató, todo lo que me quedó fue pensar que sí, que por fin se iba a acabar, pero que no era justo. Que qué chingadera haber pasado por todo eso, por toda la vida, y para qué…

Gabriela se atrevió a preguntar:

¿Dónde estamos?

En el mismo lugar. Espera. Tengo que abrir un ojo. El otro tiene un golpe.

Lo hizo. Gabriela volvió a sentir su propio cuerpo y en especial su cara, que estaba hinchada y sabía a sangre. La cabeza le dolía también. Era un dolor tan semejante al de Margarita en su última noche que temió haber vuelto a ella, otra vez, pero no. Un ojo se abrió. El otro no podía. Estaba, estaban, en el cuartito del Oso. El cuerpo de Gabriela estaba sentado, recargado contra la pared. No había pasado tanto tiempo. Seguía entrando luz por la pequeña ventana. Y el Oso no se acercaba a ella con un cuchillo en la mano, sino que estaba de rodillas, al lado de la cama deshecha, rezando.

—Padre nuestro que estás en el cielo, santificado sea tu nombre, vénganos tu reino, hágase tu voluntad así en la tierra como en el cielo, perdona nuestras ofensas como también nosotros perdonamos a los que nos ofenden, no nos dejes caer en tentación, líbranos del mal, amén. Padre nuestro...

De haber podido mover su propio cuerpo, Gabriela no lo hubiera hecho. Tenía miedo. Nunca antes la habían golpeado así y ahora tenía un miedo enorme, que la hacía desear no moverse, no llamar la atención, desaparecer.

Creo que está queriendo rezar un rosario, comentó Margarita.

Dijo mal el padrenuestro, respondió Gabriela.

No sabe qué hacer con nosotras.

—Hola —dijo alguien más—. Disculpa.

Las dos mujeres no lo vieron llegar. Ya estaba allí cuando Margarita volteó hacia el lugar del que venía la voz. Estaba parado delante de la cortina del falso armario. Era otro hombre.

El Oso lo vio, dio un grito y cayó al suelo. El hombre se acercó a él caminando despacio. Era alto y blanco, de nariz recta y ancha y ojos profundos. Su expresión era amable, serena. Gabriela no reconocía su cara, aunque le recordaba a alguien...

—No te espantes. —Lo oyó decir—. O mejor dicho…, no temas. Sí. No temas, hijo mío. Te puedo decir así, hijo mío.

El Oso lo miraba con una expresión que ya no era solamente de terror.

—¿Quién es? ¿Quién eres?

—¿No me reconoces?

Gabriela sí lo reconoció. Había hablado de él con su mamá el año anterior, cuando se había muerto. Muy joven, había dicho su mamá. Y después de hacer un montón de cosas, teatro, cine, telenovelas.

Es el que salió en la película de Jesucristo, ¿no?, preguntó Margarita.

¿Dices tú Enrique Rambal?, completó Gabriela, y sí, aquel hombre era igualito a Enrique Rambal. *La película se llama* El mártir del Calvario. *Esa es la que dices, ¿no?*

Los dos hombres las ignoraban:

—Hijo, ¿no me reconoces? —preguntó el aparecido—. Tú estabas pidiendo por mí hace un momento. Tú pedías por mí esa otra noche, en tu hora de prueba. Te hice caso entonces y te hago caso ahora.

El Oso, con gran esfuerzo, pudo empezar una pregunta:

—¿Tú eres…?

—Claro que sí —sonrió el hombre.

—No tienes barba —dijo el Oso.

La cara del hombre se volvió, por un momento, de burla. Se estaba divirtiendo, pensó Gabriela, y en realidad no tenía afecto por su «hijo».

—Claro que tengo barba —replicó el hombre, y sí, ahora tenía barba. Más aún, el cabello le había crecido y ahora era la melena de Enrique Rambal en *El mártir del Calvario*. Ahora tenía aspecto de Cristo, blanco y rubio y barbado, como en todas las estampas—. Mira. ¿La ves?

—Ay, señor —dijo el Oso. Volvió a ponerse de rodillas, pero ahora mirándolo a él—. Señor.

—Bienaventurados los que me reconocen —dijo el hombre, con voz alegre, divertida, y también, de pronto, con acento español—. Qué bueno que tú lo has hecho. Todo se volverá más fácil. Escucha, Daniel…, y escuchen ustedes también, que ya las veo que están despiertas —agregó, volviéndose para mirar el cuerpo de Gabriela—. La que esté a cargo, acérquese. Creo que lo más feo que les ha pasado ahora es que la nariz está rota.

Gabriela sintió que parte del dolor que seguía con ella venía de allí, del centro de su cara. Margarita intentó levantarse, pero desistió luego de un momento y solamente se arrastró hacia delante, primero las piernas y luego los brazos.

—En un momento te sentirás mejor. No tienes que ponerte de rodillas si todavía estás mareada —dijo el hombre.

—¿Usted quién es? —preguntó Margarita y Gabriela sintió un poco más de dolor alrededor de cada palabra. Además, todas sabían a sangre.

—Ah, eres tú —dijo el hombre—. Si Gabriela no me puede oír, Margarita, dile que no se preocupe, que pronto habremos terminado. Y en caso de que sí pueda oírme, bueno, ya lo sabe. —Les guiñó un ojo y se volvió hacia el Oso—. Como decía, Daniel. Escucha. No es habitual que me lleguen las plegarias. Casi nadie de ustedes sabe cómo hacerlas. Creen que alguien tiene de verdad este aspecto y siempre están pensando en él. O que tiene el aspecto de sus otros dioses. Pero esa vez, algo en tu tono de voz, o en las ligaduras de tus pensamientos… Bah. Digamos que te oí. Fui al lugar donde estabas matando el cuerpo de Margarita y le puse mi marca. Con eso se fue más rápidamente de lo que hubiera sido usual y tú pudiste deshacerte más rápido de él. Te ayudé. ¿Comprendes? Te hice un favor.

—Gracias, Señor, gracias —dijo el Oso, y se inclinó hacia delante tanto como pudo. Quería tocar el suelo con la frente.

—Pero entonces me reclamaron.

El Oso levantó la cabeza.

—¿Cómo dices, Señor?

—¿Te reclamaron en la frontera? —preguntó Margarita.

—Por favor, no hables de lo que no sabes, Margarita —dijo el hombre—. Ustedes no me pueden reclamar nada. Me reclamaron las autoridades. Tenía que hacer un arreglo. Quitar la marca que había dejado. —La expresión de su cara se volvió dura; era un Cristo disgustado, molesto—. Porque estaba causando problemas. Porque Gabriela aquí presente estaba dejando pasar a Margarita por donde no debía. Yo les dije que no podía ni ver cosas tan pequeñas como ustedes. ¿Cómo iba a volver a encontrarlas? Y entonces llegamos a un acuerdo. Las iban a encontrar por mí y entonces yo iba a venir. Y lo hicieron, y aquí estoy.

Gabriela sintió frío. No en el cuerpo, sino más adentro. En sus propios recuerdos, en lo que todavía deseaba creer.

—Tú no eres Dios —dijo y se sorprendió al ver que lo decía en voz alta. Margarita se había retirado. ¿Dónde estaba? ¿Estaba ahí todavía?

—No me digas —dijo el hombre.

—Cállate —pidió el Oso, casi al mismo tiempo.

—En realidad no tendría que molestarme. Este tiempo no es nada. En mil años ni yo mismo me acordaré de ustedes. Pero, ah, qué fastidio. En fin, cumplo con las reglas, les informo y digo: como el cuerpo de Margarita, a quien puse y ahora quito mi marca, ya no está con nosotros, y no hay restitución posible…

No hizo ningún gesto, ningún pase mágico, pero Gabriela igual sintió que su interior, detrás y debajo del cuerpo, se desplazaba nuevamente. No hubo ningún espasmo, ningún dolor en las vísceras, pero sintió la necesidad imperiosa de inclinar la cabeza, y lo hizo, y empezó a toser y se retorció sobre el suelo, como un animal lastimado que no entiende sus propias heridas, y quedó en cuclillas. Algo, desde muy dentro, estaba llenando el fondo de su garganta y subía hacia el interior de su nariz. Era pesado, movedizo, y también frío, hediondo como agua estancada.

Gabriela se ahogó por un tiempo que no pudo medir. Luego, lo que la llenaba se desbordó por fin y de su boca y su nariz empezó a brotar un flujo de color blanco, un chorro de materia blanda que caía al suelo, se movía por iniciativa propia y se acumulaba a los pies del ser que se parecía a Cristo. Luego de un rato, la masa blanca comenzó a crecer, como una vela que se derritiera en reversa. Gabriela no alcanzó a ver claramente lo que sucedía porque una serie de arcadas la hizo sacudirse luego de que se vaciara. Cuando pudo levantar la cabeza, ya tenía delante, entre ella y el hombre real y la otra cosa, algo que parecía otro cuerpo: una figura de pura cera, una estatua sin pintar de una mujer desnuda.

Margarita había sido más baja que Gabriela, de caderas anchas y hombros estrechos. Brazos largos, pechos pequeños, ojos grandes y almendrados. Una boca ancha y de labios gruesos. Su cabello estaba suelto y llegaba hasta su cintura. Gabriela entendió que había sido muy negro y su piel muy morena. La figura miraba sus propias manos con cara de asombro. Si permanecía quieta, realmente parecía una estatua, pero, si se movía, su materia temblaba y se descomponía brevemente, como si no pudiera mantener el paso de la voluntad que le daba forma.

Después de un momento, Margarita intentó cubrirse. Dio un paso atrás. Gabriela hizo un esfuerzo, se puso de pie y la abrazó por la espalda. Sus brazos penetraban un poco la materia blanca. Sin hablar, ambas se quedaron muy quietas, para que los brazos de Gabriela pudieran quedar delante del falso cuerpo blanco.

—Yo no fui —dijo el Oso, casi sin voz, todavía de rodillas—. Yo no fui. Yo no sé quién es esa. No sé quiénes son. Santo Dios, Jesús…

—No hay nadie a quien le puedas rogar así —dijo el falso Cristo—. Y mejor piensa ya si quieres pedir perdón o decirle cualquier otra cosa a Margarita, o a Gabriela. A la cual le diste una tunda de Padre y Señor mío, por cierto.

—¿Qué? —El Oso estaba llorando. Tenía dos surcos de lágrimas sobre las mejillas— Sí, perdón, perdón, perdónenme. No lo vuelvo a hacer.

—No —dijo el falso Cristo, y el Oso se dobló hacia delante. Primero no hizo ningún ruido, pero luego de unos segundos se quejó, débilmente, y luego con más fuerza. Luego empezó a gritar. Al mismo tiempo, manchas rojas, cada vez más grandes, aparecieron sobre su vientre y su pecho.

—¿Qué le pasa? —preguntó Margarita— ¿Qué le está haciendo? —Y su voz era totalmente humana, más grave y clara que la de Gabriela.

—Ahora está teniendo todo el dolor que tuviste tú —El último grito del Oso se detuvo súbitamente y su cuerpo se estremeció y cayó al suelo, donde la carne se bamboleó por un segundo. Luego se detuvo—. Y ahora acaba de experimentar la muerte, igual que tú. Y como tú ya no puedes volver a un cuerpo de verdad…

Los ojos del Oso seguían abiertos y Gabriela supo que aún estaba consciente: las veía y veía también cómo su carne empezaba a quemarse, o no, no a quemarse, a deshacerse, despacio, a disgregarse en numerosos trozos pequeños, pardos y rojos, que se separaban unos de otros y volvían a caer. A veces, las ropas los contenían y ocultaban. Otras, era posible ver cómo los fragmentos se resecaban, se convertían en polvo y desaparecían. En pocos minutos no quedaba nada, apenas un montón de tela sucia y un par de zapatos.

—Santo Dios —dijo Gabriela y se persignó.

—Lo mató —dijo Margarita.

—Me parecía que tú tenías deseos de que muriera —comentó el falso Cristo. Margarita no respondió—. En todo caso, no solo está muerto. La parte de él que ustedes llamarían el alma, lo que deja atrás el cuerpo, está muerta también. Destruida. No va a ir a la frontera ni a parte alguna. Con eso se arregla por fin el daño del universo y solamente queda el detalle de la otra alma suelta. Acércate, por favor.

Margarita no se movió.

Gabriela dio dos pasos hacia los restos del Oso para quedar delante de ella.

—¿Qué es esto?

—¿A dónde me va a llevar? —preguntó Margarita.

—¿Llevar? No, a ninguna parte. Te voy a comer. Como a él. Esa parte ya no duele. Después de un momento, desapareces.

—¿Se lo comió? —preguntó Gabriela.

—Sí. ¡No con la boca! —Y el ser señaló su propia boca, sonriente, bajo su hermoso bigote—. Esto, esta apariencia de cuerpo, es una máscara. Evidentemente. Para que ustedes entiendan al menos parte de lo que ven. Es como el teatro que tanto te gusta. Estoy disfrazado de su Señor que tanto quieren.

—No me mate —pidió Margarita.

—Te acabo de decir que no es matar… El que te mató fue él, el difunto. ¿No te diste cuenta?

—No es justo —dijo Gabriela.

—Para el universo, sí.

—¿Esa es la justicia que va a haber para Margarita?

—Esta es la justicia que *hay* —replicó el ser.

—Tú eres el Diablo —dijo Gabriela—. Tú no eres Jesús. ¿Dónde está Dios?

—Vaya, ¡qué filosófica me saliste! —se burló el ser—. No puedo creer que no hayan entendido nada.

—No la lastimes —pidió Margarita.

—No puede ser. ¿Cómo son tan tontas ustedes? No hay nada que no pueda hacerle.

Gabriela dio un paso atrás, obligando a Margarita a retroceder. Miró la puerta cerrada. El ser cruzó los brazos y puso cara de indignación.

—Nadie más que yo te la podía haber sacado, Gabriela.

—Muchas gracias —respondió ella—. Pero de todas maneras no es justo que haya muerto.

—Y dale con la justicia.

—¿A poco toda la gente te dice que sí —preguntó Margarita— y se va contigo tan tranquila?

El falso Cristo levantó una ceja.

—¿Y cómo sabes que esta no es la primera vez que vengo por aquí? —Después de un momento se rio—. Tienes razón. He venido de vez en cuando. Y este disparate que las dos están haciendo, sí, ya ha sucedido. Pero me da gusto que no seas tonta después de todo y por eso te diré que también tienes razón en la otra parte de tu pregunta. Cuando me ven, casi todos se resisten. Peor que ustedes, en realidad. Los hay que han querido pelear. —Y aquí soltó una carcajada—. ¡Con espadas!

Las dos mujeres esperaron a que el ser callara.

—¿Y entonces? —dijo Gabriela.

El ser suspiró.

—Mira, niña. La otra cosa que puede suceder es que tu amiguita se quede contigo. Que no me la lleve. Se quedan aquí las dos por el tiempo que tú puedas seguir con vida. Y luego se muere tu cuerpo, y eso es todo. No lo recomiendo. Es muy poco tiempo el que van a ganar y si entonces se decide que sí hace falta completar lo que tengo que hacer, lo completaré de todas maneras.

—¿Y si no? ¿Qué pasaría con nosotras? ¿Iríamos a dar a la frontera?

—Solamente si tú, Gabriela, murieras como murió ella.

—¿Y si no?

—¡Oh!, les repito que no sé. ¿*Ustedes* no saben? ¿Qué obligación podría tener yo de saber sus destinos?

—¿Qué eres tú? —dijo Margarita.

El ser volvió a sonreír.

—Piensas realmente bien. Deberías haber tenido un mundo que te amara. Por lo demás, tu pregunta tiene respuesta, pero no hay palabras en los idiomas de por aquí que nombren lo que soy. —Ahora puso cara seria, severa, de gran señor que ha llegado al límite de su paciencia—. Bien. ¿Querrá su excelencia que le dé una disertación más completa o ya me dará permiso de acabar con esto?

—Ven, Margarita —dijo Gabriela.

El ser resopló.

—¡No puede ser! Qué criaturas tan curiosas. Nunca he entendido qué creen lograr con esos alardes.

Los tres se volvieron al escuchar un sonido: golpes en la puerta.

—¿Oso? —dijo una voz desde afuera— ¿Estás ahí?

—¿Entienden que esto no cambia nada? —preguntó el ser.

—Sí cambia —dijo Gabriela.

—Van a tener los mismos problemas que han tenido ya.

—¿Estás segura? —le preguntó Margarita.

Gabriela no estaba segura. Ya no iba a estar segura nunca. La existencia entera era un vacío, una oscuridad que no tenía caso interrogar y en la que las dos, y quienes eran como ellas dos, tenían aún menos valor y sentido. Era peor que vivir en el mundo de los cazadores de la Antigüedad, aquel del que le había hablado Marisol hacía tanto tiempo. Era peor que vivir en el mundo de Josefa, su antigua amiga, o en el de la verdadera Sofía o en el de los muertos de *Grandes ocasiones*. O en el de *El príncipe constante*.

Pero asintió. Alguien volvió a golpear la puerta del cuarto.

—¿Segura? —volvió a decir Margarita.

—¿O te quieres ir con él?

—No —dijo su amiga—. Tengo miedo. Y tengo miedo de lo otro también.

—Yo no te voy a dejar sola.

—¡No vas a poder! —dijo el ser— Jamás.

—Entiendo —le respondió Gabriela.

—¿Oso, estás adentro? Soy yo, pinche Oso —dijo la voz al otro lado de la puerta.

El ser pateó las ropas y los zapatos que había llevado el Oso para que quedaran debajo de la cama. Se tomó su tiempo para dejarlos bien escondidos.

—Este va a ser un misterio de cuarto cerrado —dijo—. Tú, Gabriela, les puedes decir que te pegó, lo cual es totalmente cierto. A lo mejor te regalan gasas y un poco de alcohol antes de que te vayas.

—¿Qué es un «misterio de cuarto cerrado»? —preguntó Margarita.

—Investígalo después. Tienes todo el resto de su vida. Y ahora, tú, abre la boca —le ordenó el ser a Gabriela.

Ella empezó a temblar. También tenía muchísimo miedo. Cerró el ojo que aún podía cerrar e hizo desaparecer el mundo. Luego obedeció.

La hija de la estrella
(1974)

19

ENRIQUE: [...] ¿Qué haremos, pues, de confusiones llenos?
FERNANDO: ¿Qué? Morir como buenos, con ánimos constantes.

CALDERÓN DE LA BARCA

Ana Luisa se pasó la película entera abrazada a Rodrigo. Ambos, además, gritaron más de una vez. Gabriela no podía culparlos: casi podía decir que aquello era lo más horrible que hubiera visto. Algunas de las escenas, como aquel instante en que aparecía el rostro del demonio sobre el de la víctima, se sentían como una pesadilla; otras, como la del crucifijo, eran simplemente brutales, repugnantes, como sentir en la cara el contacto de algo podrido. Los actores eran muy buenos (¡el que hacía al cura más viejo era el de *El séptimo sello*!), pero lo más llamativo eran siempre los *efectos especiales*, la simulación del dolor y de lo terrible, y la forma en que la película alternaba el silencio y la serenidad con el susto repentino, los aullidos.

Yo pensé que ese actor ya se había muerto. ¿No la del sello es muy antigua?

No seas payasa.

¡Y TÚ NO SEAS ESNOB!

La anfitriona era amiga de Rodrigo: sólo por eso sabían de la sala clandestina. Antes de comenzar la proyección, cuando aún estaba entrando el resto del público, ella les había dicho que aún no había fecha para que la película se estrenara en México. Meses antes, en mayo, la habían proyectado en la mismísima Cámara de Diputados, porque muchas autoridades estaban realmente preocupadas, y no se había llegado a nada.

—Ustedes saben cómo es la censura en nuestro país. ¿Vinieron a ver la función de *La sombra del caudillo*?

—Entonces diste toda una clase —respondió Rodrigo.

—No es para tanto. En todo caso, a lo que quiero llegar es que con todo y ese precedente, no creo que haya habido nunca un caso como este. ¿Que una película con éxito tan enorme de taquilla en todo el mundo no se estrene aquí? Al parecer hay quienes creen que es una obra realmente perversa: que puede contagiar el satanismo, que tiene alguna especie de poder malévolo... Si alguien se está arrepintiendo, por cierto, puede irse, aunque no le vamos a poder reembolsar los setenta pesos de la entrada —les sonrió.

Dos señoras y el joven que las acompañaba se salieron durante la escena del crucifijo y no se detuvieron a exigir su dinero.

Gabriela, por su parte, ya había ido a varias funciones allí y todavía se asombraba. La persona que había sido apenas dos, tres años antes nunca se hubiera atrevido a tanto. De día, aquel lugar —en el quinto piso de un edificio de la colonia Del Valle— era una agencia de modelos o algo parecido; el «cine» era un salón grande con sillas plegables para la gente y una pantalla colocada sobre la única pared que no estaba cubierta por espejos. La copia de la película estaba maltratada y desde los asientos de atrás no se veía el borde inferior de la pantalla, pero todo eso hacía mejor la experiencia: estar allí se sentía como el acto prohibido, ilegal, en realidad, y a la vez la historia misma parecía más creíble. Era como si la hubiera filmado un grupo de aficionados, que por casualidad hubiera ido a dar allí, a la ciudad de Washington, con los hombres y las mujeres que habían vivido el caso.

Así se veía la función de El príncipe constante, *¿no? La que también vimos aquí.*

Sí, aunque eso era muy distinto. Esa realmente la filmaron en se-
creto. ¿Te acuerdas de lo que nos contó Germán? Pusieron la cámara
en un agujero hecho en la pared del teatro.

La misma Gabriela, por otra parte, se fue sintiendo más distante
de lo que veía a medida que pasaba el tiempo. También era comprensible. Poco después de la mitad, cuando la estrella de cine hablaba
con el cura, Gabriela se dio cuenta de que había estado entendiendo
mal el argumento y la víctima —la hija de la estrella, una niña que
se llamaba Regan, como una de las tres hijas de *El rey Lear*— estaba
realmente poseída por un demonio. No por el alma de una persona
muerta; no por una cosa sin nombre, ajena a la tradición. Y la alternativa que la propia película proponía, es decir, que la niña no estuviera
poseída en absoluto, sino que tuviera un rarísimo trastorno mental,
no era ofrecida únicamente para despistar a los espectadores, sino
que estaba hecha para tomarse en serio. La alternativa era entre la
locura y la acción del diablo. Demasiado simple.

Nos hemos vuelto una cosa rara.

¿Muy exigente?

Muy presumida. Medio fufurufa, la verdad.

Sobre todo tú.

¡Claro que no! Tú eres peor.

Es que quisiera conocerlo todo.

A estas alturas, Teodoro te tendría envidia. A él *le hubiera encantado ver esa obra, imagínate…*

Hacía mucho tiempo que no sabían de él. Hasta los antiguos
compañeros del grupo de teatro le habían perdido la pista. Había
caído en desgracia: se descubrió que no hacía todos los viajes que
presumía hacer, no conocía a todas las personas eminentes que decía conocer y al mismo tiempo no era tan jipi, tan desprovisto
de recursos como hacía creer a todos. Ni siquiera la idea del grupo
había sido enteramente suya: se la habían sugerido Sofía, la verdadera Sofía, y Lina.

—¿Puedes creer que su papá es dueño de una gasera en Tampico? —les había dicho Marisol—. Ya hasta hablé con ellos. Lina los conocía y no decía nada por... Por tonta. Y él no se conseguía becas ni iba a festivales. Se iba de viaje una semana, dos semanas, a esconderse y pasarla bien y ya. Si acaso, iba a una biblioteca, a comprar libros y revistas. ¡Y no siempre se iba a París, a Berlín...! Se iba a Acapulco. ¡A veces se iba a Disneylandia! Nos tenía a todos...

—Apendejados —completó Rodrigo.

Peor todavía, al mismo tiempo que todo esto se revelaba, Teodoro había tenido una crisis. Dejando todo atrás, incluyendo sus clases y el resto de su trabajo, había viajado a Chihuahua en busca de Sofía y se había quedado allá varias semanas, rondando su casa, acosándola; al parecer, pidiéndole que volvieran. Había pasado tiempo en una cárcel de Parral, acusado por la familia de ella..., y luego, nada.

Tal vez alguno de los excompañeros que ya no frecuentaba supiera algo. Al menos Lina y Samuel seguían en Filosofía y Letras. Pero Gabriela ya casi no pasaba por allí. No era que ahora la tuviese más lejos que antes; de hecho, la recién inaugurada Facultad de Psicología estaba casi junto a Filosofía. Pero su mamá y su papá le exigían más ahora, y ella se afanaba mucho más que antes. Realmente quería mostrarles el título y una mención de honor cuando terminara su nueva carrera. Bastante le había costado convencerlos de que le permitieran continuar en el Distrito Federal. Sí, les había dicho, había estado saliendo con un novio, Teodoro, el director del grupo de teatro; sí, el grupo que él dirigía no era una actividad de la Facultad de Contaduría y Administración; sí, había descuidado los estudios; sí, ni siquiera Marisol sabía de su amorío secreto. Habían tenido una presentación, una obra muy sencilla en un festival...

Y todo había ido de mal en peor y Teodoro había querido propasarse con ella, y ella había tenido su crisis. Más tarde se había fugado de la casa, de vuelta al Distrito Federal, a tratar de «poner las cosas en claro» con él, tonta, tonta, tonta que había sido. Teodoro la había golpeado, cobarde, alevoso, mal hombre, y luego se había marchado.

No, decía ahora, yo no he vuelto a saber de él, ni nadie que yo conozca. Sí, ella había aprendido su lección: jamás volvería a hacerle caso, aun si volviera, y de hecho no quería saber nada de nadie más. Al menos, mientras no tuviera un trabajo estable y en su profesión.

Ahora les llamaba por teléfono todos los días y hablaba con ellos —o con su mamá, por lo menos— sobre la escuela, los incidentes del día, la televisión. Le decía que le gustaban las nuevas materias y que le iba bien con ellas, y esto sí era verdad. No había nada en lo que estaba aprendiendo que le sirviera para explicar, racionalmente, lo que les había sucedido a ella y a Margarita, pero mucho tenía sentido como metáfora, o como representación: como imagen de algo entrevisto, en lo oscuro, brevemente.

A Margarita la conmovieron las escenas con la madre del cura, una inmigrante griega que —hasta muy poco antes de su muerte— vivía encerrada en su casa, escuchando la radio y sin recibir visitas.

Me recuerda a mi mamá.

No se parece en nada a tu mamá.

No dije que se pareciera, dije que me la recuerda.

El año anterior, después de mucho discutir, Gabriela había ido hasta Santa María Xonacatepec. Allí se presentó como clienta de la tortería y amiga de Margarita. Resultó que doña Tomasa, su mamá, estaba todavía bien, aunque ya frágil, y aún lloraba al hablar de lo que le había pasado a la tercera de sus hijas. Le quedaban otras dos y cuatro hijos, todos ya mayores, y que no le hacían mucho caso.

Gabriela le dio un regalo, que había tomado del cuarto del Oso al quedarse sola: un pequeño joyero de porcelana, redondo y blanco, que Margarita usaba para guardar un collar de perlas azules de plástico y un solo arete dorado. Al parecer, el hombre no había sabido siquiera de las pocas cosas que conservaba la que había sido su mujer.

—Pensé que a lo mejor le podría gustar tenerlo —dijo Gabriela y, cuando la señora Tomasa se acercó a darle un abrazo, se retiró al interior de su cuerpo para que Margarita pudiera abrazarla también.

Otros objetos se quedaron en el cuarto de Gabriela: una cinta para el cabello, un *Nuevo Testamento* viejo y sin tapas, un juego de taza y cuchara de peltre azul, un número de *Notitas Musicales* con fotos de Juan Gabriel y letras de sus canciones.

—¡No quiero ver, no quiero ver, no quiero ver! —se quejó Ana Luisa, susurrando, enterrando la cara en el pecho de Rodrigo, la primera vez que apareció la niña plenamente convertida en monstruo, con los ojos amarillos y las heridas abiertas en la cara.

A Gabriela le hubiera gustado que Marisol estuviera allí, porque entonces ella hubiera podido hacer lo mismo: abrazar a alguien, atenuar el sobresalto o la angustia aun si no se sentía *tan* asustada. Pero Marisol no había querido acompañarla. La vida de Gabriela era peor ahora, sin duda, en ese aspecto. Marisol había aceptado respaldar su mentira, acusar a Teodoro de algo que no había ocurrido exactamente como ambas decidieron contarlo, pero no había soportado no recibir ninguna otra explicación.

—Si te digo, no me vas a creer —le había dicho Gabriela a Marisol, muchas veces—. Todo está bien ahora. No va a volver a pasar nada malo. Sé quién soy y lo que me pasó nunca va a volver a pasar. Pero no tiene caso que trate de explicártelo.

La verdad sonaba a mentira. Aunque las dos compartían de nueva cuenta el departamento y todos sus gastos, se habían distanciado. Ninguna mencionaba jamás el nombre de Sofía (ni el de Margarita) y apenas hablaban del «tiempo malo» de 1972; sin embargo, Gabriela ya no creía que ella y su prima fueran a seguir juntas para toda la vida, como lo había pensado en otro tiempo. Ni siquiera creía que fueran a durar muchos años más. Aun si Gabriela estuviera segura de que, una vez graduada, no iba a regresar a Toluca, ya anticipaba el momento en que alguna de las dos (probablemente ella misma) tendría que marcharse del departamento. Marisol le avisaba de las fiestas que llegaba a organizar para que ella no fuera; Gabriela veía por su propia cuenta a Ana Luisa, a Rodrigo, de vez en cuando a Germán o a José Carlos (a quien seguía llamado «papá» y que tenía una esposa muy amable y dos hijos que le celebraban la broma) y a nadie más del antiguo grupo de teatro.

Por cierto, ¿has pensado en qué vamos a hacer…?

Después, Mago, por favor.

De tener todo el dinero del mundo, probablemente se dedicarían a gastarlo en viajes, comida y bebida, cine y teatro, libros. Margarita se había vuelto insaciable: todo lo quería ver, escuchar, conocer, probar. Gabriela había sido así. Un poco así. Pero ahora Margarita la había rebasado. Casi siempre era ella quien presionaba para ir a las funciones del cine México, para quedarse algunas tardes en la Biblioteca Central, para ver a los amigos que aún hacían teatro. También era la que más se quejaba (en silencio, adentro) de la televisión y los periódicos.

Hasta Lina lo llegó a decir, ¿te acuerdas? Que los de la Secreta sí se le echan a la gente. Que ella lo ha visto dos veces.

Ay, cállate, replicó esa vez Gabriela, por costumbre.

Nadie me oye, dijo Margarita.

La barrera entre los pensamientos de las dos todavía era inconstante, a veces más fuerte y a veces menos. En ciertos días, Gabriela notaba que algunas ideas no se le podrían haber ocurrido a ella; en otros, era Margarita quien se despertaba por la mañana o empezaba a soñar por las noches. Si el ser, el falso Cristo, tenía razón en lo que les había dicho, no eran las únicas personas en todo el mundo viviendo así. Pero las dos sabían que, probablemente, nunca encontrarían a ninguna de las otras. Si ellas mismas no se atrevían a decirlo, ¿quién más querría revelárselo a ellas?

Por otra parte, uno de los muchos descubrimientos de Margarita había sido la leyenda del *dybbuk*: un alma humana que se mete en otro cuerpo y lo comparte con el alma que ya está ahí.

Había varios libros alrededor de esa historia, y otras de la cultura judía, en la Biblioteca Central y en la de Filosofía.

Jamás me hubiera enterado de esto en... ¿otras circunstancias?, dijo Gabriela. *Mi mamá no tanto, pero mi papá sí es muy, digamos, intolerante. Imagínate si les salgo con esto de ejemplo.*

Tampoco era algo que pudieran usar para explicar su situación a casi nadie más. Pero quería decir que, tal vez, desde siempre había habido casos como el de ellas. Quizá había sitio para las dos en algún orden del mundo. Quizá, en algún momento, aunque fuera después de la vida, habría justificación para que ambas tuvieran una vida.

Eso sí, ojalá sea diferente a la que íbamos a tener, dijo Margarita, *porque ya no quiero casarme, ni arrejuntarme, ni tener un hijo ni nada así, qué horror.* Y Gabriela no respondió, pero estaba más o menos de acuerdo. Sabía en qué pensaba Margarita y ella recordaba el rostro de Teodoro, rojo, lleno de lo que él llamaba amor, encima del suyo.

El amor del cura de origen griego era diferente y era parte de una película, pero a Gabriela la conmovió de veras. En el momento culminante, cuando el exorcista —la única persona que podría haber expulsado al demonio— yacía muerto en el piso de la habitación, el cura decidía sacrificarse por la niña, a la que en realidad nunca había conocido, y engañaba al demonio para que lo poseyera a él. Una vez que lo tenía adentro, hacía un esfuerzo sobrehumano, retenía el control de su cuerpo por unos instantes y se suicidaba, tirándose por la ventana. Peor, al lado de la casa de dos pisos de la que salía volando había unas escaleras empinadísimas y largas por las que caía también. Alguien se rio nerviosamente en ese momento, durante la función, pero calló cuando el cura terminó en el piso, bañado en sangre, casi hecho pedazos.

¿Se va a ir al infierno?, preguntó Margarita. *Los suicidas se van al infierno.*

¿Es un suicidio?, preguntó a su vez Gabriela y sintió un escalofrío. *Además, ¿existe el infierno?*

¿No lo hemos visto?
No sé.

En cualquier caso, al final, ni la madre, la estrella de cine, quería hablar más del asunto, ni la niña, libre de la influencia maligna, se acordaba de nada. Para las dos, podía haber sido como si nunca hubiera habido cura alguno. Tanto para Gabriela como para Margarita, eso era una injusticia. Un mal, a su propia manera. No hizo falta que lo dijeran, ni siquiera para ellas mismas.

Pero las dos recordaron una noche, poco antes, en la que habían vuelto a hablar del falso Cristo, del cuarto en Santa Cruz Meyehualco y de Daniel, el Oso.

Cuando abriste la puerta, el güey ese *que se quedó como de piedra. Nomás estabas tú en el cuarto, y además toda madreada*, comentó Margarita.

Nunca habían encontrado ninguna noticia alrededor de la muerte del Oso, porque nunca iba a haber un cuerpo que probara que no estaba solamente desaparecido y porque no era nadie, ni siquiera un perseguido. Pero al menos una o dos personas se irían a la tumba preguntándose qué había sido de él y las únicas dos que sí lo sabían tampoco podrían decirlo nunca.

Ahora lo pienso, había dicho Gabriela, *y quizá no debí decir que él se había ido corriendo. ¿Te acuerdas? Cuando le abrí. Él no lo había visto salir, porque… porque nunca salió…, y se quedó todo confundido.*

¿Qué más ibas a decir?
No sé.

Bueno, sí, en realidad…, empezó a responder Margarita, y calló por un momento. *¿Sabes una cosa? Lo odio todavía. No creo que eso se pueda cambiar. Pero sí fue una muerte horrible. Yo nunca le hubiera deseado lo que le pasó. Debió haber tenido otra. Una tumba. Un final de a deveras, pues.*

Algunas personas empezaron a salir del falso cine cuando empezaron los créditos. Gabriela, Ana Luisa y Rodrigo, muy disciplinados («como auténticos cinéfilos», decía Ana Luisa), esperaron hasta lo último. Entonces la dueña encendió las luces y se paró cerca de la puerta, para indicar con cortesía que la gente debía marcharse. Se veían preocupada mientras hablaba con el hombre que manejaba el proyector.

—Me preocupa el ruido —decía él—. ¿Te dije que ya se quejó un vecino…?

—Buenas noches, gracias por venir —lo interrumpió la dueña, hablando en dirección a Gabriela y sus amigos.

Cuando estuvieron en el pasillo, la mayoría de las personas del público ya había bajado hasta la calle y los tres tuvieron el pequeño elevador del edificio para ellos solos. Cuando estuvieron otra vez en la calle, Ana Luisa preguntó:

—¿Vamos a merendar algo?

—Por favor—dijo Rodrigo.

—Yo tampoco me puedo quedar así nomás —dijo Gabriela—. Aunque sea café y pan.

Sin hablar mucho, sacudidos todavía, caminaron poco más de una cuadra hasta encontrar el Volkswagen azul oscuro de Rodrigo. Subieron. Gabriela se acomodó en el asiento de atrás y alcanzó a ver que Rodrigo agarraba el freno de mano y Ana Luisa ponía su mano encima de la de él. Los anillos de compromiso de ambos reflejaron la luz amarillenta de una farola.

—Tú conocías un lugar por aquí, ¿no? —dijo Ana Luisa.

—Estamos a cinco minutos del cafecito de chinos —respondió Rodrigo.

—¡Ah, claro!

—¿Te acuerdas, Gaby, de que te contamos del nuevo grupo? Ensayamos como a cinco cuadras de aquí.

—Un día me invitan.

—¿Te gustaría apuntarte? Ya vamos a estar afiliados al CLETA.

—¿Los que están en donde antes era el CUT?

—Esos.

Gabriela los miró por el retrovisor e hizo una mueca divertida.

—No sé. No creo. Pero ya veremos.

Rodrigo echó a andar el coche y lo apartó de la banqueta.

—Pero entonces, ¿qué? —preguntó Ana Luisa— ¿Les gustó la película?

—Uy, sí —dijo Rodrigo—. Aunque no sé si «gustar» es la palabra más adecuada.

—Es una cosa tremenda —dijo Ana Luisa—. Pero no la deberían censurar, ¿no?

—Yo lo entiendo —dijo Gabriela—. Es decir, no digo que esté bien. Pero la censuran porque los sobrepasa. Tarde o temprano sí la van a pasar aquí, creo yo... Pero lo importante es que ahorita mismo no pueden con ella. El Secretario de Gobernación o quienes deciden esas cosas. ¿No? Me gusta que haya algo horrible que no puedan soportar. Debería pasarles más seguido. Es más, debería pasarle a todo el mundo.

Ana Luisa y Rodrigo miraron a Gabriela, con extrañeza, por el espejo retrovisor, y ella no estuvo segura de qué tanto en esas frases había sido idea suya, qué tanto de Margarita.

Eso también había comenzado a suceder.

—Bueno, sí, al hombre en general —dijo Rodrigo—. El hombre debería ser así.

—Aunque a lo mejor llegamos a viejas y no vuelve a pasar.

—¿«Llegamos a viejas», dijiste? —preguntó Ana Luisa.

—Quise decir viejos —dijo Gabriela—. Los tres. Cuando lleguemos, porque seguro que vamos a llegar.

Ni Gabriela ni Margarita habían vuelto a visitar (¿a soñar?) la frontera ni a ver a Mamá Azucena. De vez en cuando, las dos se preguntaban si la encontrarían otra vez. Ella había muerto en paz y, hasta donde Gabriela sabía, sin violencia de por medio. Nunca habían entendido por qué se le había encargado, o autorizado, intervenir a su favor. Tal vez nunca lo iban a entender.

(—Adiós —les había dicho ella, en los últimos momentos, con las manos levantadas en un gesto de amor inmenso, luminoso, sin condiciones y a pesar de toda restricción, uno de esos que solo pueden comprenderse por entero en la penumbra más allá de la muerte).

Y ninguna sabía, tampoco, qué reglas se les aplicarían cuando llegara su momento. La hora de marcharse otra vez, juntas o no.

—Después del año 2000 —dijo una de ellas.

—Ay, bueno, falta mucho para eso. Esperemos a ver —respondió Ana Luisa y el coche se internó en el tráfico nocturno, bajo las luces que se empeñaban en apartar la oscuridad y borrar el cielo.

Agradecimientos

A Raquel, primero, porque un día me salvó y lo sigue haciendo de muchas formas. Compartir con ella la vida, y cada parte de la vida, es de los grandes beneficios de seguir en este mundo.

También agradezco a David Alejandro Martínez, mi editor, y a mi agente, Verónica Flores, por acompañar y asistir la escritura de esta novela con enorme paciencia y muchas conversaciones. A las varias personas que accedieron a ser mis corresponsales y contarme de sus vidas hace medio siglo, en particular a José Fabián Castro, Guadalupe Hernández y María Eugenia Tamés. A mis maestros de teatro: Antonio Hernández Jáuregui, Felipe Lozano, Víctor Nava Marín, Adolfo Alcántara y Óscar Esqueda (disculpen que haya sido siempre tan mal alumno), y a los jóvenes actores y actrices de verdad a quienes vi trabajar con ellos, allá en el siglo xx. A Bernardo Fernández Bef y Jorge Flavio Monroy, que fueron lectores de mi primer borrador.

Entre muchas otras fuentes, debo destacar la tesis de licenciatura de Marcela Eugenia Bourges Valles: *Teatro estudiantil universitario (1955-1972): testimonios sobre teatro universitario,* que ella completó en 2000 en la Facultad de Filosofía y Letras de la unam. Su investigación sigue siendo un documento utilísimo y fue mi puerta de entrada para empezar a explorar una época crucial del teatro mexicano.

Esta es una obra de ficción, y por ello me atreví a tomarme algunas pequeñas libertades con los datos históricos. Se verán, sobre todo, en la geografía de la Ciudad de México, aquella que era conocida como Distrito Federal. Cualquier error adicional que pueda haber es responsabilidad mía.

Finalmente, en algún lugar de la novela hay un niño que apenas figura, como una sombra o un augurio, y que está basado (muy libremente) en mí. Puntos extra para quien logre encontrarlo.

A.C.
Ciudad de México, 8 de agosto de 2022